REGION OF ORIGIN OF DNA REPLICATI
mRNA START
D START
C END
E START
E END
D END

mRNA START
TTG
CCG
A
CGC
AAC
N
TTG
TTA
T
AAT
AAC
I
TTG
K
C START
D START
C END
mRNA START
E START
E END
D END
F START

Die Wahrheit ist irgendwo dort draußen ...

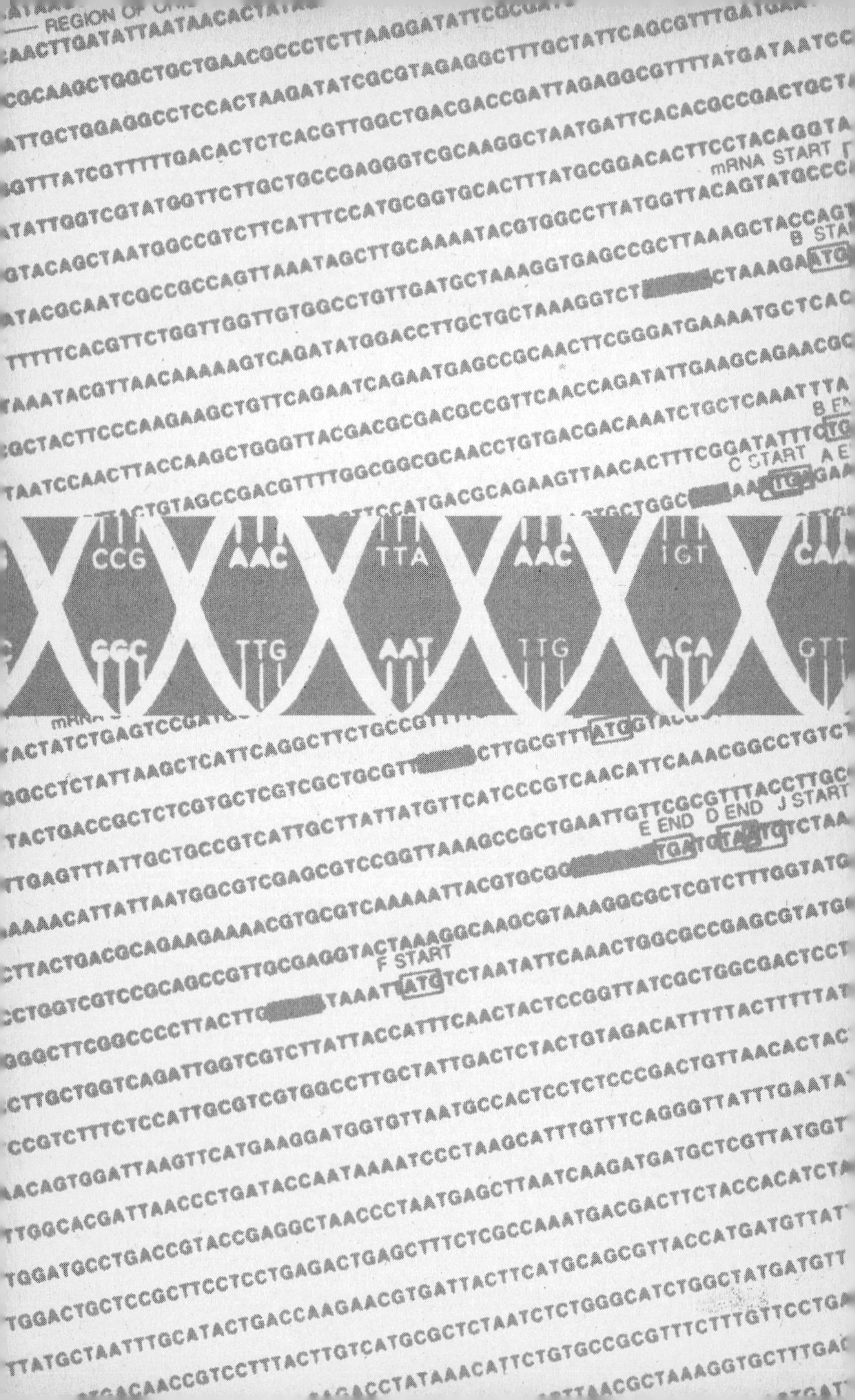
REGION OF
mRNA START
B START
B END
C START
A E
CCG
AAC
TTA
AAC
TGT
CAA
GGC
TTG
AAT
TTG
ACA
GTT
E END
D END
J START
F START

AKTE X

Die unheimlichen Fälle des FBI

Kevin J. Anderson

Antikörper

Roman

Deutsch von Thomas Ziegler

Nach einer Idee von Chris Carter

WUNDERLICH TASCHENBUCH

Erstveröffentlichung bei:
HarperPrism – A Division of HarperCollins Publishers, New York
Titel der amerikanischen Originalausgabe: «The X-Files – Antibodies»

Veröffentlicht im Rowohlt Taschenbuch Verlag GmbH,
Reinbek bei Hamburg, November 1999

Umschlaggestaltung Cordula Schmidt
(Foto: Copyright © 1996 by Twentieth Century Fox Corporation;
Tony Mauro)

Innengestaltung Daniel Sauthoff
Satz Rotis PostScript (PageOne)
Gesamtherstellung Clausen & Bosse, Leck

Printed in Germany
ISBN 3 499 26205 3

Widmung

Gewidmet den Agenten, Untersuchungsbeamten, Wissenschaftlern und anderen Angestellten des Federal Bureau of Investigation. Im Rahmen meiner Recherchen zu diesem Buch habe ich einige von ihnen treffen und das FBI bei der Arbeit an echten Fällen beobachten dürfen. Diese Leute sind nicht wie Mulder und Scully, aber sie sind stolz auf ihre Professionalität und ihr Engagement, die sie in ihre Arbeit einbringen.

Danksagung

Manchmal zieht die Abfassung eines Buches ähnlich große Kreise wie eine weitverzweigte Regierungsverschwörung. Im Fall von «Antikörper» waren einige der Schatenmänner hinter den Kulissen: Kristine Kathryn Rusch, Chris Carter, Mary Astadourian, Jennifer Sebree, Frank Spotnitz, Caitlin Blasdell, John Silbersack, Dr. Robert V. Stannard vom Adobe Pet Hospital, Tom Stutler, Jason C. Williams, Elton Elliot, Andrew Asch, Lil Mitchell, Catherine Ulatowski, Angela Kato, Sarah Jones und (wie immer) Rebecca Mosta, meine Frau.

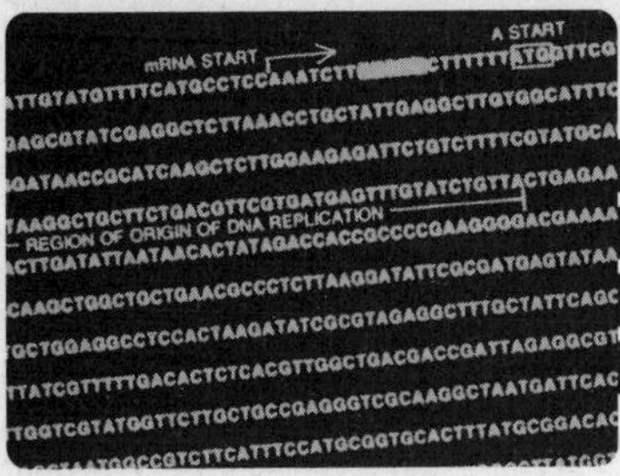

1

Ruine der DyMar-Laboratorien, Portland, Oregon
Sonntag, 23:13 Uhr

Spät in einer Nacht voll kaltem Nebel und bleierner Luft ging der Alarm los.

Es war ein primitives Sicherheitssystem, das man in aller Eile um das ausgebrannte, verlassene Gemäuer installiert hatte, und Vernon Ruckman war der einzige Wachmann der Nachtschicht … aber er wurde dafür bezahlt – und zwar erstaunlich gut –, daß niemand in die einsturzgefährdete Ruine der DyMar-Laboratorien am Stadtrand von Portland, Oregon, eindrang.

Er steuerte seinen rostigen Buick über die feuchte Kiesauffahrt. Die abgefahrenen Reifen knirschten die flache Anhöhe hinauf, wo sich noch vor anderthalb Wochen das Krebsforschungszentrum erhoben hatte.

Vernon hielt an, löste den Sicherheitsgurt und stieg aus, um den Zwischenfall zu untersuchen. Er mußte vorsichtig sein, wachsam. Er mußte das Gelände sorgfältig inspizieren. Er schaltete seine offizielle Sicherheitstaschenlampe ein – schwer genug, um als Baseballschläger zu dienen – und richtete sie wie einen Feuerwehrschlauch aus Licht auf die geschwärzten Ruinen des Anwesens.

Seine Arbeitgeber hatten Vernon keinen Dienstwagen zur Verfügung gestellt, ihm dafür aber eine Uniform, eine Marke und einen geladenen Revolver gegeben. Er mußte Selbstvertrauen ausstrahlen und einschüchternd auftreten, wenn er die dreisten Jugendlichen vertreiben wollte, die es sich zur Mutprobe machten, in das rußige Gemäuer des Labors einzudringen. In der Woche, nachdem das Gebäude vom Mob in Brand gesteckt worden war, hatte er bereits ein paar Schaulustige verscheucht, Teenager, die kichernd in die Nacht geflohen waren. Vernon hatte keinen von ihnen erwischt.

Dabei war die Angelegenheit ganz und gar nicht zum Lachen. Die DyMar-Ruine war einsturzgefährdet und sollte in den nächsten Tagen abgerissen werden. Schon jetzt stand die entsprechende Ausrüstung bereit: Bulldozer, Preßlufthämmer und kleine Bagger waren vor großen Treibstofftanks geparkt, direkt neben einem Verschlag mit Zündkapseln und Sprengstoff, der mit einem Vorhängeschloß gesichert war. Offenbar hatte es jemand verdammt eilig, die Überreste des Krebsforschungszentrums zu beseitigen.

Bis es soweit war, schrie dieses Gelände geradezu nach einem Unfall. Und Vernon Ruckman wollte nicht, daß es während *seiner* Schicht dazu kam.

Der grelle Strahl seiner Taschenlampe brannte einen immer größer werdenden Kegel durch den Nebel und riß das Labyrinth aus eingeknickten Trägern, verkohlten Holzbalken und heruntergefallenen Dachsparren aus der Dunkelheit. Die DyMar-Laboratorien sahen wie die vergessene Kulisse eines alten Horrorfilms aus, und Vernon stellte sich vor, daß Zelluloid-Monster in den Ruinen lauerten und durch den Nebel schlichen.

Nach dem Brand hatte man das Gelände mit einem gemieteten Maschendrahtzaun abgesperrt – und jetzt entdeckte Vernon, daß das Tor einen Spalt weit offenstand. Eine Brise pfiff leise durch den Maschendraht, das Tor knarrte, dann herrschte wieder Stille an diesem unheimlichen Ort.

Vernon glaubte, im Inneren des Gebäudes eine Bewegung zu hören, rutschenden Schutt, das Poltern von Stein und Holz. Er stieß das Tor weit auf und betrat das Gelände, verharrte einen Moment und lauschte konzentriert, dann ging er vorsichtig weiter, wie es das Lehrbuch empfahl. In der linken Hand hielt er die Taschenlampe, während seine rechte dicht über dem schweren Polizeirevolver an seinem Hüftholster hing.

In einer kleinen Tasche an seinem Ledergürtel befanden sich Handschellen, und er glaubte, mit ihnen umgehen zu können, aber bis jetzt hatte er noch nie jemanden gefangengenommen. Das Dasein als Nachtwächter bestand hauptsächlich aus viel Lesen und ein paar falschen Alarmen (vor allem, wenn man eine lebhafte Phantasie hatte) – mehr nicht.

Vernons Freundin war eine Nachteule, eine angehende Dichterin, die ihre Nächte damit verbrachte, darauf zu warten, daß sie von der Muse geküßt wurde, wenn sie nicht gerade ein paar Stunden in dem rund um die Uhr geöffneten Coffee Shop arbeitete, wo sie angestellt war. Vernon hatte sich ihrem Lebensrhythmus angepaßt, und dieser Nachtwächterjob war wie gerufen gekommen. In der ersten Woche war er ständig müde und benommen gewesen.

Jetzt, als Vernon das ausgebrannte Labyrinth betrat, war er hellwach.

Da war tatsächlich jemand.

Unter seinen Füßen knirschten Glassplitter, alte Asche und geborstener Beton. Vernon erinnerte sich noch gut daran, wie diese Forschungseinrichtung einst ausgesehen hatte, ein High-Tech-Zentrum in ungewöhnlich modernem Nordwest-Baustil – eine Mischung aus glitzernd-futuristischem Glas und Stahl und edlem goldfarbenem Holz aus den dichten Küstenwäldern Oregons.

Das Labor hatte nach den gewalttätigen Protesten, dem Brandanschlag und der Explosion wie Zunder gebrannt.

Es würde ihn nicht überraschen, wenn sich herausstellte, daß dieser nächtliche Eindringling keiner von den Teenagern war, sondern ein Mitglied der Tierschützergruppen, die sich zu dem Brandanschlag bekannt hatten. Vielleicht ein Aktivist, der Souvenirs sammeln wollte, Kriegstrophäen eines blutigen Sieges.

Vernon wußte es nicht. Er fühlte nur, daß er vorsichtig sein mußte.

Er ging weiter und zog den Kopf ein, um nicht gegen einen heruntergesackten Holzbalken zu stoßen, schwarz und von grauweißer Asche gefleckt, in der sengenden Hitze gesplittert. Der Fußboden des Hauptgebäudes schien brüchig zu sein und drohte jeden Moment in das Kellergeschoß abzusacken. Einige Wände waren eingestürzt, Trennwände geschwärzt, Fensterglas geplatzt.

Er hörte, wie sich jemand leise bewegte. Vernon schwenkte seine Taschenlampe, und weißes Licht stach in die Schatten, so daß sie tanzten, schwarze Formen, die ihn ansprangen und über die Wände huschten. Er hatte noch nie an Klaustrophobie gelitten, aber jetzt hatte er den Eindruck, daß das ganze Gemäuer im nächsten Moment einstürzen und ihn unter sich begraben würde.

Vernon verharrte und ließ seine Lampe kreisen. Er hörte wieder das Geräusch, leises Scharren, das Scharren einer Person, die etwas in den Trümmern suchte. Es kam von der gegenüberliegenden Seite, einem abgetrennten Bürobereich mit teilweise eingestürzter Decke, wo die verstärkten Wände der Zerstörung widerstanden hatten.

Er sah, wie sich dort ein Schatten bewegte, Schutt wegräumte, wühlte. Vernon schluckte hart und trat vor. «Sie da! Das ist Privatbesitz. Betreten verboten.» Er legte seine Hand an den Knauf seines Revolvers. Gab sich furchtlos. Er würde diesen Eindringling nicht entkommen lassen.

Vernon richtete seine Taschenlampe auf die Gestalt. Ein großer, breitschultriger Mann richtete sich auf und drehte sich langsam zu ihm um. Der Eindringling floh nicht, geriet nicht in Panik – und das machte Vernon noch nervöser. Der Mann war seltsam angezogen, trug Kleidungsstücke, die nicht zusammenpaßten und jetzt voller Ruß waren; es sah aus, als hätte er seine Sachen aus einem herrenlosen Koffer gestohlen oder irgendwelche Wäscheleinen geplündert.

«Was machen Sie hier?» fragte Vernon. Er richtete die Lampe auf das Gesicht des Mannes. Der Eindringling war schmutzig, ungekämmt – und er sah völlig heruntergekommen aus. *Großartig,* dachte Vernon. Ein Stadtstreicher, der in den Ruinen nach Dingen suchte, die er verkaufen konnte. «Sie haben hier nichts zu suchen.»

«Doch, das habe ich», versicherte der Mann. Seine Stimme klang seltsam nachdrücklich und zuversichtlich, und das brachte Vernon aus dem Konzept.

«Sie dürfen hier nicht einfach eindringen», sagte Vernon heftig.

«Doch, ich darf», erwiderte der Mann. «Ich bin dazu befugt. Ich … habe für DyMar gearbeitet.»

Vernon trat näher. Damit hatte er nicht gerechnet. Er leuchtete dem Eindringling weiter mit der Taschenlampe ins Gesicht, um ihn einzuschüchtern.

«Mein Name ist Dorman, Jeremy Dorman.» Der Mann fummelte in seiner Hemdtasche, und Vernon griff nach seinem Revolver. «Ich will Ihnen nur meinen DyMar-Ausweis zeigen», erklärte Dorman.

Vernon trat einen weiteren Schritt näher, und im Licht seiner starken Taschenlampe konnte er erkennen, daß der Eindringling krank aussah und heftig schwitzte ... «Sie sollten zu einem Arzt gehen, Freundchen.»

«Nein», wehrte Dorman ab. «Was ich brauche ... ist hier drinnen.» Vernon sah, daß der kräftige Mann einen Teil des Schutts weggeräumt und einen feuersicheren Safe freigelegt hatte.

Dorman brachte schließlich einen zerknitterten, abgewetzten Ausweis mit Foto aus seiner Hemdtasche zum Vorschein – einen Dienstausweis der DyMar-Laboratorien. Dieser Mann hatte hier gearbeitet ... aber das bedeutete natürlich nicht, daß er jetzt die ausgebrannte Ruine plündern durfte.

«Das ist mir völlig egal, Freundchen», sagte Vernon. «Ich werde Sie mitnehmen, und dann wird sich schon zeigen, ob Sie wirklich befugt sind, sich hier aufzuhalten.»

«Nein!» stieß Dorman so heftig hervor, daß Speichel von seinen Lippen spritzte. «Sie verschwenden meine Zeit.» Die Haut seines Gesichts zuckte und wölbte sich, fast so, als würde eine Armee aus winzigen Ratten unter seiner Gesichtsmuskulatur wimmeln. Vernon schluckte hart, versuchte aber, Haltung zu bewahren.

Dorman ignorierte ihn und wandte sich ab.

Wütend trat Vernon näher und zog seine Waffe. «Das denke ich nicht, Mr. Dorman. An die Wand mit Ihnen – sofort.» Vernon bemerkte plötzlich die dicken Wülste unter dem schmierigen Hemd des Mannes. Sie schienen sich wie von einem eigenen Willen beseelt zu bewegen.

Dorman sah ihn mit zusammengekniffenen dunklen Augen an. Vernon fuchtelte mit seinem Revolver. Gleichmütig und nicht im geringsten eingeschüchtert, trat der Mann an eine der intakten Betonwände, die vom Feuer rußgeschwärzt war. «Ich sagte doch, Sie verschwenden meine Zeit», grollte Dorman. «Ich habe nicht viel Zeit.»

«Wir werden uns so viel Zeit nehmen, wie wir brauchen», erwiderte Vernon.

Seufzend legte Dorman seine Hände an die rußgeschwärzte Wand und wartete. Die Haut seiner Hand war wächsern, plastikähnlich … irgendwie wässerig. Vernon fragte sich, ob der Mann einer giftigen Substanz ausgesetzt gewesen war, Säure oder Industrieabfällen. Und obwohl er eine Waffe hatte, gefiel ihm die Sache ganz und gar nicht.

Aus den Augenwinkeln heraus sah er, wie sich einer der Wülste unter Dormans Hemd bewegte. «Stehen Sie still, während ich Sie durchsuche.»

Dorman biß die Zähne zusammen und starrte die Betonwand an, als würde er die Ascheflocken zählen. «Das würde ich nicht tun», sagte er.

«Wagen Sie es nicht, mir zu drohen», stieß Vernon hervor.

«Dann fassen Sie mich nicht an», gab Dorman zurück. Vernon klemmte die Taschenlampe zwischen seinen Ellbogen und seiner Seite, tastete dann hastig den Mann ab, durchsuchte ihn mit einer Hand.

Dormans Haut fühlte sich heiß und seltsam knotig an – und dann berührte seine Hand eine feuchte, glitschige Substanz. Hastig zog er seine Hand zurück. «Verdammt!» keuchte er. «Was ist das?» Er starrte seine Hand an und sah, daß sie von einer Art Schleim überzogen war.

Dormans Haut zuckte und wand sich, als ob sich unter dem Fleisch eine ganze Armee von Ratten in Bewegung gesetzt hätte. «Sie hätten es nicht anfassen sollen.» Dorman drehte sich um und funkelte ihn zornig an.

«Was ist das für ein Zeug?» Vernon schob seinen Revolver zurück ins Holster, betrachtete entsetzt seine Hand und versuchte, den Schleim an seiner Hose abzuwischen. Er wich zurück und betrachtete mit Schrecken die unaufhörlichen Bewegungen in Dormans Körper.

Plötzlich brannte seine Handfläche. Es fühlte sich wie eine Art Säure an, die sich immer tiefer in sein Fleisch fraß. «He!» Er stolperte zurück und rutschte fast auf dem Schutt aus.

Vernon spürte, wie sich von seiner Hand ein Brennen ausbreitete, ein Prickeln wie von Miniaturblasen, die sein Handgelenk hinaufrasten, wie winzige Kugeln durch seine Nerven schossen, in seine Arme, seine Schultern, seine Brust.

Dorman senkte seine Arme, drehte sich um und sah ihn an. «Ich habe Ihnen doch gesagt, daß Sie mich nicht anfassen sollen», murmelte er.

Vernon spürte, wie sich all seine Muskeln verhärteten, wie Krämpfe seinen Körper erschütterten, tausend winzige Feuerwerkskörper in seinem Kopf explodierten. Er konnte außer grellen, psychedelischen Blitzen nichts mehr sehen; da war nur noch Flimmern vor seinen Augen. Seine Arme und Beine zuckten, seine Muskeln verkrampften sich.

Er hörte, wie Knochen brachen. Seine Knochen.

Er schrie, während er nach hinten kippte, als hätte sich sein ganzer Körper in ein Minenfeld verwandelt.

Die Taschenlampe, die noch immer hell leuchtete, fiel auf den aschebedeckten Boden.

Dorman betrachtete noch ein paar Augenblicke lang den zuckenden Körper des Nachtwächters und wandte sich dann wieder dem halb freigelegten Safe zu. Die Haut des Opfers wellte sich und warf Blasen, während das zerstörte Muskelgewebe von großen rotschwarzen Flecken überzogen wurde. Die

Taschenlampe des Wächters warf einen grellen weißen Lichtkreis auf den Boden, und Dorman konnte dicke Wucherungen, Pusteln, Tumore, Geschwülste erkennen.

Das Übliche.

Dorman riß den Rest der Wandverschalung und den bröckeligen Gips heraus und legte den Feuersafe frei. Er kannte die Kombination auswendig, und mit schnellem Griff drehte er die Wählscheibe und hörte, wie die Zylinder klickend einrasteten. Mit einer fleischigen, tauben Hand schlug er gegen die Tür, so daß die geschwärzte Farbe abblätterte, die in den Fugen festgebacken war. Dann schwang er die Tür auf.

Aber der Safe war leer. Jemand hatte den Inhalt, die Aufzeichnungen und die *stabilen* Prototypen.

Er wandte sich dem toten Wächter zu, als hätte Vernon Ruckman etwas mit dem Diebstahl zu tun. Er stöhnte auf, als ihn ein weiterer Krampf schüttelte. Seine letzte Hoffnung war das gewesen, was im Safe gelegen hatte.

Wütend richtete sich Dorman auf. Was sollte er jetzt tun? Er sah seine Hand an, und die Haut seiner Handfläche kräuselte sich und wogte wie unter einem zellularen Sturm. Er zitterte, als leichte Krämpfe seine Muskeln heimsuchten, aber er atmete tief durch und bekam seinen Körper wieder unter Kontrolle.

Mit jedem Tag verschlimmerte sich sein Zustand, doch er war entschlossen, alles zu tun, was nötig war, um am Leben zu bleiben. Dorman hatte immer getan, was nötig war.

Halb wahnsinnig vor Verzweiflung irrte er ziellos durch die Ruine der DyMar-Laboratorien. Die Computeranlage war nur noch Schrott wert, die Laboreinrichtung zerstört. Er fand einen geschmolzenen und zerbrochenen Schreibtisch, der seinem Standort nach einst David Kennessy gehört haben mußte, dem Forschungschef.

«Zur Hölle mit Ihnen, David», murmelte Dorman.

Mit aller Kraft riß er eine der oberen Schubladen heraus und entdeckte ein altes gerahmtes Foto – an den Ecken verkohlt, das Glas gesplittert. Er starrte das Foto an und löste es vorsichtig aus dem zerbrochenen Rahmen.

Der dunkelhaarige David, elegant wie immer, lächelte neben einer sportlich-hübschen Frau mit rotblonden Haaren und einem flachsblonden Jungen. Davor saß – wie konnte es anders sein? – der schwarze Labrador der Kennessys und ließ die Zunge aus dem Maul hängen. Das Familienfoto war vor dem elften Geburtstag des Jungen aufgenommen worden – bevor er an Leukämie erkrankt war. *Patrice und Jody Kennessy.*

Dorman nahm das Foto und stand auf. Er hatte eine Ahnung, wo sie hingegangen sein könnten, und war jetzt sicher, daß er sie finden würde. Er *mußte* sie einfach finden. Jetzt, da die Aufzeichnungen verloren war, lag die Antwort im Blut des Hundes. Er mußte sich auf seine Ahnung verlassen, was den Fluchtort von Patrice Kennessy anging. Und darauf, daß sie das Geheimnis des Hundes nicht kannte.

Er kehrte zur Leiche des Wachmanns zurück. Ohne auf die grausigen Flecke auf seiner Haut zu achten, nahm Dorman den Revolver des Nachtwächters und schob ihn in seine Hosentasche. Wenn er in Schwierigkeiten geriet, könnte ihm die Waffe vielleicht noch von Nutzen sein.

Jeremy Dorman wandte sich von dem erkaltenden, fleckenübersäten Leichnam ab und verließ mit Waffe und Foto die ausgebrannten DyMar-Laboratorien.

In seinem Inneren tickte die biologische Bombe weiter. Er hatte nicht mehr viel Zeit.

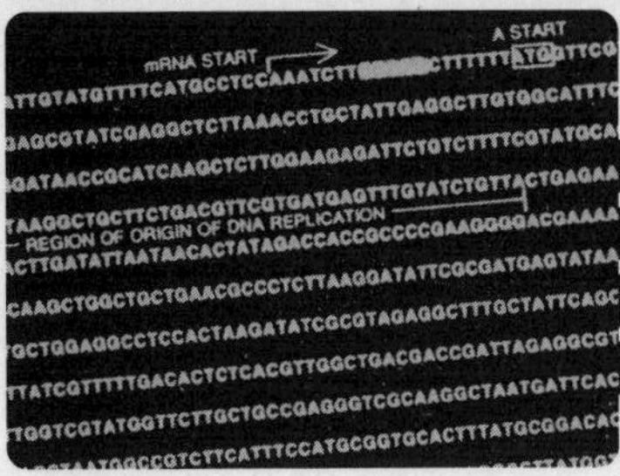

2

FBI-Zentrale,
Washington, D.C.
Montag, 7:43 Uhr

Der Bär war riesig, fünfmal so groß wie ein Wrest- ler-Champion. Kabeldicke Muskeln zeichneten sich unter seinem bronzebraunen Fell ab – ein Kodiakbär, ein wahres Prachtexemplar. Er hatte die Klauen ausgestreckt und beugte sich nach vorn, um einen Lachs aus dem felsigen Flußbett zu fischen, das die unberührte Natur durchschnitt.

Mulder starrte die Klauen an, die Fänge, bewunderte die urtümliche Kraft.

Er war froh, daß die Bestie ausgestopft war, ein Schaustück im Hoover Building, durch eine dicke Glasscheibe von ihm getrennt. Es mußte der Alptraum eines jeden Präparators sein, ein solches Tier auszustopfen.

Die wertvolle Jagdtrophäe war bei einer FBI-Razzia gegen einen Drogenboß beschlagnahmt worden. Der Drogenbaron hatte für seine private Jagdexpedition nach Alaska über 20000 Dollar bezahlt, und die Präparierung seiner Trophäe hatte noch mehr Geld gekostet. Als das FBI den Mann verhaftet hatte, war der riesige Bär nach dem R.I.C.O.-Gesetz konfisziert worden – da der Drogenbaron die Expedition mit illegalen Drogengeldern finanziert hatte, war sein Besitzanspruch verwirkt, und der ausgestopfte Bär gehörte jetzt der Bundesregierung.

Das FBI hatte für das Ungeheuer keine andere Verwendung gefunden, als es zusammen mit anderen bemerkenswerten konfiszierten Stücken auszustellen: eine Harley-Davidson, Halsketten, Ohrringe und Armbänder aus Smaragden und Diamanten, Barren aus purem Gold.

Hin und wieder verließ Mulder sein abgelegenes, düsteres Kellerbüro, wo er die X-Akten aufbewahrte, um heraufzukommen und die Ausstellungsstücke im Schaukasten zu betrachten.

Während Mulder den riesigen Bären musterte, dachte er noch immer mit einiger Verwirrung an den ungewöhnlichen Obduktionsbericht, der vor kurzem auf seinen Schreibtisch geflattert war. Die X-Akte stammte von einem Außendienstmitarbeiter aus Oregon.

Wenn ein Ungeheuer wie dieser Bär seine Beute tötete, war die Todesursache klar. Doch eine bizarre Krankheit warf viele Fragen auf – was für eine neue und möglicherweise ansteckende Krankheit um so mehr gelten mußte, wenn man ihr erstes Opfer auf dem Gelände eines medizinischen Forschungslabors gefunden hatte, das vor kurzem durch Brandstiftung zerstört worden war.

Unbeantwortete Fragen hatten Agent Fox Mulder schon immer fasziniert.

Er fuhr mit dem Aufzug hinunter zu seinem Büro, um sich an seinen Schreibtisch zu setzen und noch einmal den Bericht des Gerichtsmediziners zu lesen. Danach würde er Scully aufsuchen.

Sie stand hinter den dicken, schalldichten Plexiglas-Trennwänden des FBI-Schießstands. Special Agent Dana Scully zog ihre Handfeuerwaffe, eine neue 9-mm-Sig-Sauer, und schob ein Jumbomagazin mit fünfzehn Patronen hinein; eine weitere Patrone war in der Kammer.

Sie gab den Code in die Computertastatur links von ihr ein; Hydrauliken summten, und die schwarze Silhouetten-Zielscheibe des «Bösen» surrte an einem Kabel los und kam in zwanzig Meter Entfernung zum Stehen. Sie arretierte die Vorrichtung und griff nach den gefütterten Ohrenschützern, die rechts von ihr hingen. Sie streifte den Gehörschutz über ihr rotgoldenes Haar.

Dann hob sie ihre Pistole, ging in Schußposition und visierte ihr Ziel an. Sie kniff die Augen zusammen, blinzelte, zog in einem unbewußten Reflex den Abzug durch und gab den ersten Schuß ab. Dann zielte sie erneut, feuerte wieder und wieder, ohne sich zu vergewissern, wo die Kugeln einschlugen. Leere Patronenhülsen flogen wie Popcorn durch die Luft und landeten klirrend und klappernd auf dem Betonboden. Der Geruch von verbranntem Schwarzpulver stieg ihr in die Nase.

Sie dachte an jene Dunkelmänner, die ihre Schwester Melissa getötet und wiederholt versucht hatten, sie und Mulder zum Schweigen zu bringen und seine zugegebenermaßen unorthodoxen Theorien zu diskreditieren.

Scully zwang sich zur Ruhe, konzentrierte sich auf die Schießübung, auf das anvisierte Ziel. Wenn sie ihrem Zorn und ihrer Frustration freien Lauf ließ, würde sie das Ziel verfehlen.

Sie sah die schwarze Silhouette der Zielscheibe und erkannte in ihr nur die gesichtslosen Männer, die ihr ganzes Leben manipuliert hatten. Pockennarben, Nasenimplantate, Impfscheine und das mysteriöse Verschwinden von Personen – so wie man auch sie hatte verschwinden lassen. Jetzt hatte Dana Scully Krebs, inoperabel, tödlich, und sie war fast sicher, daß der Krebs eine Folge der Dinge war, die man ihr während ihrer Entführung angetan hatte. Und sie hatte keine Möglichkeit, die Verschwörung zu bekämpfen, kein Ziel, auf das sie schießen konnte. Ihr blieb keine andere Wahl, als ihre Suche fortzusetzen und darauf zu hoffen, andere Antworten zu finden.

Scully biß die Zähne zusammen und schoß wieder und wieder, bis das ganze Magazin geleert war.

Sie nahm die Ohrenschützer ab und holte das gelbe Papierziel per Knopfdruck heran. Jeder FBI-Agent mußte sich mindestens einmal in drei Monaten auf dem Quantico-Schießstand neu qualifizieren. Scully war eigentlich erst in vier Wochen wieder an der Reihe, aber es machte ihr Spaß, frühmorgens herzukommen und zu üben. Der Schießstand war dann leer, und sie konnte sich Zeit lassen.

Später am Tag würden die Besuchergruppen kommen, für die ein Special Agent, den man zum Fremdenführer verdonnert hatte, seine Schießkünste an der Sig Sauer, der M-16 und wahrscheinlich einer Thompson-Maschinenpistole demonstrieren würde. Scully wollte fertig sein, bevor die erste Gruppe aus großäugigen Pfadfindern und Schullehrern hinter den Panoramafenstern auftauchte.

Sie holte das durchlöcherte Ziel heran, musterte es und stellte erfreut fest, daß all ihre fünfzehn Schüsse in der Mitte der Brustsilhouette eingeschlagen waren.

Die Quantico-Ausbilder schärften den Agenten ein, in ihrem Gegner nie eine Person, sondern stets ein «Ziel» zu sehen. Sie richtete ihre Waffe nicht auf das Herz oder den Kopf oder die Hüfte. Sie zielte auf das «Zentrum der Masse». Sie zielte nicht, um die Bösen zu erschießen – sondern lediglich, um «das Ziel zu beseitigen».

Es war nicht die korrekte Art und Weise, eine Untersuchung zu beenden, indem man die Waffe zog und auf einen Verdächtigen schoß, sondern nur der allerletzte Ausweg für eine gute Agentin, wenn alle anderen Methoden versagten. Außerdem war der anschließende Papierkram grauenhaft. Sobald eine Bundesagentin ihre Waffe benutzte, mußte sie über jede einzelne verbrauchte Patrone Rechenschaft ablegen – was sich manchmal, wenn es zu einer wilden Verfolgungsjagd mit Schußwechsel gekommen war, recht schwierig gestaltete.

Scully riß das Papierziel ab, so daß der von Kugeln durchlöcherte Pappuntergrund sichtbar wurde. Sie gab einen Befehl in die Computertastatur ein, um das Ziel zurück zu seiner Ausgangsposition zu befördern, und als sie dann aufblickte, stellte sie überrascht fest, daß ihr Partner Mulder an der Wand der Besuchergalerie lehnte. Sie fragte sich, wie lange er schon auf sie gewartet hatte.

«Guter Schuß, Scully», sagte er. Er fragte nicht, ob sie bloß Schießübungen machte oder ihre persönlichen Dämonen exorzierte.

«Spionieren Sie mir nach, Mulder?» fragte sie spöttisch, um ihre Überraschung zu überspielen. Nach einem Moment peinlichen Schweigens fügte sie hinzu: «In Ordnung, was gibt es?»

«Ein neuer Fall. Und er wird Sie mit Sicherheit interessieren.» Er lächelte.

Sie hängte ihre Ohrenschützer an den entsprechenden Haken und folgte ihm zu seinem Kellerbüro. Selbst wenn Mulders Entdeckungen nicht immer glaubwürdig waren, so waren sie immer interessant – und ungewöhnlich.

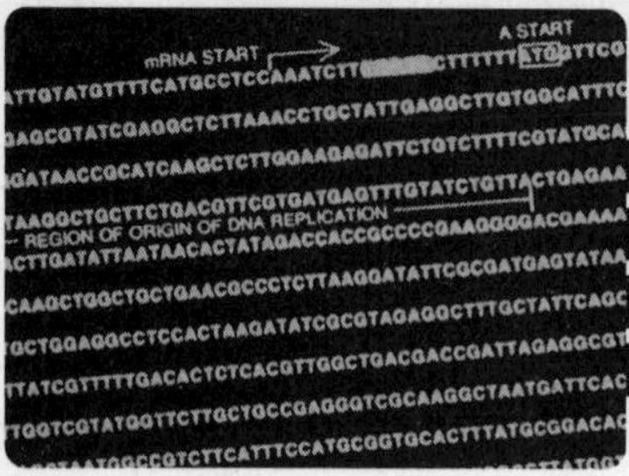

3

Khe Sanh Khoffee Shoppe, Washington, D.C.

Montag, 8:44 Uhr

Als Mulder sie aus dem Hoover Building führte, machte sich Scully fast ebenso viele Sorgen um den Fall, in den er sie hineinziehen wollte, wie um den Coffee Shop, den sie auf seinen Vorschlag hin ansteuerten. Selbst sein spontanes Versprechen, sie einzuladen, hatte sie nicht gerade mit Begeisterung erfüllt.

Sie passierten den Metalldetektor am Ausgang, drängten sich durch die Tür und stiegen die Granittreppe hinunter. An allen Ecken des riesigen, kastenförmigen Gebäudes waren uniformierte FBI-Wachleute postiert.

Mulder und Scully schoben sich an der Touristenschlange vorbei, die auf die erste FBI-Führung des Tages wartete. Obwohl die meisten Passanten die formelle Bürokleidung trugen, wie sie für den Regierungsbezirk von Washington, D.C., typisch war, verrieten die wissenden Blicke der Touristen Scully, daß man sie als Bundesagenten erkannte.

Rings um sie reckten sich weitere Bundesgebäude in den Himmel, prunkvoll und majestätisch – die Architektur im Zentrum Washingtons machte sich gegenseitig Konkurrenz. In den oberen Stockwerken vieler dieser Gebäude waren zahllose Beratungsfirmen, Anwaltskanzleien und mächtige Lobbyisten-Organisationen untergebracht. In den unteren Etagen befanden sich Cafés, Feinkostläden und Zeitungskioske.

Mulder hielt die Glastür des Khe Sanh Khoffee Shoppes auf.

«Mulder, warum kommen wir so oft hierher?» fragte sie und musterte die wenigen Gäste im Inneren. Im Bundesbezirk hatten viele eingewanderte koreanische Familien ähnliche Lokale eröffnet – hauptsächlich elegante Cafeterias, Coffee Shops und Restaurants. Aber die Inhaber des Khe Sanh Khoffee Shoppes imitierten mittelmäßige amerikanische Küche mit fanatischer Besessenheit – und unerfreulichen Resultaten.

«Mir gefällt das Lokal», erklärte Mulder achselzuckend. «Sie servieren den Kaffee in diesen hübschen großen Styroporbechern.»

Scully verzichtete auf jede weitere Diskussion und ging hinein. Ihrer Meinung nach hatten sie Wichtigeres zu tun … und Hunger hatte sie sowieso nicht.

Auf einer Tafel auf einem Gestell unweit einer großen und verstaubten Topfpflanze waren handschriftlich die Angebote des Tages aufgelistet. Neben der Registrierkasse stand ein Kühlschrank mit Mineralwasser und Limonaden. Der Großteil des Coffee Shops wurde von einem leeren Warmhaltetisch eingenommen; mittags servierten die Inhaber ein billiges – und billig schmeckendes – Büfett aus verschiedenen amerikanisierten fernöstlichen Spezialitäten.

Mulder legte seine Aktentasche auf einen der freien Tische und eilte dann zur Kasse und dem Kaffeeausschank, während Scully Platz nahm. «Kann ich Ihnen was mitbringen, Scully?» rief er.

«Nur Kaffee, Mulder», sagte sie gegen ihr besseres Wissen.

Er wölbte seine Brauen. «Hier gibt es ein großartiges Spezialfrühstück aus Spiegeleiern und Haschee-Toast.»

«Nur Kaffee», wiederholte sie.

Mulder kam mit zwei großen Styroporbechern zurück. Scully konnte das bittere Aroma schon riechen, bevor er den Becher vor ihr hinstellte. Sie nahm ihn mit beiden Händen und genoß die Wärme, die durch ihre Finger strömte.

Mulder öffnete geschäftsmäßig seine Aktentasche. «Ich denke, das hier wird Sie interessieren.» Er zog einen Pappordner heraus. «Portland, Oregon», sagte er. «Das sind die DyMar-Laboratorien, ein mit Bundesmitteln finanziertes Krebsforschungszentrum.»

Er reichte ihr eine dünne Broschüre mit Fotos einer wunderschönen, modernen Laboreinrichtung: ein Grundgerüst aus Stahl und Glas mit wunderschönen Holzverkleidungen, hölzernen Stützpfeilern und Hartholzfußböden. Der Empfangsbereich war verschwenderisch mit leuchtendgoldenem Holz und Topfpflanzen geschmückt, während die Laborbereiche sauber, weiß und steril waren.

«Ein hübsches Gebäude», kommentierte Scully, als sie die Broschüre wieder zuschlug. «Ich weiß zwar mittlerweile eine Menge über die neuesten Krebsforschungen, aber davon habe ich noch nicht gehört.»

«DyMar hat sich stets um Unauffälligkeit bemüht», erklärte Mulder, «bis vor kurzem.»

«Was hat sich geändert?» fragte Scully und legte die Broschüre auf den kleinen Tisch.

Mulder brachte das nächste Beweisstück zum Vorschein, ein schwarzweißes Hochglanzfoto desselben Gebäudes. Diesmal war es zerstört, niedergebrannt, von einem Maschendrahtzaun umgeben – ein verlassenes Kriegsgebiet.

«Wahrscheinlich Sabotage und Brandstiftung», sagte Mulder. «Die Untersuchungen sind immer noch im Gang. Es ist vor anderthalb Wochen passiert. Eine Zeitung in Portland hat ein Bekennerschreiben einer Protestgruppe erhalten – *Befreiung Jetzt* –, die die Verantwortung für den Anschlag übernommen hat, aber bis zu diesem Zeitpunkt hatte noch niemand etwas von ihr gehört. Vermutlich handelt es sich dabei um militante Tierschützer, die etwas gegen die Forschungen des Chefwissenschaftlers Dr. David Kennessy hatten. High-Tech-Forschungen, eine Menge Geheimsachen.»

«Und sie haben das Labor niedergebrannt?»

«Genauer gesagt, in die Luft gejagt und niedergebrannt.»

«Das erscheint mir ziemlich extrem, Mulder – normalerweise geben sich derartige Gruppen damit zufrieden, ihren Protest an die Öffentlichkeit zu tragen.» Scully musterte die verkohlten Ruinen.

«Eben, Scully. Irgend jemand wollte wirklich, daß die Experimente aufhören.»

«Was für Forschungen hat Kennessy denn betrieben, daß die Gruppe so empört darüber war?»

«Die Informationen darüber sind sehr vage», erklärte Mulder stirnrunzelnd. Seine Stimme klang jetzt besorgt. «Neue Techniken zur Behandlung von Krebs – wirklich bahnbrechendes Zeug –, an denen er zusammen mit seinem Bruder Darin jahrelang gearbeitet hat. Sie haben dabei ziemlich ausgefallene Verfahren ausprobiert. David war der Biologe und medizinische Chemiker, während Darin seine Erfahrung auf dem Gebiet der Elektrotechnik einbrachte.»

«Elektrotechnik und Krebsforschung?» fragte Scully. «Eine ungewöhnliche Kombination. Hat er ein neues Behandlungs- oder Diagnosegerät entwickelt?»

«Unbekannt», sagte Mulder. «Offenbar ist es vor sechs Monaten zu einem Zerwürfnis zwischen den Brüdern gekommen. Darin gab seine Stellung bei DyMar auf und schloß sich einer Splittergruppe von Survivalisten in der Wildnis Oregons an. Überflüssig zu sagen, daß er telefonisch nicht erreichbar ist.»

Scully blätterte weiter in der Broschüre, aber die einzelnen Mitglieder des Teams waren nicht aufgeführt. «Dann hat David Kennessy also ohne seinen Bruder weitergemacht?»

«Ja», bestätigte Mulder. «Zusammen mit ihrem Forschungsassistenten Jeremy Dorman. Ich habe versucht, ihre Aufzeichnungen und Berichte aufzuspüren, aber die meisten Dokumente wurden aus den Akten entfernt. Soweit ich weiß, hat sich Kennessy auf obskure Techniken konzentriert, die noch nie zuvor in der Krebsforschung eingesetzt wurden.»

Scully runzelte die Stirn. «Aber warum sollte jemand so gewalttätig darauf reagieren? Wie weit ist er mit seinen Forschungen gegangen?»

Mulder trank einen Schluck Kaffee. «Nun, offenbar gefiel es einigen Mitgliedern des Mobs nicht, daß Kennessy ein paar angeblich brutale und ungenehmigte Tierversuche durchgeführt hat. Ich kenne keine Einzelheiten, aber ich vermute, der gute Doktor hat ein wenig gegen die Grundsätze der Genfer Konvention verstoßen.» Mulder zuckte die Schultern. «Die meisten Aufzeichnungen sind verbrannt oder vernichtet, und es ist schwer, irgendwelche konkreten Informationen zu bekommen.»

«Ist jemand bei dem Feuer verletzt worden?» fragte Scully.

«Nach meinen Informationen sind Kennessy und sein Forschungsassistent Jeremy Dorman bei der Explosion umgekommen. Die Suchtrupps hatten Mühe genug, die Körperteile überhaupt zu finden, geschweige denn sie zu identifizieren. Irgend jemand muß gleich ein paar Bomben gelegt haben. Diese Gruppe meinte es ernst, Scully.»

«Das ist ja alles sehr aufregend, Mulder, aber was interessiert Sie daran?»

«Dazu komme ich gleich.»

Scully runzelte die Augenbrauen und betrachtete wieder das Hochglanzfoto des ausgebrannten Labors. Dann gab sie Mulder die Aufnahme zurück.

An den anderen Tischen saßen Leute in Straßenanzügen und unterhielten sich angeregt, ohne darauf zu achten, ob jemand zuhörte. Scully, Bundesagentin mit Haut und Haaren, spitzte unwillkürlich die Ohren. An einem Tisch diskutierte eine Gruppe von NASA-Mitarbeitern die Entwürfe und Modifikationen einer neuen interplanetaren Sonde, während an einem anderen Tisch andere Männer in gedämpftem Tonfall darüber debattierten, wie sich das Budget des Weltraumprogramms am besten kürzen ließ.

«Kennessy ist vorher offenbar bedroht worden», sagte Mulder, «aber diese Gruppe kam aus dem Nichts und brachte gleich eine große Menge auf die Beine. Ich habe vor dem DyMar-Zwischenfall nirgendwo einen Hinweis auf eine Organisation namens *Befreiung Jetzt* gefunden, bis der *Portland Oregonian* das Bekennerschreiben erhielt.»

«Warum hat Kennessy unter derartigen Umständen eigentlich weitergearbeitet?» Scully griff wieder nach der bunten Broschüre und überflog die üblichen Propagandaerklärungen wie «neuer Durchbruch in der Krebsforschung», «erstaunliche Behandlungsalternativen» und «ein Heilmittel ist greifbar nah». Sie holte tief Luft. Seit den fünfziger Jahren gaben Onkologen dieselben Phrasen von sich.

Mulder zog ein weiteres Foto aus der Aktentasche; es zeigte einen elf- oder zwölfjährigen Jungen. Er lächelte in die Kamera, sah aber ausgezehrt und schwach aus, mit eingefallenem Gesicht, grauer, papierdünner Haut und ausgefallenen Haaren.

«Das hier ist Kennessys zwölfjähriger Sohn Jody, unheilbar an

Krebs erkrankt – akute lymphoblastische Leukämie. Kennessy hat verzweifelt nach einer Behandlungsmöglichkeit gesucht, und er war sicherlich nicht bereit, sich von ein paar Demonstranten an seiner Arbeit hindern zu lassen. Nicht eine Minute lang.»

Sie stützte ihr Kinn mit der Hand. «Mir ist immer noch nicht klar, warum ein Fall von simpler Brandstiftung und Sachbeschädigung Ihr Interesse weckt.»

Mulder zog das letzte Foto aus dem Ordner. Ein uniformierter Wachmann lag ausgestreckt auf dem Boden der Brandruine, das Gesicht eine schmerzverzerrte Maske, die Haut fleckig und von länglichen Geschwülsten übersät, Arme und Beine in seltsamen Winkeln verdreht, wie eine Spinne, die man mit Insektengift besprüht hatte.

«Dieser Mann wurde gestern nacht in den Ruinen der niedergebrannten Laboranlage gefunden», erklärte Mulder. «Schauen Sie sich mal die Symptome an. Bis jetzt hat man sie noch nicht identifizieren können.»

Scully griff nach dem Foto und betrachtete es konzentriert. Ihre Augen verrieten ihre Beunruhigung. «Allem Anschein nach war ein schnell wirkendes und ungemein intensives Nervengift die Ursache.»

Mulder wartete, bis sie die grausamen Details aufgenommen hatte, und sagte: «Könnten Kennessys Forschungen etwas damit zu tun haben? Vielleicht irgend etwas, das vom Feuer nicht erfaßt wurde …»

Scully runzelte die Stirn, als sie sich konzentrierte. «Wir wissen nicht genau, was die Brandstifter gemacht haben, bevor sie das Labor zerstörten. Vielleicht haben sie irgendwelche Versuchstiere befreit und dabei etwas sehr Gefährliches freigesetzt.»

Mulder trank einen weiteren Schluck Kaffee und sammelte dann die Unterlagen aus dem Ordner ein. Er ließ Scully ihre eigenen Schlüsse ziehen.

Mit offenkundigem Interesse betrachtete Scully die Aufnahme. «Schauen Sie sich diese Tumore an ... Wie schnell sind die Symptome aufgetaucht?»

«Offenbar war das Opfer ein paar Stunden vorher beim Arbeitsantritt noch normal und gesund.» Mulder lehnte sich nach vorne. «Worüber, denken Sie, ist dieser Wächter gestolpert?»

Scully kniff betroffen die Lippen zusammen. «Das kann ich wirklich nicht sagen, wenn ich die Leiche nicht selbst gesehen habe. Wird der Körper unter Quarantäne gehalten?»

«Ja. Ich dachte, Sie hätten vielleicht Lust, mich zu begleiten, wenn ich mich vor Ort umsehe.»

Scully nahm ihren ersten Schluck Kaffee, und er schmeckte tatsächlich so schauderhaft, wie sie befürchtet hatte. «Auf geht's, Mulder», sagte sie und stand vom Tisch auf. Sie gab Mulder die bunte Broschüre mit ihren optimistischen Erklärungen zurück.

Kennessy mußte an seinen Versuchstieren irgendwelche radikalen und unorthodoxen Versuche durchgeführt haben. Es war denkbar, daß nach der brutalen Zerstörung des Labors einige dieser Tiere entkommen waren. Und vielleicht waren sie die Träger eines tödlichen Krankheitserregers.

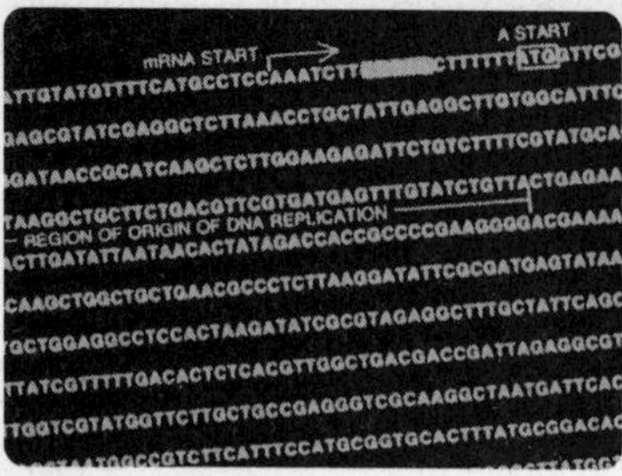

4

State Highway 22, Küstenabschnitt, Oregon

Montag, 22:00 Uhr

Der Hund blieb mitten auf der Straße stehen, verharrte auf seinem Weg in den Wald. Das Laub auf dem Asphalt roch feucht und würzig. Aus den Gräben am Straßenrand, zwischen kiesbedeckten Auffahrten und Landbriefkästen, ragten reflektierende Straßenpfosten. Im Gegensatz zum dichten Fichten- und Zedernwald roch die Straße nach Autos, Reifen, heißen Motoren und stickigen Abgasen.

Die Zwillingsscheinwerfer des heranrasenden Wagens sahen wie leuchtende Münzen aus. Das Licht ließ den Hund erstarren und spiegelte sich in seinen dunklen Augen. Er hörte, wie das Auto das Summen der Nachtinsekten und das Rauschen der Bäume übertönte.

Das Auto klang laut. Das Auto klang zornig.

Die Straße war feucht und dunkel, von ausladenden Bäumen überschattet. Sie waren den ganzen Tag gefahren, und die Kinder waren quengelig … und in diesem Moment schien der spontane Urlaub doch keine so gute Idee mehr zu sein.

Bis zur zerklüfteten, malerischen Küste waren es noch immer knapp zwanzig Kilometer, und dann mußten sie noch weitere Kilometer den Highway hinauffahren, bis sie einen der Touristenorte mit Cafés, Kunstgalerien, Souvenirläden und Unterkünften erreichten (die sich allesamt «Inn» oder «Lodge» nannten, niemals nur schlicht Motel).

Vor fünfzehn Kilometern waren sie an einer gottverlassenen Straßenkreuzung mit einer Tankstelle, einer Hamburger-Filiale und einem heruntergekommenen Motel aus den fünfziger Jahren mit einem flackernden rosa KEIN neben dem ZIMMER FREI-Neonschild vorbeigefahren.

«Wir hätten den Ausflug besser planen sollen», sagte seine Frau, die neben ihm auf dem Beifahrersitz saß.

«Ich glaube, das hast du bereits erwähnt», erwiderte Richard spitz. «Ein- oder zweimal.»

Auf der Rückbank demonstrierten Megan und Rory ihre unendliche Langeweile auf untypische Weise. Rory war so unruhig, daß er seinen Gameboy ausgeschaltet hatte, und Megan war so müde, daß sie sogar aufgehört hatte, ihren Bruder zu ärgern.

«Ich weiß nicht, was ich tun soll», jammerte Rory.

«Dad, kennst du nicht irgendwelche Spiele?» fragte Megan. «Hast du als Kind nie Langeweile gehabt?»

Er rang sich ein Lächeln ab und betrachtete dann im Rückspiegel die mürrischen Gesichter der beiden Kinder auf dem Rücksitz des Subaru Outback. Richard hatte den Wagen für ihren Kurzurlaub gemietet, da seine Bereifung und sein Allradantrieb für diese Bergstraßen ideal geeignet waren. Zu Beginn der langen Fahrt hatte er sich wie Superdad gefühlt.

«Nun, meine Schwester und ich haben häufig ein Spiel namens SILO gespielt. Das war in Illinois, wo es eine Menge Farmen gab. Man mußte dabei die Landschaft im Auge behalten und sich jedesmal melden, wenn man einen Silo neben einer Scheune entdeckte. Wer die meisten Silos sah, hatte gewonnen.» Er versuchte, es interessant klingen zu lassen, aber schon damals hatte nur die Eintönigkeit des ländlichen Mittleren Westens aus SILO ein halbwegs unterhaltsames Spiel gemacht.

«Das bringt nicht viel, wenn's draußen dunkel ist, Dad», meinte Rory.

«Ich glaube außerdem nicht, daß es hier irgendwelche Silos oder Scheunen gibt», fügte Megan hinzu.

Rechts und links huschten dunkle Bäume vorbei, und die grellen Scheinwerferstrahlen ließen den schmalen Highway wie einen Tunnel erscheinen. Er fuhr weiter und überlegte fieberhaft, wie er seine Kinder ablenken konnte. Es sollte für alle ein schöner Urlaub werden, schwor er sich. Morgen würden sie Devil's Churn besichtigen, wo die Ozeanwellen wie ein Geysir durch ein Loch in den Felsen hinaufschossen, und dann würden sie zur Columbia-River-Schlucht weiterfahren und jede Menge Wasserfälle bewundern können.

Doch jetzt wollte er nichts anderes als eine Unterkunft für die Nacht finden.

«Ein Hund!» schrie seine Frau. «Ein Hund! Paß auf!»

Im ersten Moment glaubte Richard, daß sie eine bizarre Variante des SILO-Spiels spielte, aber dann entdeckte er die vierbeinige Gestalt, die mitten auf der Straße stand, mit glänzenden Augen wie Pfützen aus Quecksilber, in denen sich das Scheinwerferlicht spiegelte.

Er trat auf die Bremse, und die neuen Reifen des gemieteten Subaru rutschten über den schlüpfrigen Belag aus heruntergefallenem Laub. Der Wagen schlingerte und wurde langsamer, brauste aber weiter wie eine außer Kontrolle geratene Lokomotive.

Im Fond kreischten die Kinder. Die Bremsen und Reifen kreischten noch lauter.

Der Hund versuchte im letzten Moment noch davonzuspringen, aber da traf ihn schon die Stoßstange des Subaru mit einem grausigen dumpfen Krachen. Der schwarze Labrador flog auf die Kühlerhaube, knallte gegen die Windschutzscheibe, prallte ab und segelte in den unkrautbewachsenen Graben.

Der Wagen kam mit quietschenden Reifen zum Halten und wirbelte den regennassen Kieselbelag des Straßenrands auf. «Jesus Christus!» schrie Richard und schaltete so herunter, daß das ganze Fahrzeug wackelte.

Er griff nach seinem Sicherheitsgurt, fummelte am Verschluß, drückte und zerrte, bis er sich endlich öffnete. Megan und Rory klammerten sich im Fond aneinander, vor Entsetzen wie gelähmt, aber Richard stieß die Tür auf und sprang aus dem Wagen. Erst dann, viel zu spät, sah er nach hinten, ob vielleicht ein anderes Auto oder gar ein Lastwagen heranraste.

Nichts. Kein Verkehr, nur die Nacht. Im tiefen Wald waren sogar die Nachtinsekten verstummt, als würden sie das Drama beobachten.

Von einer düsteren Vorahnung erfüllt, bog er um den Wagen. Er entdeckte eine Beule im Kotflügel, einen zerschmetterten Scheinwerfer, einen Kratzer an der Kühlerhaube des Mietwagens. Schmerzhaft deutlich erinnerte er sich an seine leichtfertige, übermütige Art, mit der er die Vollkaskoversicherung des Mietwagenverleihers abgelehnt hatte. Jetzt starrte er die Bescherung an und fragte sich, wieviel die Reparatur wohl kosten würde.

Die hintere Tür öffnete sich einen Spalt weit, und eine sehr blasse Megan schlüpfte heraus. «Daddy? Geht es ihm gut?» Sie sah sich um, blinzelte in die Dunkelheit. «Wird der Hund wieder gesund?»

Er schluckte hart und stapfte dann am Kühler des Wagens vorbei ins feuchte Unterholz. «Einen Moment, Schätzchen. Ich seh mal nach.»

Der Hund lag zuckend auf dem Boden, ein großer schwarzer Labrador mit zerschmettertem Schädel. Er bewegte sich noch, versuchte sich in die Brombeersträucher zu schleppen, hinter denen ein Stacheldrahtzaun den Weg ins dichtere Unterholz versperrte. Aber er war zu schwer verletzt.

Der Hund winselte. Seine Rippen waren gebrochen, und Blut tropfte von seiner schwarzen Nase. Jesus, warum war das arme Tier nicht auf der Stelle gestorben? Es hätte ihm viel Leid erspart.

«Am besten bringen wir ihn zum Arzt», riß ihn Rorys Stimme aus seinen Gedanken. Er hatte nicht gehört, wie der Junge ausgestiegen war. Seine Frau stand neben der Beifahrertür. Sie sah ihn mit aufgerissenen Augen an, und er schüttelte andeutungsweise den Kopf.

«Ich glaube nicht, daß ihm ein Arzt noch helfen kann, Sportsfreund», sagte er.

«Wir können ihn nicht einfach hierlassen», protestierte Megan. «Wir müssen ihn zu einem Tierarzt bringen.»

Er starrte den schrecklich zugerichteten Hund an, dann den zerbeulten Mietwagen, und fühlte sich völlig hilflos. Seine Frau stützte sich auf die offene Tür. «Richard, im Kofferraum liegt eine Decke. Wir können Platz schaffen, indem wir die Koffer zu den Kindern auf den Rücksitz packen. Wir bringen den Hund zur nächsten Tierklinik. In der nächsten Stadt müßte es eine geben.»

Richard sah die Kinder an, seine Frau und den Hund. Er hatte absolut keine Wahl. Er schluckte seinen Protest hinunter, denn er wußte, daß es keinen Sinn hatte, und holte die Decke, während seine Frau die Koffer umlud.

Die nächste größere Stadt entlang der Straße, Lincoln City, lag direkt an der Küste. Die Straßenbeleuchtung war ausgeschaltet, und bis auf das fahle Licht, das durch heruntergelassene Wohnzimmerjalousien sickerte, hinter denen die Bewohner fernsahen, war alles dunkel. Während er durch die Stadt fuhr und verzweifelt nach einer Tierklinik suchte, fragte er sich, warum die Bewohner bei Sonnenuntergang nicht gleich die Bürgersteige hochgeklappt hatten.

Endlich entdeckte er ein unbeleuchtetes Schild mit der Aufschrift *Hugharts Familien-Tierklinik* und steuerte den leeren Parkplatz an. Megan und Rory schluchzten auf dem Rücksitz; seine Frau saß schweigend, mit zusammengekniffenen Lippen, an seiner Seite.

Richard eilte die Betontreppe hinauf und klingelte an der Tür des Tierarztes. Dann trommelte er so lange mit den Fingerknöcheln gegen das Fenster, bis im Flur das Licht anging. Als ein alter Mann durch die Scheibe spähte, rief Richard: «Wir haben einen verletzten Hund im Wagen. Wir brauchen Ihre Hilfe.»

Der alte Tierarzt zeigte nicht die geringste Überraschung, als hätte er nichts anderes erwartet. Er schloß die Tür auf, und Richard deutete auf den Subaru. «Wir haben ihn auf dem Highway angefahren. Ich … ich fürchte, es steht ziemlich schlimm um ihn.»

«Ich werde sehen, was ich für ihn tun kann», sagte der Tierarzt und trat an den Kofferraum des Wagens. Richard klappte die Hecktür hoch, und Megan und Rory stiegen neugierig aus und schauten mit großen, hoffnungsvollen Augen zu. Der Tierarzt warf einen Blick auf die Kinder, sah dann Richard an und nickte verstehend.

Im Kofferraum lag der blutende Hund und war trotz seiner

schweren Verletzungen noch immer am Leben. Zu Richards Überraschung wirkte der schwarze Labrador kräftiger als zuvor, regelmäßig atmend, tief schlafend. Der Tierarzt musterte ihn, und das undurchdringliche Gesicht des alten Mannes verriet Richard, daß für den Hund keine Hoffnung mehr bestand.

«Das ist aber nicht Ihr Hund, oder?» fragte der Tierarzt.

«Nein, Sir», antwortete Richard. «Er hat auch keine Marke. Ich habe jedenfalls keine gefunden.»

Megan spähte in den Kofferraum. «Wird er wieder gesund, Mister?» fragte sie. «Kommen wir wieder zurück, um ihn zu besuchen, Daddy?»

«Wir müssen ihn hierlassen, Schätzchen», erklärte er. «Dieser Mann wird sich schon um den Hund kümmern.»

Der Tierarzt lächelte sie an. «Natürlich wird er wieder gesund», versicherte er. «Ich habe ein paar ganz besondere Verbände für ihn.» Er blickte zu Richard auf. «Wenn Sie mir helfen, ihn in den Behandlungsraum zu tragen, können Sie gleich weiterfahren.»

Richard schluckte hart. So, wie ihn der alte Mann durchschaute, mußte er jede Woche derartige Fälle sehen, verletzte Tiere, die man in seiner Obhut zurückließ.

Die beiden Männer griffen unter die Decke und hoben den schweren Hund hoch. Leise keuchend trugen sie ihn zur Hintertür der Klinik. «Er ist *heiß*», stellte der Tierarzt fest, als sie die Schwingtür passierten. Sie legten den Hund auf den Operationstisch, dann durchquerte der Tierarzt den Raum und schaltete das Licht ein.

Richard konnte es kaum erwarten, von hier wegzukommen. Er dankte dem alten Mann überschwenglich, wandte sich zur Tür und legte eine seiner Visitenkarten auf die Rezeption, zögerte und überlegte es sich dann anders. Er schob die Karte zurück in seine Tasche und eilte durch die Vordertür.

Hastig kehrte er zum Subaru zurück und stieg ein. «Er wird sich um alles kümmern», sagte Richard, ohne jemand direkt anzusprechen, und ließ den Wagen an. Seine Hände waren klebrig, schmutzig, von den Haaren und dem Blut des Hundes verdreckt.

Der Wagen rollte los, und Richard versuchte verzweifelt, die friedliche, unbeschwerte Urlaubsstimmung zurückzuholen. Im Wald stimmten die Nachtinsekten wieder ihre Musik an.

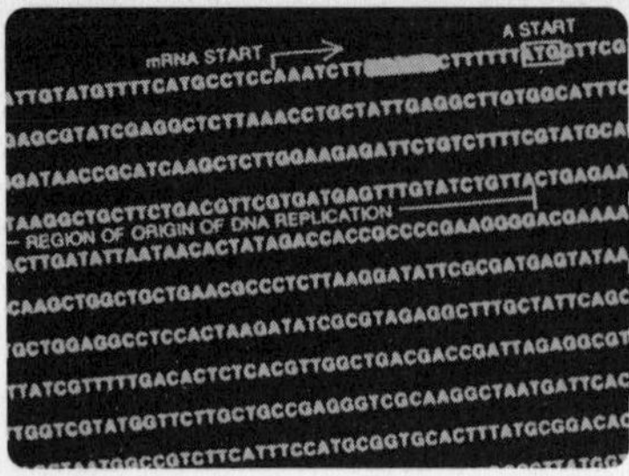

5

Mercy Hospital, Portland, Oregon
Dienstag, 10:03 Uhr

Der Morgen eines grauen Tages. Frühnebel hing in der Luft und brachte Feuchtigkeit und Kühle mit sich. Die Wolken und der Dunst würden bis Mittag verschwinden und für ein paar gesegnete Minuten dem Sonnenschein weichen, bevor Wolken und Regen zurückkehrten.

Ein typischer Morgen in Portland.

Unter diesen Umständen störte es Scully nicht weiter, daß sie den Morgen zusammen mit Mulder in der Leichenhalle eines Krankenhauses verbringen würde.

Die stillen Gänge in den Kellergeschossen des Krankenhauses waren wie Gräber. Scully kannte diese Atmosphäre aus vielen Krankenhäusern, in denen sie Autopsien durchgeführt oder ihre Untersuchungen an kalten Leichen in Tiefkühlfächern fortgesetzt hatte. Aber obwohl ihr derartige Orte inzwischen vertraut waren, würde sie sich in ihnen niemals wohl fühlen.

Dr. Frank Quinton, der Portlander Gerichtsmediziner, war ein älterer, glatzköpfiger Mann mit einem Kranz weißer Haare am Hinterkopf. Er hatte ein engelhaftes Gesicht und trug eine Nikkelbrille.

Nach seinem freundlichen, großväterlichen Lächeln zu urteilen, hätte man ihn als einnehmenden, gutmütigen Mann eingestuft – aber Scully bemerkte den müden, verhärteten Ausdruck in seinen Augen. Als Gerichtsmediziner mußte Quinton im Lauf der Jahre zu viele Teenager gesehen haben, die man aus Autowracks gezogen hatte, zu viele Selbstmorde und sinnlose Unfälle, zu viele Beispiele für die Wahllosigkeit, mit der der Tod zuschlug.

Er schüttelte Scully und Mulder herzlich die Hand. Mulder nickte seiner Partnerin zu und sagte zu dem Gerichtsmediziner: «Wie ich schon am Telefon erwähnt habe, Sir, ist Agent Scully selbst Ärztin, spezialisiert auf ungewöhnliche Todesfälle. Vielleicht findet sie eine Erklärung.»

Der Gerichtsmediziner strahlte sie an, und Scully konnte nicht umhin, das Lächeln des freundlichen Mannes zu erwidern. «Wie ist der Zustand der Leiche jetzt?»

«Wir haben eine gründliche Desinfektion vorgenommen und die Leiche im Kühlraum aufbewahrt, um eine Verbreitung möglicher Krankheitserreger zu verhindern. Aber ich kann beim besten Willen nicht sagen, mit was wir es hier zu tun haben.»

Neben Quinton stand der Assistent des Gerichtsmediziners; er hielt ein Klemmbrett in der Hand und grinste wie ein Honigkuchenpferd. Der Assistent war jung und hager, aber schon fast so kahl wie der Gerichtsmediziner. Aus den bewundernden Blicken, die er dem älteren Mann zuwarf, schloß Scully, daß Frank Quinton sein Mentor war und daß er hoffte, eines Tages selbst Gerichtsmediziner zu werden.

«Er liegt im Fach 4E», erklärte der Assistent, obwohl Scully sicher war, daß der Gerichtsmediziner längst wußte, wo der Leichnam des Wachmanns aufbewahrt wurde. Der Assistent eilte zu der Wand mit den Kühlfächern aus poliertem rostfreiem Stahl. Scully wußte, daß die meisten Fächer die Leichen von Menschen enthielten, die eines natürlichen Todes gestorben waren – an Herzinfarkten, Autounfällen oder medizinischen Kunstfehlern bei der Behandlung im Krankenhaus. Oder

Altersheimbewohner, wie welkes Laub vom Baum des Lebens gefallen.

Doch ein Fach war mit einem gelben Klebeband markiert und mit Aufklebern versiegelt, die das Symbol für gefährliches biologisches Material zeigten, einen unterbrochenen Kreis. *4E.*

«Danke, Edmund», sagte der Gerichtsmediziner, während ihm Mulder und Scully zu den Kühlfächern der Leichenhalle folgten.

Quinton sah sie an. «Glücklicherweise waren die Polizisten vom Zustand der Leiche so entsetzt, daß sie Vorsichtsmaßnahmen ergriffen, Handschuhe, Schutzkleidung. Das alles wurde dann hier im Verbrennungsofen des Krankenhauses entsorgt.»

Edmund blieb vor der Schublade aus rostfreiem Stahl stehen und riß die Warnaufkleber ab. Auf einer Karte an der Vorderseite der Schublade stand: «Öffnen verboten, polizeiliches Beweismittel.»

Nachdem sich Edmund sterile Gummihandschuhe übergestreift hatte, packte er den Türgriff des Schubladenfachs, wobei er fast grinste. «Jetzt bekommen Sie was zu sehen. Wir haben nur selten so was Ausgefallenes wie diesen armen Kerl hier im Angebot.» Er öffnete die Fachtür, und ein Schwall eisiger Luft schlug ihnen entgegen.

Mit beiden Händen zog Edmund die Schublade mit dem Leichnam des Wachmanns heraus, der mit einer Plastikplane bedeckt war. Wie eine Messehosteß, die einen neuen Sportwagen enthüllte, schlug der Assistent die Decke zurück. Er trat zur Seite und machte dem Gerichtsmediziner, Scully und Mulder Platz.

In der kalten Kühlfachluft hing der schwere, ätzende Geruch von Desinfektionsmitteln und brannte in ihren Augen und Nasen. Scully beugte sich fasziniert nach vorn. Unter der Haut des Wachmanns sah sie die Flecken aus geronnenem Blut, an geschwärzte Blutergüsse erinnernd; die großen, teigigen Geschwülste, die wie Pilze in seinem Körper gewuchert waren.

«Wir kennen keine Tumore, die so schnell wachsen», sagte Scully. «Die begrenzte Zellteilungsrate macht ein derart schnelles Wachstum eigentlich unmöglich.» Sie beugte sich näher und bemerkte an einigen Stellen der Haut einen dünnen, glänzenden Belag. Irgendeine Art klares Sekret ... wie Schleim.

«Wir gehen von einem hochinfektiösen Erreger aus. Morgen oder übermorgen müßten wir die Laborergebnisse vom CDC bekommen», sagte Quinton. «Ich habe selbst Untersuchungen durchgeführt, unter strengsten Sicherheitsvorkehrungen, aber dieser Fall ist wirklich ungewöhnlich. Wir können das nicht intern regeln.»

Scully setzte ihre Untersuchung des Leichnams mit dem geübten Auge einer Ärztin fort, analysierte die Symptome und versuchte, das Krankheitsbild einzuordnen. Der Assistent reichte ihr einen Karton mit Latexhandschuhen. Sie nahm ein Paar, streifte sie über, bewegte prüfend die Finger und berührte dann die Haut des Leichnams. Er hätte kalt und leichenstarr sein müssen – aber statt dessen fühlte sich der Körper warm, frisch und weich an.

«Wann wurde dieser Mann eingeliefert?» fragte sie.

«Sonntag nacht», erwiderte Quinton.

Sie konnte die frostige Kälte der Kühleinheit riechen, sie mit ihrer Hand spüren. «Wie hoch ist seine Körpertemperatur? Er ist noch immer warm», sagte sie.

Der Gerichtsmediziner streckte neugierig die Hand aus und legte sie auf die blaugefleckte Schulter der Leiche. Er fuhr herum und sah streng den Assistenten an. «Edmund, macht die Kühleinheit wieder Probleme? Dieser Bursche ist warm. Unser Beweisstück wird bald verderben. Und wir müssen ihn schon wegen des Quarantänestatus tiefkühlen. Diesmal können wir uns keinen Schnitzer erlauben!»

Der gerichtsmedizinische Assistent zuckte wie ein verschrecktes Eichhörnchen zurück, völlig niedergeschmettert, weil sein Mentor ihn angeraunzt hatte. «Ich werde das überprüfen, Sir – sofort.» Er stürzte zu den Meßgeräten. «Die Temperatur in allen Schubfächern ist konstant.»

«Fühlen Sie doch selbst», fauchte der Gerichtsmediziner.

Edmund geriet ins Stottern. «Nein, Sir, ich glaube Ihnen, wenn Sie es sagen. Ich werde sofort den Wartungsdienst informieren.»

«Tun Sie das», nickte Quinton. Er zog seine Handschuhe aus und trat ans Spülbecken, um seine Hände gründlich zu waschen. Scully folgte seinem Beispiel.

«Ich hoffe, die Kühleinheit fällt nicht schon wieder aus», murmelte Quinton. «Das hätte mir jetzt gerade noch gefehlt, daß dieser Bursche anfängt zu riechen.»

Scully betrachtete nochmals die Leiche und fragte sich, was die Forschungen in DyMar wohl produziert haben mochten. Sollte etwas nach außen entwichen sein, dann dürfte mit mehr Leichen dieser Art zu rechnen sein. Was war es, das Darin Kennessy gewußt oder geahnt hatte, als er von der Forschungseinrichtung geflohen war?

«Gehen wir, Mulder. Wir haben noch eine Menge Boden gutzumachen.» Scully trocknete ihre Hände und strich sich eine Strähne rotblonden Haares aus dem Gesicht. «Wir müssen herausfinden, woran Kennessy gearbeitet hat.»

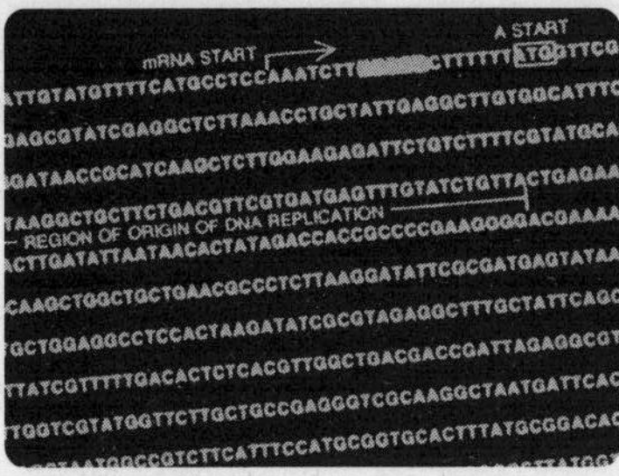

6

Haus der Kennessys,
Tigard, Oregon
Dienstag, 12:17 Uhr

Das Haus sah wie die meisten anderen in der Stra- ße aus – typisch vorstädtisch, in den siebziger Jahren erbaut, mit Aluminiumverkleidung, Schindeldach, Durchschnittsrasen, Durchschnittshecke, durch nichts von den anderen Mittelklassehäusern in dem Wohngebiet am Rande Portlands zu unterscheiden.

«Irgendwie hatte ich mir das Haus eines genialen jungen Krebsforschers … eindrucksvoller vorgestellt», meinte Mulder. «Vielleicht, daß ein weißer Laborkittel am Briefkasten hängt, Reagenzröhrchen die Auffahrt säumen …»

«Forscher führen keinen derart aufwendigen Lebensstil, Mulder. Sie verbringen ihre Zeit nicht mit Golfspielen und wohnen nicht in Herrenhäusern. Außerdem», fügte sie hinzu und schluckte härter als gewöhnlich, «hatte die Kennessy-Familie außergewöhnliche Belastungen zu tragen, die keine Krankenkasse übernimmt.»

Ihre Nachforschungen hatten ergeben, daß die Behandlungskosten für Jody Kennessys Leukämie die Ersparnisse der Familie aufgezehrt und sie gezwungen hatte, eine zweite Hypothek aufzunehmen.

Zusammen gingen Mulder und Scully die Auffahrt zur Haustür hinauf. Die zweistufige Treppe zur Veranda wurde von einem schmiedeeisernen Geländer gesäumt. Neben dem Garagenabfluß wuchs ein einsamer, unter Wasser stehender Kaktus.

Mulder zog sein Notepad aus der Tasche, und Scully wischte ihre Hände an ihrem Jackett ab. Die Luft war kühl und feucht, aber ihr Frösteln hatte mehr mit den Gedanken zu tun, die ihr durch den Kopf gingen.

Seit sie die Leiche des Wachmanns und die grausigen Folgen der Krankheit gesehen hatte, der er binnen kürzester Zeit zum Opfer gefallen war, wußte Scully, daß sie unbedingt herausfinden mußten, was David Kennessy in den DyMar-Laboratorien entwickelt hatte. Alle Unterlagen waren durch das Feuer vernichtet worden, und bis jetzt war es Mulder noch nicht gelungen, einen Verantwortlichen aufzuspüren; er wußte nicht einmal, wer in der Bundesregierung für die Finanzierung von DyMar zuständig gewesen war.

Die Sackgassen und falschen Spuren weckten seinen Jagdinstinkt, während sich Scully mehr für die medizinischen Fragen interessierte.

Scully erwartete nicht unbedingt, daß die Frau eines Forschers viel über dessen Arbeit wußte, aber in diesem Fall lagen die Dinge anders. Sie und Mulder waren zu dem Entschluß gelangt, als nächstes Kennessys Witwe Patrice zu befragen – die selbst eine intelligente Frau war. Insgeheim wollte Scully außerdem Jody kennenlernen.

Mulder musterte das Haus, während er sich der Vordertür näherte. Das Garagentor war geschlossen, die Fenstervorhänge waren zugezogen, alles war still und dunkel. Neben der Auffahrt lag die dicke, plastikverpackte Sonntagsausgabe des *Portland Oregonian.* Niemand hatte sie ins Haus geholt, und jetzt war Dienstag.

Als Mulder nach dem Klingelknopf griff, bemerkte Scully, daß das Holz um das Schloß gesplittert war. «Mulder ...»

Sie beugte sich prüfend hinunter. Irgend jemand hatte es aufgebrochen. Sie konnte deutlich die Kerben im Holz um den Türknauf und den Bolzen erkennen, den gesplitterten Rahmen. Jemand hatte die Bruchstücke notdürftig wieder zusammengedrückt, eine kosmetische Reparatur, um etwaige Passanten auf der Straße zu täuschen.

Mulder klopfte an der Tür. «Hallo!» rief er. Scully trat ins Blumenbeet und spähte durch das Wohnzimmerfenster; durch eine Lücke in den Vorhängen sah sie umgekippte Möbel und herausgerissene Schubladen auf dem Boden liegen.

«Mulder, wir sind jetzt berechtigt, das Haus zu betreten.»

Er rüttelte an der Tür, und sie schwang auf. «Bundesagenten!» rief er – aber aus dem Kennessy-Haus antwortete ihm nur ein leises, seufzendes Echo. Mulder und Scully betraten den Flur und blieben angesichts des Chaos abrupt stehen.

«Sehr subtil», brummte Mulder.

Das Haus war gründlich durchwühlt worden – die Möbel waren umgestürzt, die Polster aufgeschlitzt, die Füllungen herausgerissen. Die Einbrecher hatten bei ihrer brutalen Suche die Fußleisten von den Wänden gelöst und die Teppiche zerschnitten, um an die Dielen zu gelangen. Vitrinen- und Schranktüren standen sperrangelweit offen, Bücherregale waren umgekippt, und überall lagen Bücher und Nippes herum.

«Ich glaube nicht, daß wir hier jemanden finden werden», meinte Scully und stemmte die Arme in die Hüften.

«Wir sollten uns auf jeden Fall nach einer Putzfrau umsehen», sagte Mulder.

Sie durchsuchten trotzdem die einzelnen Zimmer. Scully fragte sich immer wieder, wer wohl einen Grund gehabt hatte, das Haus zu durchsuchen. Hatte sich die gewalttätige Demonstrantengruppe nicht mit der Ermordung von David Kennessy und Jeremy Dorman, dem Niederbrennen des gesamten

DyMar-Forschungszentrums zufriedengegeben, sondern gegen Kennessys Familie losgeschlagen?

Waren Patrice und Jody während des Überfalls im Haus gewesen?

Scully fürchtete schon, ihre Leichen in einem der hinteren Zimmer zu finden, geknebelt, zusammengeschlagen oder auf der Stelle erschossen.

Aber das Haus war leer.

«Wir müssen die Spurensicherung alarmieren und nach Blutspuren suchen lassen», erklärte Scully. «Wir müssen das Haus versiegeln und umgehend ein Team anfordern.»

Jodys Zimmer war besonders schlimm verwüstet worden. Die Holztäfelung war von den Wänden gerissen, vermutlich weil die Einbrecher hinter ihr etwas Wertvolles vermutet hatten. Das Bett des Jungen war umgekippt, die Matratze aufgeschlitzt.

«Das ergibt keinen Sinn», sagte Scully. «Sehr brutal ... und sehr gründlich.»

Mulder hob ein zertrümmertes Modell eines außerirdischen Raumschiffs aus *Independence Day* auf. Scully konnte sich vorstellen, wieviel Zeit und Mühe es den zwölfjährigen Jungen gekostet haben mußte, es zusammenzubauen.

«Genau wie bei dem Anschlag auf DyMar vor fast zwei Wochen», sagte Mulder.

Mulder bückte sich, hob ein Stück von einer zerbrochenen Gipsplatte auf und drehte sie zwischen seinen Fingern. Scully entdeckte das Modell eines Jagdflugzeugs, das ursprünglich an einer Angelschnur an der Decke gehangen hatte, aber jetzt mit geknickten Plastikflügeln auf dem Boden lag; der Rumpf war aufgebrochen worden, damit jemand hineinschauen konnte. Auf der Suche nach was?

Scully fröstelte; sie konnte sich lebhaft vorstellen, wie dieser Überfall für den Jungen gewesen sein mußte, den der Krebs ohnehin schon zum Tode verurteilt hatte. Jody Kennessy hatte schon genug durchgemacht, und jetzt mußte er auch noch das ertragen.

Scully wandte sich ab und ging in die Küche, wobei ihr die Glasscherben auffielen, die auf dem Linoleumboden und der Resopal-Anrichte lagen. Die Eindringlinge konnten unmöglich etwas in den Trinkgläsern gesucht haben. Sie hatten sie aus purer Zerstörungslust zerschmettert.

Mulder bückte sich neben dem Kühlschrank und musterte einen orangefarbenen Hundefreßnapf aus Plastik. Er hob ihn auf, drehte ihn und entdeckte an der Unterseite den mit Leuchtstift geschriebenen Namen *Vader.* Der Napf war bis auf ein paar harte, vertrocknete Futterkrümel leer.

«Sehen Sie sich das an, Scully», sagte er. «Wenn irgendeine Gruppe Patrice und Jody Kennessy entführt hat ... wo ist dann der Hund?»

Scully runzelte die Stirn. «Wahrscheinlich dort, wo sie auch sind.» Sie betrachtete lange und bedächtig die Verwüstung in der Küche und schluckte hart. «Sieht aus, als müßten wir unsere Ermittlungen ausdehnen.»

7

Küstenregion, Oregon

Dienstag, 14:05 Uhr

Niemand würde sie je in diesem Blockhaus finden, das einsam in der menschenleeren Wildnis der Küstenberge Oregons stand. Niemand würde ihnen helfen, niemand sie retten.

Patrice und Jody Kennessy waren allein und versuchten verzweifelt, ein halbwegs normales Leben zu führen, sich einen Anschein von Normalität zu bewahren.

Doch soweit es Patrice betraf, funktionierte es nicht. Tag für Tag lebte sie in Angst, zuckte bei jedem Schatten zusammen, floh vor jedem unerklärlichen Geräusch … aber sie hatten keine andere Wahl, wenn sie überleben wollten – und Patrice war entschlossen, dafür zu sorgen, daß ihr Sohn dies alles überlebte.

Sie trat ans Fenster des kleinen Blockhauses, schob die schmuddeligen Vorhänge zur Seite und schaute zu, wie Jody einen Tennisball gegen die Seitenwand des Hauses schlug, von ihrem Platz aus deutlich zu sehen, aber in sicherer Entfernung von dem dichten Wald, der die Lichtung umgab. Jeder Aufprall des Tennisballs klang wie ein auf sie abgefeuerter Gewehrschuß.

Damals, als sie das Blockhaus für ihren Schwager entworfen hatte, war die Abgelegenheit dieses Grundstücks ein Glücksfall gewesen. Es sollte ein Platz werden, um von DyMar wegzukommen. *Das konnte Darin immer schon – wegkommen,* dachte sie. Leere Flecken an den steilen Bergen verrieten, wo die Baumfällertrupps hektarweise Hartholz geschlagen und rechteckige Flächen voller Stümpfe hinterlassen hatten, die die Berghänge wie Schorf überzogen.

Dieses Blockhaus hatte als private Zuflucht dienen sollen, ein abgelegenes Ferienhaus zur Erholung in der Einsamkeit. Darin hatte sich geweigert, Telefon installieren zu lassen oder einen Briefkasten anzubringen. Sie hatten mit niemandem über das Blockhaus geredet, niemand kannte es. Jetzt war die Isolation wie eine schützende Festungsmauer. Niemand wußte, daß sie hier waren. Niemand würde sie hier draußen jemals finden.

Ein kleines zweimotoriges Flugzeug brummte über sie hinweg, ein kaum erkennbarer, ziellos hin und her kurvender Punkt am Himmel; das Brummen verklang, als es außer Sichtweite verschwand.

Ihr Unglück erfüllte Patrice jeden Tag mit neuem Entsetzen, lähmte ihre Kräfte. Jody, der so tapfer war, daß es ihr jedesmal das Herz zerriß, wenn sie an ihn dachte, hatte bereits so viel durchmachen müssen, die Verfolgung, der Überfall ... und davor die Diagnose des Arztes – unheilbarer Krebs, Leukämie, nicht mehr lange zu leben. Es war wie eine herunterfallende Guillotine, die auf ihren Nacken zielte.

Nach dieser Diagnose – was konnten ihnen unbekannte Verschwörer Schlimmeres antun? Gab es irgend etwas, das den Dämon in Jodys zwölf Jahre altem Körper übertraf? Jede andere Grausamkeit mußte daneben verblassen.

Als der Tennisball vom Blockhaus abprallte und im kniehohen Unkraut verschwand, flitzte Jody hinterher. Sie trat an den Seitenrand des Fensters und folgte ihm mit den Blicken. Seit dem Feuer und dem Überfall achtete Patrice darauf, ihn nie aus den Augen zu verlieren.

Der Junge wirkte jetzt viel gesünder. Patrice wußte nicht, ob sie ihren Mann für das, was er getan hatte, verfluchen oder ihm danken sollte.

Ein wenig lustlos schlug Jody wieder den Tennisball gegen die Wand und rannte ihm erneut hinterher. Er hatte einen wichtigen Schritt in seiner Entwicklung getan – ihre Krisensituation war nach anderthalb Wochen zur Normalität geworden, und die Langeweile hatte seine Furcht verdrängt. Er sah so jung aus, so unbeschwert, trotz allem, was geschehen war ...

Zwölf hätte für ihn ein magisches Alter sein sollen, der Beginn der Teenagerzeit, in der pubertätsbedingte Sorgen universelle Bedeutung erlangten. Aber Jody war kein normaler Junge mehr. Es stand immer noch nicht fest, ob er überleben würde.

Patrice öffnete die Tür, verbannte den besorgten Ausdruck von ihrem Gesicht und trat auf die Veranda, obwohl sich Jody inzwischen an ihre Besorgnis gewöhnt hatte.

Die graue Wolkendecke über Oregon war für die tägliche Stunde Sonnenschein aufgebrochen. Die Wiese glänzte noch vom Regenguß der vergangenen Nacht, in der sich das Trommeln der Regentropfen wie leise, schleichende Schritte vor dem Fenster angehört hatte. Patrice hatte stundenlang wach dagelegen und die Decke angestarrt. Jetzt warfen die hohen Kiefern und Espen ihre Nachmittagsschatten über die schlammige Auffahrt, die den Hang mit dem fernen Highway verband.

Jody schlug den Tennisball zu hart, und er flog über die Auffahrt, prallte gegen einen Stein und segelte ins hohe Gras. Mit einem wütenden Schrei, der seine innere Anspannung verriet, schleuderte Jody seinen Tennisschläger hinterher und blieb zornbebend stehen.

Impulsiv, dachte Patrice. Jody erinnerte mit jedem Tag mehr und mehr an seinen Vater.

«He, Jody!» rief sie und bemühte sich, nicht allzu vorwurfsvoll zu klingen. Er hob den Schläger auf und kam mit gesenkten Augen auf sie zugetrottet. Er war schon den ganzen Tag unruhig und niedergeschlagen gewesen. «Was ist los mit dir?»

Jody wich ihrem Blick aus und blinzelte statt dessen ins Sonnenlicht, das durch die dichten Kiefern fiel. In weiter Ferne hörte sie das tiefe Brummen eines schwerbeladenen Holztransporters, der auf der anderen Seite der Baumbarrikade den Highway hinunterrumpelte.

«Es ist wegen Vader», antwortete er schließlich und blickte verständnisheischend seine Mutter an. «Er ist gestern nicht zurückgekommen, und ich habe ihn den ganzen Morgen über nicht gesehen.»

Jetzt verstand Patrice, und ihr fiel ein Stein vom Herzen. Für einen Moment hatte sie befürchtet, daß er einen Fremden gesehen oder etwas über sie in den Radionachrichten gehört hatte.

«Warte einfach noch ein Weilchen. Dein Hund wird schon gesund zurückkommen – er kommt immer zurück.»

Vader und Jody waren etwa gleich alt und ihr ganzes Leben lang unzertrennlich gewesen. Trotz ihrer Sorgen lächelte Patrice bei dem Gedanken an den klugen und gutmütigen schwarzen Labrador.

Vor elf Jahren war die Welt noch in Ordnung gewesen. Ihr einjähriger Sohn krabbelte in seinen Windeln auf dem Hartholzfußboden herum. Er hatte seine Action-Spielzeugfiguren beiseite geworfen und statt dessen mit dem Hund gespielt. Der Junge konnte «Ma» und «Pa» sagen und versuchte sich sogar an «Vader», dem Namen des Hundes, obwohl er nur ein undeutliches «drrrr» hervorbrachte.

Patrice und David hatten lachend mitverfolgt, wie der schwarze Labrador mit Jody spielte. Vader war hin und her gesprungen und mit seinen Pfoten über den polierten Boden gerutscht. Jody hatte vor Vergnügen gequietscht, Vader gebellt und das Baby umkreist, das versuchte, sich auf seinen Windeln zu drehen.

Es waren friedliche Zeiten gewesen, glückliche Zeiten. Doch seit jener schicksalhaften Nacht, in der sie einen verzweifelten Anruf von ihrem Mann aus seinem belagerten Laboratorium erhalten hatte, war ihr nicht eine Minute des inneren Friedens vergönnt gewesen.

Bis dahin war der schlimmste Moment in ihrem Leben der gewesen, als sie erfahren hatte, daß ihr Sohn an Krebs sterben würde.

«Aber was ist, wenn Vader verletzt im Straßengraben liegt, irgendwo da draußen?» fragte Jody. Sie konnte erkennen, daß er mit den Tränen kämpfte. «Was ist, wenn er in eine Bärenfalle getappt ist oder von einem Jäger angeschossen wurde?»

Patrice schüttelte beruhigend den Kopf. «Vader wird schon gesund und munter zurückkommen. Das macht er doch immer.»

Erneut spürte Patrice dieses Frösteln. *Ja, Vader kommt immer zurück.*

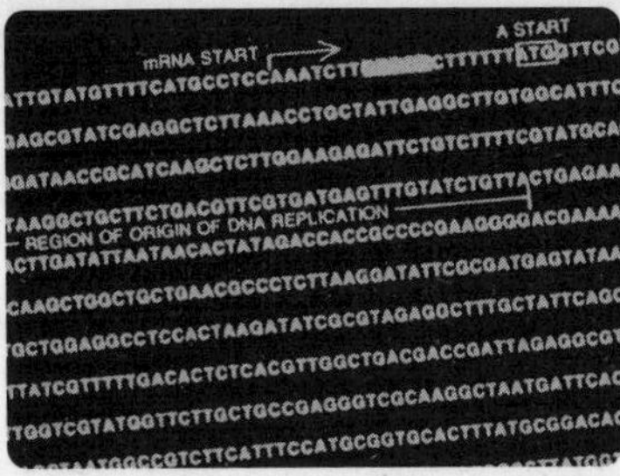

8

Mercy Hospital, Portland, Oregon
Dienstag, 14:24 Uhr

Selbst durch das dicke Material ihrer unförmigen Handschuhe konnte sie die schlüpfrige Glätte im Brustkorb der Leiche spüren. Scullys Bewegungen waren irritierend plump und ungenau – aber zumindest schützte der schwere Anzug sie vor dem, was Vernon Ruckman umgebracht hatte.

Das schwere Preßluftgerät pumpte ihr kalten, schalen Wind ins Gesicht. Ihre Augen waren trocken und brannten. Sie wünschte, sie kurz reiben zu können, aber da sie den Schutzanzug trug, mußte sie das Brennen erdulden, bis die Autopsie des toten Nachtwächters abgeschlossen war.

Ihr Tonbandgerät stand auf einem Tisch und wartete darauf, von ihrer Stimme aktiviert zu werden und ihre detaillierte Schilderung des Befundes aufzunehmen. Allerdings war dies keine normale Autopsie. Auf den ersten Blick hatte sie Dutzende von verwirrenden körperlichen Anomalien bemerkt, und das Rätsel um die grausigen Manifestationen der Symptome wurde im Lauf der gründlichen Untersuchung immer mysteriöser.

Dennoch gab es einen guten Grund dafür, die Untersuchung des Toten Schritt für Schritt durchzuführen. Sie erinnerte sich noch gut daran, wie sie dieses Vorgehen Studenten in Quantico erklärt hatte, während der kurzen Zeit, als man die X-Akten geschlossen und sie und Mulder getrennt hatte. Einige ihrer Studenten hatten inzwischen ihre Ausbildung an der

FBI-Trainingsakademie abgeschlossen und waren jetzt – wie sie – Special Agents.

Aber sie bezweifelte, daß einer von ihnen je vor einem solchen Fall stehen würde.

In einer derartigen Situation war Routine die einzige Möglichkeit für sie, einen klaren Kopf zu bewahren.

Erster Schritt. «Test», sagte sie, und die rote Diode an dem stimmgesteuerten Recorder erlosch. Sie sprach mit normaler Stimme weiter, die durch ihre transparente Helmscheibe aus Plastik leicht gedämpft wurde.

«Name der Person: Vernon Ruckman. Alter 32, Gewicht ungefähr 185 Pfund. Der allgemeine äußere körperliche Zustand ist gut. Er scheint völlig gesund gewesen zu sein, bis ihn diese Krankheit tötete.» Nun sah er so aus, als hätten alle Zellen in seinem Körper gleichzeitig verrückt gespielt.

Sie betrachtete den fleckigen Körper des Mannes, die dunkelroten Ergüsse aus teerähnlichem Blut unter seiner Haut. Das Gesicht des Mannes war zu einer schmerzverzerrten, zähneblekkenden Maske erstarrt.

«Glücklicherweise haben die Leute, die diese Leiche fanden, und der Gerichtsmediziner umgehend die nötigen Quarantänemaßnahmen ergriffen. Niemand hat diese Leiche mit ungeschützten Händen berührt. Ich vermute, daß diese Krankheit – um was immer es sich dabei auch handeln mag – extrem ansteckend ist.

Die äußeren Symptome – Flecken, Schwellungen unter der Haut – erinnern mich an die Beulenpest. Doch der Schwarze Tod, der im Mittelalter bis zu neun Zehntel der Europäer in Ballungszentren dahinraffte, brauchte selbst in seiner gefährlichsten Form, der Lungenpest, Tage oder sogar eine Woche, um seine Opfer zu töten. Dieser Mann scheint fast augenblicklich gestorben zu sein. Abgesehen von einer akuten Nervengiftintoxikation kenne ich keine Krankheit mit einer derart extremen Letalität.»

Scully berührte die Haut an Ruckmans Armen; sie hing schlaff und faltig von seinen Knochen und fühlte sich wie Gummi an. «Die Epidermis hat wesentlich an Festigkeit eingebüßt, als wäre das Bindegewebe zu den Muskeln auf irgendeine Weise zerstört worden.

Was die Muskelfasern selbst betrifft ...» Sie drückte ihre Finger in das Fleisch und spürte, daß es wie Brei nachgab. «Die Muskelfasern scheinen sich aufgelöst zu haben ... und wirken fast *mehlig.*»

Ein Teil der Haut platzte auf, und Scully zog überrascht die Hand zurück. Eine klare weißliche Flüssigkeit quoll heraus, und Scully berührte sie vorsichtig mit dem Handschuh. Die Substanz war klebrig, dick und sirupähnlich.

«Ich habe etwas Ungewöhnliches entdeckt ... eine schleimartige Flüssigkeit, die aus der Haut dieses Mannes dringt. Sie scheint sich innerhalb des subkutanen Gewebes gesammelt zu haben. Durch meinen Eingriff wurde sie freigesetzt.»

Sie legte ihre Fingerspitzen aneinander, und der Schleim, der an ihnen klebte, tropfte auf den Leichnam. «Ich begreife das alles nicht», gestand sie dem Tonbandgerät. Wahrscheinlich würde sie diesen Satz aus ihrem Bericht streichen.

«Ich fahre mit der Untersuchung der Brusthöhle fort», erklärte sie und zog das Tablett mit den Sägen, Skalpellen, Klammern und Zangen aus rostfreiem Stahl zu sich heran.

Sie setzte das Skalpell mit äußerster Vorsicht an, um nicht das Material ihrer Handschuhe zu beschädigen, schnitt tief in den Brustkorb des Mannes und öffnete die Brust mit einem Rippenhalter. Es war harte Arbeit; Schweiß tropfte von ihrer Stirn.

Sie blickte prüfend in die geöffnete Brust des Nachtwächters, griff in die feuchte Wölbung und tastete sie mit ihren handschuhgeschützten Fingern ab. Scully machte sich an die Arbeit, entfernte die Lunge, die Leber, das Herz und die Gedärme, wog sie sorgfältig und inventarisierte sie für den Bericht.

«Aufgrund der Tumorhäufigkeit – oder besser gesagt, der *Tumordurchseuchung* – lassen sich die einzelnen Organe nur schwer identifizieren.»

Um die Organe breiteten sich Vernon Ruckmans Wucherungen, Geschwülste und Tumore wie ein Nest viperngleicher, fetter, heimtückischer Würmer aus. Während Scully sie studierte, gerieten sie in Bewegung und krümmten und wanden sie sich wie glitschige Schlangen.

Aber bei einer derart zerfressenen, derart übel zugerichteten Leiche mußte man durchaus damit rechnen, daß die Autopsie zu heftigen Reaktionen führte, ganz zu schweigen von der Tatsache, daß allein der Temperaturunterschied zwischen der Kühleinheit der Leichenhalle und dem geheizten Autopsieraum Kontraktionen auslösen konnte.

Zwischen den freigelegten Organen entdeckte Scully weitere große Schleimansammlungen. Unter der Lunge stieß sie auf einen große Klumpen der schleimigen, zähflüssigen Substanz – wie eine biologische Insel oder ein Lager.

Sie entnahm eine Probe der ungewöhnlichen Flüssigkeit und füllte sie in einen Isolierbehälter für gefährliches biologisches Material. Sie würde diese Probe selbst analysieren und eine weitere zum Seuchenkontrollzentrum schicken. Vielleicht hatten die Pathologiespezialisten vom CDC so etwas schon einmal gesehen. Doch darum würde sie sich später kümmern.

«Meine primäre Schlußfolgerung, bei der es sich allerdings um reine Spekulation handelt», fuhr Scully fort, «ist die, daß Dr.

Kennessy bei seinen biologischen Forschungen in den DyMar-Laboratorien irgendeinen Krankheitserreger erzeugt hat. Wir haben uns bisher noch keinen umfassenden Überblick über seine Experimente und Techniken verschaffen können, so daß ich nicht in der Lage bin, detailliertere Vermutungen anzustellen.»

Unbehaglich betrachtete sie Ruckmans offenen Leichnam. Das Tonbandgerät wartete, daß sie weitersprach. Wenn die Situation so schlimm war, wie Scully fürchtete, dann konnten sie oder Mulder den Fall sicherlich nicht allein lösen, sondern sie brauchten Hilfe von außen.

«Die Geschwülste und Gewebeveränderungen in Vernon Ruckmans Leichnam sehen aus, als hätten plötzliche Zellwucherungen seinen Körper mit verblüffender Schnelligkeit zerfressen. Dr. Kennessy war in der Krebsforschung tätig. Hat er vielleicht auf irgendeine Weise eine genetische oder mikrobiologische Basis für die Krankheit geschaffen? Hat er eine schreckliche virulente Form von Krebs entfesselt?»

Sie schluckte hart; ihre eigenen Schlußfolgerungen machten ihr angst. «All das ist ziemlich weit hergeholt, aber nicht von der Hand zu weisen, wenn man die Symptome bedenkt, die ich an dieser Leiche beobachtet habe – vor allem da dieser Mann noch wenige Stunden, bevor seine Leiche gefunden wurde, völlig gesund war.»

Die Zeitspanne zwischen Krankheitsausbruch und dem Tod hatte maximal ein paar Stunden betragen, vielleicht sogar weniger. Keine Zeit für eine Behandlung, nicht einmal genug Zeit, um zu begreifen, was mit ihm passierte ...

Vernon Ruckman hatte nur ein paar Minuten gehabt, bis ihn die tödliche Krankheit niederstreckte.

Kaum genug Zeit für ein Gebet.

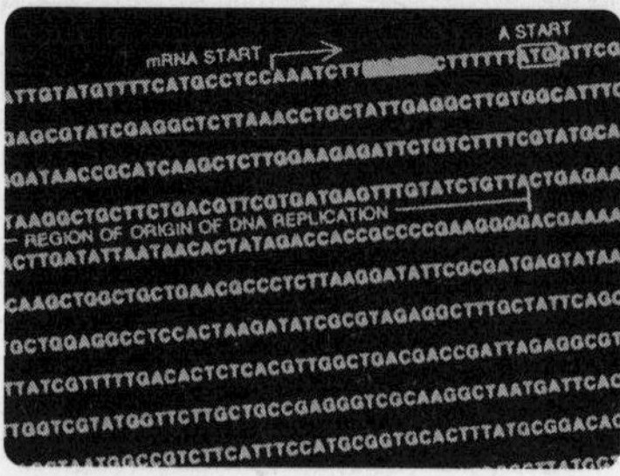

9

Hugharts Familien-Tierklinik, Lincoln City, Oregon
Dienstag, 1 : 11 Uhr

Dr. Elliott Hughart wußte nicht, ob er den schreck- lich zugerichteten schwarzen Labrador einschläfern oder ihn einfach sterben lassen sollte. Als Tierarzt stand er immer wieder vor dieser Entscheidung. Und sie fiel ihm niemals leicht.

Der Hund lag auf dem Operationstisch aus rostfreiem Stahl und lebte noch immer, trotz seiner schweren Verletzungen. Im Rest der Tierklinik war es dunkel und still. Ein paar andere Tiere bewegten sich unruhig und verschreckt in ihren Drahtkäfigen, gaben aber keinen Laut von sich.

Draußen war es finster. Wie jede Nacht um diese Zeit hatte Nieselregen eingesetzt, aber es war warm genug, daß er die Hintertür öffnen konnte. Der feuchte Wind milderte den Geruch nach Chemikalien und verängstigten Tieren, der schwer in der Luft hing. Hughart hatte schon immer an die heilende Wirkung frischer Luft geglaubt, und das galt sowohl für Tiere als auch für Menschen.

Seine Wohnung lag im ersten Stock, und er hatte den Fernseher eingeschaltet gelassen und den Abwasch noch nicht gemacht – aber er verbrachte ohnehin die meiste Zeit hier unten in der Praxis, im OP-Raum und dem Labor. *Hier* war er zu Hause – die anderen Räume im ersten Stock suchte er nur zum Schlafen und Essen auf.

Nach all den Jahren führte Hughart seine Veterinärpraxis mehr aus Gewohnheit denn aus der Hoffnung heraus, sie zu einem großen Erfolg zu machen. Er hatte sich in den letzten Jahren mehr oder weniger durchgeschlagen. Seine Nachbarn und Freunde suchten ihn regelmäßig auf, aber viele von ihnen erwarteten eine kostenlose Behandlung. Gelegentlich kamen auch Touristen und brachten ihm ihre verletzten Haustiere. Hughart hatte schon viele Fälle wie diesen schwarzen Labrador gesehen: Irgendein schuldbewußter Sommerfrischler brachte ihm den Kadaver oder das noch immer lebende, aber schwerverletzte Tier und erwartete, daß Hughart ein Wunder bewirkte. Manchmal blieben die Familien bis zur Genesung des Tieres. Aber meistens – wie auch in diesem Fall – verschwanden sie sofort wieder, um ihren unterbrochenen Urlaub fortzusetzen.

Der schwarze Labrador zitterte und wimmerte. Blut verschmierte den Tisch aus rostfreiem Stahl. Hughart hatte alles getan, was er konnte, um die Wunden zu verbinden, die gebrochenen Rippen zu bandagieren ... aber das Becken und das Rückgrat des Hundes waren zertrümmert. Außerdem hatte er schwere innere Verletzungen erlitten.

Der schwarze Labrador trug keine Hundemarke, nichts, womit man seinen Besitzer identifizieren konnte. Er würde sich von seinen Verletzungen niemals erholen, und selbst wenn er wie durch ein Wunder überleben sollte, blieb Hughart keine andere Wahl, als ihn ins Tierheim zu bringen, wo er in einem Käfig sitzen und ein paar Tage lang voller Sehnsucht von der Freiheit träumen konnte, bevor er eingeschläfert wurde.

Jede Mühe war verschwendet. Es hatte keinen Zweck. Hughart holte tief Luft und seufzte.

Der Hund zitterte, aber seine Körpertemperatur war jetzt noch gestiegen – höher als bei jedem Tier, das er bislang untersucht hatte. Aus reiner Neugier führte er ein Thermometer ein und staunte, als die Temperaturanzeige von 39,5 auf 40 Grad stieg. Die Normaltemperatur müßte normalerweise um 38 Grad liegen – und bei einem Schock sogar noch zurückgehen. Die Anzeige stieg auf über 41 Grad.

Hughart entnahm routinemäßig eine Blutprobe und suchte dann sorgfältig nach irgendwelchen Anzeichen für eine zusätzliche Erkrankung, nach irgend etwas, das das verzehrende Fieber erklären konnte. Doch was er fand, überraschte ihn zutiefst.

Die schweren Verletzungen des schwarzen Labradors schienen rapide zu heilen, die Wunden zu schrumpfen. Vorsichtig hob er eine Bandage, die er über eine klaffende Wunde am Brustkorb des Tieres gelegt hatte. Obwohl der Zellstoff sich mit Blut vollgesogen hatte, war die Wunde verschwunden. Der Tierarzt wußte, daß es Einbildung sein mußte, bloßes Wunschdenken, daß es ihm irgendwie gelungen war, den Hund zu retten.

Aber das war unmöglich, wie Hughart wußte, auch wenn er tief im Herzen weiter auf ein Wunder hoffte.

Der Hund erbebte und winselte leise. Mit seinem schwieligen Daumen drückte Hughart eins der geschlossenen Augenlider hoch und sah einen milchigen Film auf seiner nach oben verdrehten Pupille, wie ein weichgekochtes Ei. Der Hund lag im Koma. Es war aussichtslos. Er atmete kaum noch.

Die Temperatur hatte mittlerweile beinahe 42 Grad erreicht. Auch ohne Verletzungen mußte dieses Fieber tödlich sein.

Blut quoll aus einem Kratzer an seiner feuchten schwarzen Nase. Als Hughart diese winzige Verletzung sah, das rote Blut, das im schwarzen Fell versickerte, entschied er, das Leiden des Hundes zu beenden. Genug war genug.

Eine Weile betrachtete er seinen Hundepatienten, schlurfte dann zum Medizinschrank, schloß die Tür auf und nahm eine große Spritze und ein Fläschchen Euthanol heraus, konzentriertes Natriumpentabarbitol. Der Hund wog zwischen sechzig und achtzig Pfund, und die empfohlene Dosis lag bei 1 ccm pro zehn Pfund plus etwas mehr. Er zog 10 ccm auf die Spritze, was mehr als genug sein sollte.

Falls die Besitzer des Hundes zurückkamen, würden sie im Krankenblatt das Kürzel «ES» finden, das ein Euphemismus für «Eingeschläfert» war – was wiederum ein Euphemismus für die Tötung des Tieres war ... oder, wie man es auf der Veterinärschule nannte, die Erlösung von seinem Leiden.

Sobald Hughart seine Entscheidung getroffen hatte, zögerte er nicht länger. Er beugte sich über den Hund, stach die Nadel in die Haut unter dem Genick des Hundes und injizierte behutsam, aber entschlossen die tödliche Dosis. Nach seinen schweren Verletzungen zuckte der Hund beim Einstich nicht einmal zusammen.

Durch die halb geöffnete Tür blies ein kühler, klammer Luftzug, aber der Hund fühlte sich noch immer heiß und fiebrig an.

Hughart stieß einen lauten Seufzer aus, als er die gebrauchte Spritze wegwarf. «Tut mir leid, alter Junge», sagte er. «Jetzt kannst du in deinen Träumen Kaninchen jagen ... an einem Ort, wo es keine Autos gibt.»

Das Mittel würde in Kürze wirken, die Atmung des Hundes lähmen und schließlich zum Herzstillstand führen. Unwiderruflich, aber schmerzlos.

Doch zunächst nahm Hughart die Blutprobe und ging ins Nebenzimmer, wo sein kleines Labor untergebracht war. Die hohe Temperatur des Tieres war ihm ein Rätsel. Er hatte noch nie zuvor einen derartigen Fall erlebt. Es kam oft vor, daß Tiere einen traumatischen Schock erlitten, wenn sie von einem Auto angefahren wurden, aber das ging normalerweise nicht mit einem derart hohen Fieber einher.

Das Hinterzimmer war nach einem System, das er im Lauf der Jahre entwickelt hatte, perfekt durchorganisiert, obwohl es einem zufälligen Besucher wahrscheinlich nur unaufgeräumt erschienen wäre. Er knipste die Deckenlampen in dem kleinen resopalverkleideten Laborbereich an und tropfte etwas von dem Blut auf ein Glastäfelchen. Als erstes mußte er die Zahl der weißen Blutkörperchen bestimmen, um festzustellen, ob er an einer Infektion oder Parasitenbefall litt.

Der Hund war vielleicht schon todkrank gewesen, bevor ihn das Auto erwischt hatte. Dies würde zumindest erklären, warum er dem auf ihn zurasenden Auto nicht ausgewichen war. Wenn der Hund an einer ansteckenden Krankheit litt, mußte Hughart einen entsprechenden Bericht verfassen.

Im angrenzenden Operations- und Pflegebereich bellten und jaulten zwei der anderen Hunde los. Eine Katze miaute, und die Käfige ratterten.

Hughart achtete nicht darauf. Hunde und Katzen machten immer Lärm, und im Lauf der vielen Jahre hatte er sich daran gewöhnt. Es hatte ihn sogar erstaunt, wie still die Tiere waren, obwohl sie sich in einer fremden Umgebung befanden und die Nacht zur Beobachtung in engen Käfigen verbringen mußten. Die meisten waren kastriert oder sterilisiert worden und schon wieder auf dem Wege der Besserung.

Das einzige Tier, das ihm Sorgen machte, war der sterbende schwarze Labrador, und inzwischen mußte das Euthanol seine Wirkung entfalten.

Die Deckenleuchten warfen störende Schatten. Hughart schaltete eine hellere Neonröhre ein, die unter den Wandschränken angebracht war, und beleuchtete den Objektträger unter dem Teleskop mit einer kleinen Lampe. Er rieb zunächst seine Augen, drehte am Schärferegler und studierte den Blutstropfen.

Der Hund mußte in diesem Moment in den ewigen Schlaf hinüberdämmern – aber sein Blut war absolut *lebendig.*

Außer den üblichen roten und weißen Blutkörperchen und -plättchen entdeckte Hughart winzige Flecken, kleine silberne Objekte … wie quadratische, glitzernde Kristalle, die sich wie von einem eigenen Willen beseelt bewegten. Wenn es sich dabei um die Erreger einer gefährlichen Infektion handelte, dann ähnelten sie keinem Mikroorganismus, den er kannte. Die metallischen Objekte waren so groß wie Zellen und flitzten so schnell hin und her, daß ihre Umrisse verschwammen.

«Das ist unglaublich», sagte er, und seine Stimme klang im klaustrophobisch engen Laborbereich sehr laut. Er sprach oft mit den Tieren oder zu sich selbst, und es hatte ihn bisher noch nie gestört.

Doch jetzt wünschte er, nicht allein zu sein; er wünschte, jemand wäre hier, um mit ihm die sensationelle Entdeckung zu teilen.

Um was für eine Krankheit oder Infektion konnte es sich nur handeln? Nach den langen Jahren als Veterinärmediziner hätte ihn eigentlich nichts mehr überraschen dürfen. Doch er hatte noch nie etwas gesehen, was dem hier auch nur im entferntesten ähnelte.

Und er hoffte, daß es nicht ansteckend war.

Dieses umgebaute Haus war schon seit Jahrzehnten Elliott Hugharts Heim, sein Arbeitsplatz, aber jetzt kam es ihm fremd und bedrohlich vor. Falls dieser Hund an irgendeiner unbekannten Krankheit litt, mußte er das Seuchenkontrollzentrum informieren.

Er wußte, was im Fall einer Tollwutepidemie oder einer anderen Tierseuche zu tun war – aber diese winzigen mikroskopisch kleinen … Splitter? Sie waren ihm absolut fremd.

Drüben im Operationsraum schwoll der Lärm der Käfigtiere an. Sie jaulten und bellten. Der alte Mann hörte den Krach, aber er war so von dem fasziniert, was er unter seinem Mikroskop sah, daß er nicht reagierte.

Hughart rieb sich die Augen, drehte wieder am Regler, bis das Bild verschwamm, und stellte es anschließend wieder auf die ursprüngliche Schärfe ein. Die Maschinen waren noch immer da und flitzten herum, Zellen, die sich aus eigener Kraft bewegten. Er schluckte hart; seine Kehle war trocken und rauh. Was sollte er jetzt tun?

Dann wurde ihm bewußt, daß das Bellen und Miauen aus den Käfigen im OP-Raum zu einem höllischen Radau angeschwollen war, als hätte sich ein Fuchs in einen Hühnerstall geschlichen.

Hughart fuhr herum, prallte gegen seinen Metallhocker, kippte ihn um und hüpfte auf einem Fuß, als der Schmerz durch seine Hüfte zuckte. Als er schließlich in den Operationsraum stürzte, sah er, daß sich die gefangenen Tiere gegen die hinteren Gitterstäbe ihrer Käfige preßten, als hätten sie Angst vor etwas, das sich in der Mitte des Raumes befand.

Er sah nicht einmal zu dem schwarzen Labrador hinüber, da er wußte, daß er inzwischen tot sein mußte – aber dann hörte er das Tapsen von Pfoten auf der glatten Oberfläche rostfreien Stahls.

Der Hund war auf allen vieren, schüttelte sich und sprang vom Operationstisch, auf dem er nur einen Blutfleck hinterließ. Am Körper des Tieres war kein Zeichen von Schaden oder Verwundung. Der Hund zitterte förmlich vor Energie.

Hughart war vor Schock wie gelähmt. Er konnte nicht fassen, daß der Hund nicht nur das Bewußtsein zurückerlangt hatte – trotz seiner schweren Verletzungen und dem Gift –, sondern

auch vom Tisch gesprungen war. Dies war so unglaublich wie die herumflitzenden Erreger in der Blutprobe.
Er hielt den Atem an und ging auf den Hund zu. «Schön brav, Hundchen, laß mich mal nachsehen.»
Der Hund begann ihn anzubellen, zitternd, und wich zurück.

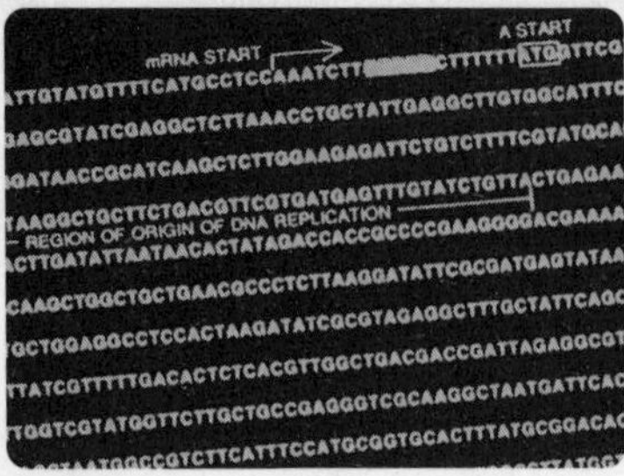

10

Ruine der DyMar-Laboratorien
Portland, Oregon
Dienstag, 16:50 Uhr

Kurz vor Sonnenuntergang wurde in den Bergen über Portland ein Streifen hellblauen Himmels sichtbar, ein seltener Anblick. Mulder kniff die Augen zusammen, während er den Mietwagen die steile Auffahrt zu den Ruinen der DyMar-Laboratorien hinaufsteuerte.

Das Mauerwerk der Forschungseinrichtung war größtenteils intakt, doch alles Brennbare hatte das Feuer verzehrt. Die Wände waren geschwärzt, die hölzernen Träger verkohlt, die Büromöbel aus Plastik zu bizarren Schlackeklumpen geschmolzen. Einige Dachbalken waren heruntergefallen, während andere notdürftig von den Betonwänden und Metallträgern gestützt wurden. Zwischen Asche und geborstenem Mauerwerk lagen überall Glassplitter herum.

Als sie den Kamm der Anhöhe und den schiefen Maschendrahtzaun um das Gelände erreicht hatten, hielt Mulder den Wagen an und spähte durch die Windschutzscheibe. «Ein echtes Schnäppchen», meinte er. «Ich muß unbedingt mit meinem Immobilienmakler sprechen.»

Scully stieg aus dem Wagen und sah zu ihm hinüber. «Für ein Kaufangebot ist es zu spät – in ein paar Tagen wird das Gebäude abgerissen, um einem neuen Bürozentrum Platz zu machen.» Sie betrachtete die dichten, dunklen Kiefern und blickte dann hinunter ins Tal, wo sich Portland mit seinem gewundenen Fluß und seiner Brückenkette ausbreitete.

Mulder fiel auf, daß es der Bautrupp offenbar sehr eilig hatte. Bei diesem Tempo würden Scully und er kaum genug Zeit haben, eine ordentliche Untersuchung durchzuführen.

Mulder öffnete das Maschendrahttor des auf weiter Strecke beschädigten und durchlöcherten Zauns, an dem in regelmäßigen Abständen Schilder mit der Aufschrift *Gefahr* und *Warnung* hingen, um vom Betreten des halb eingestürzten Gebäudes abzuhalten. Aber er bezweifelte, daß sich der harte Kern der Vandalen davon beeindrucken ließ.

«Offenbar hat Vernon Ruckmans Tod eine größere abschrekkende Wirkung als irgendwelche Schilder oder Wachleute», meinte Scully. Sie hielt sich einen Moment am Maschendraht fest und folgte dann Mulder zur Brandruine. «Ich habe mit der Ortspolizei gesprochen und nachgefragt, wie weit ihre Untersuchung des Brandanschlags gediehen ist. Aber alles, was ich zu hören bekam, war: ‹Die Untersuchung läuft – noch keine Ergebnisse.›»

Mulder hob die Brauen. «Eine Protestlergruppe, die groß genug war, um sich in einen brandschatzenden Mob zu verwandeln, und sie können keine Mitglieder finden?»

Das FBI-Kriminallabor analysierte bereits das Bekennerschreiben. Am späten Abend müßten ihnen die Ergebnisse vorliegen; dann würden sie vielleicht herausfinden, wer hinter *Befreiung Jetzt* steckte. Mulders Eindruck nach schien der Brief das Werk eines blutigen Amateurs zu sein.

Mulder starrte auf die geschwärzten Mauern des DyMar-Forschungszentrums, dann betraten die beiden Agenten vorsichtig das Gemäuer. Der Geruch von Ruß, verbranntem Plastik und anderen flüchtigen Chemikalien brannte in Mulders Nase.

Als er in der Ruine stand und über den Hügelkamm zum Wald und der darunterliegenden Stadt blickte, versuchte sich Mulder auszumalen, wie es in jener Nacht vor anderthalb Wochen hier ausgesehen haben mochte, als ein Mob von aufgebrachten und entfesselten Demonstranten den Kiesweg heraufmarschiert war. Er atmete tief die rußige Luft ein.

«Das beschwört Bilder von fackeltragenden Bauern herauf, nicht wahr, Scully?» Er musterte die einsturzgefährdete Decke, die gesplitterten Säulen, die geborstenen Mauern. «Ein Mob von wütenden Menschen stürmt den Hügel herauf, um das Labor des Bösen niederzubrennen und den verrückten Wissenschaftler zu töten.»

Scully wirkte zutiefst verstört. «Aber wovor hatten sie solche Angst?» fragte sie. «Was wußten sie? Hier ging es um Krebsforschung. Von allen Wissenschaften ist *Krebsforschung* mit Sicherheit das Gebiet, das selbst die militantesten Protestler tolerieren.»

«Ich glaube nicht, daß sie Angst vor der Krebsforschung hatten», erwiderte Mulder.

«Vor was dann?» fragte Scully und sah ihn verwirrt an. «Die Tierversuche? Ich weiß nicht, was für Experimente Dr. Kennessy durchgeführt hat, aber ich habe schon gegen militante Tierschützer ermittelt – sie brechen zwar manchmal ein und befreien ein paar Hunde und Ratten aus ihren Käfigen, aber ich habe noch nie erlebt, daß sie zu derart extremen Gewaltmaßnahmen gegriffen haben.»

«Ich glaube, es hat mit der Art der Forschung zu tun», erwiderte Mulder. «Es muß sich um etwas sehr Beängstigendes gehandelt haben. Warum hätte man sonst all seine Unterlagen weggeschlossen?»

«Sie haben doch schon eine Idee, Mulder. Ich sehe es Ihnen an.»

«David Kennessy und sein Bruder haben durch ihre unorthodoxen neuen Ansätze und Behandlungsmethoden, die von allen anderen längst verworfen wurden, für einiges Aufsehen bei ihren Forscherkollegen gesorgt. Laut Kennessys Lebenslauf war er Experte für abnorme Biochemie, und sein Bruder Darin hat jahrelang im Silicon Valley gearbeitet. Sagen Sie mir, Scully, was für einen Zusammenhang könnte es zwischen Elektronik und Krebsforschung geben? »

Scully behielt ihre Gedanken für sich, während sie neugierig umherwanderte und die Stelle suchte, wo man den Wächter gefunden hatte. Sie entdeckte den mit gelbem Band abgesperrten Fundort und betrachtete nachdenklich den verwischten Abdruck, den die Leiche in der lockeren Asche hinterlassen hatte, während Mulder sich in der Umgebung umschaute. Er schob eine heruntergefallene, verbogene Metallplatte beiseite und stolperte über einen Feuersafe, dessen geschwärzte Tür offenstand. Er rief Scully zu sich.

«Befindet sich irgend etwas darin?» fragte sie.

Mulder zog die Brauen hoch und stöberte in den rußigen Überresten. «Er ist offen, aber leer. Und das Innere ist schmutzig, aber nicht verbrannt.» Er ließ seine Worte einen Moment wirken und sah dann seine Partnerin an. Ihr Gesichtsausdruck verriet, daß sie denselben Schluß zog. Der Safe war nach dem Feuer geöffnet worden, nicht davor. «Es war noch jemand hier in jener Nacht, jemand, der den Inhalt dieses Safes holen wollte.»

«Deshalb hat sich der Wächter auch in die Ruinen gewagt. Er hat jemand gesehen.»

Scully runzelte die Stirn. «Das könnte erklären, warum er hier war. Aber es verrät uns noch immer nicht, was ihn getötet hat. Er ist weder erschossen noch erwürgt worden. Wir wissen nicht einmal, ob er den Eindringling gestellt hat.»

«Aber es ist möglich, sogar wahrscheinlich», sagte Mulder.

Scully sah ihn neugierig an. «Also hat diese andere Person alle Unterlagen fortgeschafft, die wir brauchen?»

Er zuckte die Schultern. «Nun ja, Scully, die meisten anderen Informationen über Kennessys Krebsforschung sind konfisziert und für geheim erklärt worden. Sie sind für uns unerreichbar. Es ist gut möglich, daß sich auch hier ein paar Beweisstücke befunden haben – aber die sind jetzt ebenfalls verschwunden, und ein Wachmann ist tot.»

«Mulder, er ist an einer Krankheit gestorben.»

«Er ist an einem toxischen Krankheitserreger gestorben. Wir wissen nicht, wo er ihn sich geholt hat.»

«Also hat derjenige, der in jener Nacht hier eingedrungen ist, den Wachmann getötet und die Unterlagen aus dem Safe gestohlen?»

Mulder legte den Kopf zur Seite. «Sofern ihm nicht jemand zuvorgekommen ist.»

Scully schwieg, während sie um eine brandgeschwärzte Wand bogen, sich unter einen heruntergefallenen Träger duckten und mit knirschenden Schritten tiefer ins Innere vordrangen. Von den Laborbereichen war nur ein gefährliches Labyrinth übriggeblieben, einsturzbedroht und verkohlt. Teile des Bodens hatten nachgegeben und waren in den Keller mit seinen Naßzellen und Lagern gestürzt. Der verbliebene Teil des Fußbodens, vom Feuer merklich angegriffen, knarrte unter ihren Schritten.

Mulder hob eine Glasscherbe auf. Die große Hitze hatte die scharfen Kanten geschmolzen und geglättet. «Ich glaube, trotz der Tatsache, daß sein Bruder die Forschung aufgegeben hatte, stand Kennessy dicht vor einem großen Durchbruch, und er war bereit, gegen ein paar Vorschriften zu verstoßen, um seinen Sohn zu retten. Irgend jemand hat von seiner Arbeit erfahren und versucht, ihn von einer unbesonnenen Tat abzuhalten. Ich vermute, daß diese angeblich spontane Protestbewegung, diese Gruppe, von der noch niemand etwas zuvor gehört hat, ein gewalttätiger Versuch war, ihn zum Schweigen zu bringen und seine Forschungsunterlagen zu vernichten.»

Scully strich sich das rötliche Haar aus dem Gesicht und hinterließ dabei einen kleinen Rußfleck auf ihrer Wange. Sie klang sehr erschöpft. «Mulder, Sie sehen überall Verschwörungen.»

Er beugte sich nach vorn und wischte den Ruß von ihrem Gesicht. «Sicher, Scully, aber manchmal habe ich recht. Und in diesem Fall hat es zwei Menschen das Leben gekostet – vielleicht sogar noch mehr.»

11

Unter der Burnside-Brücke, Portland, Oregon

Dienstag, 23:21 Uhr

Er versuchte, in seinem Versteck etwas Schlaf zu finden – aber die ganze Zeit wurde er von schrecklichen Alpträumen gequält.

Jeremy Dorman wußte nicht, ob die Alpträume von den Schwärmen aus Nanomaschinen in seinem Kopf hervorgerufen wurden, ob sie seine Gedanken beeinflußten ... oder ob die Alpträume eine Folge seiner Schuldgefühle waren.

Durchnäßt und frierend, in Lumpen gekleidet, die ihm nicht paßten, kauerte er unter der Burnside-Brücke auf dem feuchten, abfallübersäten Ufer des Willamette River. Die schlammigen, grünblauen Fluten wälzten sich gemächlich an ihm vorbei.

Vor Jahren hatte man den River Park im Zentrum Portlands saniert und ihn in ein attraktives, hell erleuchtetes, malerisches Erholungsgebiet verwandelt, wo die Yuppies joggen, die Touristen auf kalten Betonbänken sitzen und über das Wasser schauen und junge Liebespärchen den Straßenmusikern zuhören konnten, während sie ihre aromatisierten Gourmetkaffees schlürften.

Aber zu dieser späten Stunde war der Park menschenleer. Jetzt saßen die meisten Leute in ihren warmen Häusern und dachten nicht an die kalte und einsame Nacht hier draußen. Dorman lauschte dem leisen Gurgeln, mit dem die trägen Fluten an den Felsen rings um die Brückenpfeiler vorbeiflossen. Das

Wasser roch warm und würzig und lebendig, aber der kühle Nebel fügte eine frostige, metallische Note hinzu. Dorman fröstelte.

Über ihm, in den Nischen und Winkeln der Brückenkonstruktion, nisteten gurrende, scharrende Tauben. In einiger Entfernung durchwühlte ein anderer Obdachloser die Mülleimer auf der Suche nach Pfandflaschen und recycelbaren Getränkedosen. Neben den grüngestrichenen Abfallkörben lagen ein paar braune Papiertüten mit leeren Schnaps- und Weinflaschen.

Dorman kauerte in den Schatten, von Schmerzen gepeinigt, völlig verzweifelt. Ein Krampf schüttelte seinen Körper, und er fiel rücklings in eine Schlammpfütze ... aber er bemerkte es nicht einmal.

Ein schwerer Laster dröhnte über die Brücke. Es klang wie eine gedämpfte Explosion.

Wie die DyMar-Explosion.

Er erinnerte sich lebhaft an jene Nacht, die *letzte* Nacht – an die Dunkelheit voll Feuer und Geschrei und Explosionen. Mörderische Gestalten, auf Zerstörung aus, gesichtslos, namenlos, Marionetten, an deren Fäden jemand zog, der unsichtbar im Schatten lauerte. Und sie waren bösartig, zerstörerisch.

Er mußte eingeschlafen sein ... oder er war irgendwie zurück in die Vergangenheit gereist. Sein Erinnerungsvermögen hatte sich verbessert, eine zusätzliche grausame und ungewöhnliche Strafe, die er vielleicht seinen ziel- und ruhelosen Aktionen der letzten Zeit zu verdanken hatte.

«Ein Maschendrahtzaun und ein paar Wachleute tragen nicht gerade dazu bei, daß ich mich sicherer fühle», hatte Dorman zu David Kennessy gesagt. Sie arbeiteten schließlich nicht in einer Hochsicherheitseinrichtung – immerhin hatte David seinen verdammten Hund und eine Pistole hereinschmuggeln können. «Langsam denke ich, daß mein Bruder eigentlich recht hatte, als er vor einem halben Jahr weggegangen ist.»

DyMar hatte die Staatspolizei um Unterstützung gebeten, aber die Bitte war abgelehnt worden. Der vorgeschobene Grund war irgendein verstaubtes Gesetz, das es der Polizei erlaubte, «firmeninterne Auseinandersetzungen» privaten Sicherheitsdiensten zu überlassen. David marschierte zornbebend im Kellerlabor auf und ab und wollte wissen, wie die Polizei dazu kam, eine aufgebrachte Demonstrantenmenge für eine firmeninterne Auseinandersetzung zu halten. Ihm war immer noch nicht der Gedanke gekommen, daß irgend jemand das Labor ohne Schutz sehen *wollte.*

Trotz seiner genialen Fähigkeiten als Biochemiker und Mikroingenieur war David Kennessy ziemlich naiv. Was die Politik betraf, war sein Bruder Darin keineswegs so leichtgläubig, weswegen er auch Fersengeld gegeben hatte – gerade noch rechtzeitig. David war geblieben – seines Sohnes wegen. Keiner von beiden hatte aber wirklich verstanden, um wieviel es bei den Forschungen ging.

Als das Zerstörungswerk dann begann, hatte Dorman gesehen, wie David in rasender Eile seine Aufzeichnungen und Proben zusammenraffte, wie in all diesen alten Filmen, in denen der verrückte Wissenschaftler verzweifelt versucht, ein einzelnes Notizbuch vor den Flammen zu retten. David wirkte jetzt mehr wütend als verängstigt. Er trat gegen ein paar herumliegende Kugelschreiber und sprach mit seiner «Seien wir doch vernünftig»-Stimme. «Irgendein verbohrter Fanatiker versucht immer, den Fortschritt aufzuhalten – aber es funktioniert nie. Niemand kann die Entdeckung einer neuen Technologie rückgängig machen.» Er schnalzte verächtlich mit der Zunge.

In der Tat hatte die Bio- und Nanotechnik in den letzten Jahren rasante Fortschritte gemacht. Geningenieure benutzten die DNS-Maschinerie bestimmter Bakterien für die Herstellung von künstlichem Insulin. Eine Firma in Syracuse, New York, hatte sich Techniken patentieren lassen, die eine Speicherung und Verarbeitung von Daten in Würfeln aus Bakteriorhodopsin ermöglichten, einem genetisch veränderten Protein. Zu viele Leute arbeiten an zu vielen verschiedenen Aspekten des Problems. David hatte recht – niemand konnte die Entdeckung der Nanotechnologie rückgängig machen.

Aber Dorman wußte, daß es Leute in der Regierung gab, die genau das vorhatten. Und trotz aller Vereinbarungen und stillschweigenden Abmachungen hatten sie Dorman keine Zeit zur Flucht gelassen, obwohl sie es versprochen hatten.

Als Kennessy zum Telefon stürzte, um seine Frau vor dem Überfall und der Gefahr, in der sie schwebte, zu warnen, nutzte Dorman die Gelegenheit und suchte nach den ursprünglichen, unveränderten Nanomaschinen, fand aber nur Prototypen, Restbestände und fragwürdige Proben, die – mit unterschiedlichsten Ergebnissen – vor ihrem Erfolg mit dem Hund ausprobiert worden waren. Dennoch, die Prototypen hatten funktioniert ... bis zu einem gewissen Punkt. Sie hatten ihn gerettet, technisch gesehen zumindest.

Dann hörte Dorman, wie oben im ersten Stock die Fenster splitterten, wie die haßerfüllten Stimmen näher kamen – und er wußte, daß er sich beeilen mußte.

Diese Prototypen waren seine letzte Hoffnung. Die Labortiere waren überlebensfähig gewesen, oder nicht? Dem Hund ging es gut, er war völlig gesund. Was für eine Wahl hatte er jetzt noch? Dennoch zögerte er einen Moment lang, von Furcht und Unsicherheit gelähmt – wenn er es tat, konnte er es nicht mehr rückgängig machen. Er konnte nicht einfach in die nächste Apotheke spazieren und sich das Gegenmittel holen.

Aber dann dachte er an diese Männer, die ihn verraten hatten, die ihn töten und so all ihre Probleme lösen wollten, und er spürte neue Entschlossenheit in sich aufsteigen.

Nachdem Dorman das Aktivierungshormon und die autoregenerative Trägerflüssigkeit hinzugefügt hatte, sollten sich die mikroskopisch kleinen Maschinen anpassen und ihr Programm neu starten.

Er hörte, wie in der Lobby mit dumpfem Knall ein Molotow-Cocktail explodierte, dann das Geräusch rennender Füße. Professionell klingende, gedämpfte Stimmen im Inneren der Laboratorien – ein Kontrast zu den Sprechchören der bestellten Demonstranten draußen.

Schnell und leise setzte Dorman die Spritze an und drückte ab, kurz bevor David Kennessy auf ihn zukam. Der Leiter der Forschungeinrichtung DyMar sah jetzt doch verängstigt aus, und das aus gutem Grund.

Vier Kugeln trafen ihn in die Brust und schmetterten ihn rücklings gegen die Labortische. Dann ging das DyMar-Gebäude viel schneller in Flammen auf, als Jeremy Dorman erwartet hatte.

Er versuchte zu fliehen, aber als er losstürmte, brausten bereits die Flammen heran, setzten die Wände in Brand und schlossen ihn ein. Die Druckwelle einer weiteren schweren Explosion schleuderte ihn gegen eine der Kellerwände aus Beton. Die Treppe verwandelte sich in eine Feuerrutsche, und die Hitze verschmorte seine Haut. Er sah, wie sie Blasen warf und sich schwärzte. Dorman schrie seine Wut über den Verrat hinaus …

Dann erwachte er schreiend unter der Brücke. Die Echos seiner

Schreie hallten über den Fluß und verfingen sich unter der Brückenkonstruktion.

Dorman rappelte sich auf. Seine Augen brauchten einen Moment, um sich an das Licht der Straßenlaternen und des Mondes zu gewöhnen, der halb hinter den Wolken verborgen war. Sein Körper zuckte und wurde von Krämpfen geschüttelt. Er spürte, wie sich die Geschwülste in ihm wanden, wie sie sich bewegten wie eigenständige Lebewesen.

Dorman biß die Zähne zusammen, drückte die Ellbogen gegen die Rippen und kämpfte gegen die Krämpfe an. Er atmete schnaufend durch die Nase. Die Luft war kalt und metallisch, gesäuert von der Erinnerung an brennendes Blut.

Während er schwankend auf die Beine kam, fiel sein Blick auf das Felsufer, wo er so unruhig geschlafen hatte. Dort sah er die Kadaver von vier Tauben liegen, mit ausgebreiteten Flügeln, gesträubtem Gefieder und glasigen grauen Augen. Ihre Schnäbel waren aufgerissen, und von ihren Zungen tropfte Blut.

Dorman starrte die toten Vögel an, und ihm drehte sich der Magen um. Er wußte nicht, was sein Körper getan hatte, als er während seiner Alpträume die Kontrolle verloren hatte. Nur die Tauben wußten es.

Eine letzte graue Feder schwebte lautlos zu Boden.

Dorman stolperte davon und kletterte die Böschung zur Straße hinauf. Er mußte aus Portland verschwinden. Er mußte die Gesuchten finden, bevor es für sie alle zu spät war.

12

Hauptpostamt, Milwaukee, Oregon

Mittwoch, 10:59 Uhr

Scully kam sich überhaupt nicht unauffällig vor, als sie mit Mulder in der Lobby des Hauptpostamts stand. Sie bewegten sich hin und her, stellten sich in eine der Warteschlangen, kehrten dann zum Schalter zurück und füllten überflüssige Eilbriefformulare aus. Die Postbediensteten hinter den Schaltern beobachteten sie und schienen jeden Moment mit einer Schießerei oder der Festnahme eines Schwerverbrechers zu rechnen.

Die ganze Zeit behielten Scully und Mulder die Wand mit den numerierten Postfächern im Auge, vor allem die Nr. 3733. Jedes Fach sah wie eine winzige Gefängniszelle aus.

Jedesmal, wenn ein neuer Kunde hereinkam und sich den Postfächern näherte, wechselten Scully und Mulder einen Blick. Sie wappneten sich innerlich und entspannten sich dann wieder, da keine der Personen der Beschreibung entsprach, sie das falsche Fach öffneten oder einfach ihren normalen Postgeschäften nachgingen, ohne die FBI-Überwacher zu bemerken.

Schließlich, nach einer Stunde und zwanzig Minuten wachsamen Wartens, stieß ein hagerer Mann die dicke Glastür auf und steuerte sofort die Wand mit den Postfächern an. Sein Gesicht war schmal, sein Schädel kahlrasiert und glänzend, als würde er ihn jeden Morgen mit Möbelpolitur einreiben. Doch an seinem Kinn wucherte ein schwarzer Stoppelbart.

«Scully, das ist er», zischte er. Mulder hatte verschiedene Fotos von Alphonse Gurik in seiner Kriminalakte gesehen – aber auf ihnen hatte er langes, strähniges Haar und keinen Bart gehabt. Dennoch, er war es eindeutig.

Seine Partnerin nickte ihm kurz zu und blickte dann in eine andere Richtung, um nicht das Mißtrauen des Mannes zu erregen. Zur Tarnung griff Mulder nach einer bunten Broschüre, in der die Post eine Auswahl an Sondermarken anpries, die berühmte Sportler zeigten, und hob in vorgetäuschtem Interesse die Augenbrauen.

Das *National Crime Information Center* hatte den Bekennerbrief zum Brandanschlag auf die DyMar-Laboratorien schnell und mühelos analysiert. *Befreiung Jetzt* hatte den Brief an einem leicht zu identifizierenden Postamt aufgegeben, ihn handschriftlich in Blockbuchstaben verfaßt und zwei verschmierte Fingerabdrücke auf ihm hinterlassen. *Schlampig.* Die ganze Sache war schlampig und amateurhaft durchgeführt worden.

Das NCIC und das FBI-Kriminallabor hatten den Brief untersucht, eine Handschriftanalyse vorgenommen und die Fingerabdrücke mit denen in der Kartei verglichen. Dieser Mann, Alphonse Gurik – der keinen festen Wohnsitz besaß –, hatte schon an den Aktionen zahlreicher militanter Protestgruppen teilgenommen. In seinem Vorstrafenregister standen die Namen von Dutzenden von Organisationen, die so absurd klangen, daß sie unmöglich existieren konnten. Gurik hatte den Brief geschrieben und die Verantwortung für den zerstörerischen Brandanschlag auf DyMar übernommen.

Doch Mulder war sich plötzlich nicht mehr so sicher, daß sie den richtigen Täter gefunden hatten. Seitdem sie die DyMar-Brandruine untersucht hatten, waren sie beide überzeugt davon, daß der Anschlag das Werk von Profis gewesen war, die mit unheimlicher Präzision und kalter Entschlossenheit zugeschlagen hatten. Alphonse Gurik hingegen schien ein blutiger Amateur zu sein, vielleicht geistig verwirrt, mit Sicherheit fanatisch. Mulder hielt ihn nicht für fähig, eine solche Aktion wie bei DyMar durchzuführen.

Als der Mann vor dem Postfach 3733 stehenblieb, seine Kombination eingab und die kleine Klappe öffnete, um seine Post herauszunehmen, nickte Scully Mulder zu. Sie marschierten los und griffen in ihre Manteltaschen nach ihren Ausweisen.

«Mr. Alphonse Gurik», sagte sie mit fester, keinen Widerspruch duldender Stimme, «wir sind Bundesagenten, und wir nehmen Sie hiermit fest.»

Der kahlköpfige Mann wirbelte herum, ließ seine Post auf den Boden fallen und preßte sich dann an die Wand mit den Postfächern. Seine Kinnlade fiel nach unten, so daß sein stoppelbärtiges Kinn wie ein Stachelschwein aussah, das sich auseinanderrollte.

«Ich habe es nicht getan!» stieß er mit entsetzter Miene hervor. Er hob hilflos die Hände. «Sie haben kein Recht dazu!»

Die anderen Kunden im Postamt wichen zurück, fasziniert und gleichzeitig verängstigt. Am Schalter beugten sich zwei Angestellte nach vorn und reckten die Köpfe, um besser sehen zu können.

Scully zog ein zusammengefaltetes Blatt aus ihrer Innentasche. «Dies ist ein auf Sie ausgestellter Haftbefehl. Wir haben Sie als den Verfasser eines Briefes identifiziert, mit dem sie die Verantwortung für das Feuer und die Explosion in den DyMar-Laboratorien übernommen haben, was zum Tode von zwei Forschern führte.»

«Aber ... aber ...» Gurik wurde blaß. Ein Speichelfaden spannte sich zwischen seinen Lippen, als er verzweifelt nach Worten suchte.

Mulder trat vor, löste ein Paar Handschellen von seinem Gürtel und packte den Arm des glatzköpfigen Mannes. Scully hielt sich bereit für den Fall, daß der Gefangene einen Fluchtversuch unternahm. Ein FBI-Agent mußte immer auf alles vorbereitet sein, auch wenn ein Häftling noch so unterwürfig wirkte.

«Wir freuen uns immer, wenn wir Ihre Sicht der Dinge hören können, Mr. Gurik», sagte Mulder. Er nutzte Guriks Schock, um die Arme des Mannes nach unten zu drücken und ihm die Hände auf dem Rücken zu fesseln. Er leierte die Miranda-Rechte hinunter, die Alphonse Gurik bereits bestens zu kennen schien.

Laut seinem Vorstrafenregister war dieser Mann bereits siebenmal wegen Sachbeschädigung und Teilnahme an verbotenen Demonstrationen verhaftet worden – er hatte Fensterscheiben eingeworfen oder von Rechtschreibfehlern nur so wimmelnde Drohungen an die Zentralen von Firmen gesprüht, die er nicht mochte. Mulder hielt ihn für einen Mann mit Prinzipien, in seinen Kreisen wahrscheinlich recht angesehen. Gurik hatte den Mut, für seine Ideale aufzustehen, gab aber seine Ideale wahrscheinlich auch schnell wieder auf.

Als Mulder den Gefangenen umdrehte und Richtung Glastür stieß, bückte sich Scully und hob Guriks heruntergefallene Post auf. Sie führten ihn nach draußen.

Es dauerte exakt dreißig Sekunden, bis Gurik in lautes Protestgeschrei ausbrach. «Okay, ich habe den Brief geschrieben! Ich gebe es zu, ich habe den Brief geschrieben – aber ich habe nichts angezündet. Ich habe niemanden umgebracht. Ich habe dieses Gebäude nicht in die Luft gejagt.»

Mulder nahm an, daß er wahrscheinlich die Wahrheit sagte. Gurik hatte sich einiger kleinerer Vergehen schuldig gemacht, und er war eine rechte Landplage, aber das bedeutete nicht, daß er ein ganzes Forschungszentrum niedergebrannt hatte.

«Es klingt wenig überzeugend, wenn Sie jetzt Ihre Geschichte ändern, meinen Sie nicht auch?» sagte Mulder. «Zwei Menschen sind tot, und man wird Sie wegen Mordes anklagen – hier geht es nicht nur um ein paar überkandidelte Protestaktionen wie jene, für die man Sie früher schon mal verhaftet hat.»

«Ich habe nur demonstriert. Wir haben DyMar früher schon ein paarmal blockiert ... aber plötzlich ist das ganze Gebäude einfach explodiert! Alle rannten davon und schrien, aber ich habe nichts Verbotenes getan!»

«Warum haben Sie dann den Brief geschrieben?» fragte Mulder.

«Jemand mußte die Verantwortung übernehmen», sagte Gurik. «Ich habe die ganze Zeit gewartet, aber niemand schickte einen Bekennerbrief, niemand übernahm die Verantwortung. Es war eine schreckliche Tragödie, ja! Aber die ganze Aktion wäre völlig sinnlos gewesen, wenn niemand der Öffentlichkeit mitgeteilt hätte, gegen was wir protestiert haben. Ich dachte, wir hätten versucht, all diese Labortiere zu befreien, deshalb habe ich den Brief abgeschickt

Ein paar von uns haben sich zusammengetan, ein paar verschiedene unabhängige Gruppen. Da war dieser eine Bursche, der mächtig gegen DyMar gehetzt hat – er hat sogar den Brief entworfen und uns allen vor der Protestaktion eine Kopie gegeben. Er zeigte uns Videos, herausgeschmuggelte Berichte. Sie würden nicht glauben, was man den Versuchstieren angetan hat. Sie hätten sehen müssen, was man mit diesem armen Hund gemacht hat. »

Scully verschränkte die Arme vor der Brust. «Und was ist aus diesem Mann geworden?»

«Wir konnten ihn nicht mehr finden – er muß sich verdrückt haben, der Feigling. Deshalb habe ich den Brief abgeschickt. Jemand mußte es tun. Um die Welt aufzurütteln.»

Vor dem Postamt blickte Gurik verzweifelt zu einem alten, klapperigen Kombiwagen hinüber, an dem der Lack abblätterte und stellenweise rostiges Blech zum Vorschein kam.

Auf den abgewetzten Sitzen des Kombis türmten sich Kartons mit Flugblättern, Karten, Zeitungsausschnitten und anderen Schriftstücken. Die Seiten und das Heck des Wagens waren von Aufklebern und Abziehbildern übersät. Einer der Scheibenwischer war abgebrochen, stellte Mulder fest, aber zum Glück war es der auf der Beifahrerseite.

«Ich habe nichts *angezündet»*, beharrte Gurik hitzig. «Ich habe nicht mal Steine geworfen. Wir haben nur unsere Parolen geschrien und unsere Transparente geschwenkt. Ich weiß nicht, wer die Brandsätze geworfen hat. Ich war es nicht.»

«Warum erzählen Sie uns nicht etwas über *Befreiung Jetzt*?» fragte Mulder routiniert. «Welche Rolle spielte diese Gruppe?»

«Das ist nur eine Erfindung von mir. Ehrlich! Es ist keine offizielle Gruppe – außer mir gibt es kein einziges Mitglied. Ich kann jede Gruppe gründen, die ich will. Ich hab's früher schon getan. In jener Nacht waren eine Menge Aktivisten da, andere Gruppen, Leute, die ich noch nie zuvor gesehen hatte.»

«Aber wer hat die Demonstration vor DyMar organisiert?» fragte Scully.

«Ich weiß es nicht.» Gurik, der jetzt mit dem Rücken zu ihnen am Wagen stand, verdrehte den Kopf und sah sie an. «Wir haben Verbindungen, wissen Sie. Alle Aktivistengruppen. Wir reden miteinander. Wir sind nicht immer derselben Meinung, aber gemeinsam sind wir stärker.

Ich glaube, die DyMar-Demonstration wurde von den Anführern einiger kleiner Gruppen organisiert, zu denen Tierschützer, Gentechnik-Gegner, Gewerkschafter und sogar ein paar fundamentalistisch-religiöse Gruppen gehörten. Natürlich hat man es angesichts der Arbeit, die ich bisher geleistet habe, nicht gewagt, mich auszuschließen.»

«Nein, natürlich nicht», spottete Mulder. Er hatte gehofft, daß Gurik sie zu den anderen Mitgliedern von *Befreiung Jetzt* führen würde. Doch er schien das einzige Mitglied seiner eigenen kleinen Splittergruppe zu sein.

Die gewalttätigen Demonstranten, deren Anführer man nicht kannte und von denen man vorher noch nie etwas gehört hatte, waren plötzlich aus dem Nichts erschienen, hatten sich spontan in einen Mob verwandelt, das Institut niedergebrannt und alle Unterlagen und Forschungsergebnisse vernichtet ... und waren dann wieder spurlos verschwunden. Wer auch immer die blutige Demonstration organisiert hatte, er hatte die verschiedenen Gruppen so geschickt manipuliert, daß nicht einmal ihre jeweiligen Mitglieder wußten, wer sie zur selben Zeit am selben Ort zusammengeführt hatte.

Für Mulder stand fest, daß der gesamte Zwischenfall inszeniert worden war.

«Gegen was haben Sie vor DyMar demonstriert?» fragte Scully.

Gurik zog indigniert die Brauen hoch. «Wie meinen Sie das, gegen was wir demonstriert haben? Gegen die schrecklichen Tierversuche natürlich! Es war ein *medizinisches Forschungsinstitut.* Sie müssen doch wissen, was die Wissenschaftler in derartigen Einrichtungen treiben.»

«Nein», erklärte Scully, «ich weiß es nicht. Ich weiß nur, daß sie an medizinischen Projekten gearbeitet haben, um den Menschen zu helfen. Menschen, die an Krebs sterben. »

Gurik schnaubte und drehte den Kopf. «Ja, als hätten Tiere weniger Anspruch auf ein friedliches Dasein als Menschen! Mit welchem Recht quälen wir Tiere, damit Menschen länger leben können?»

Scully sah Mulder ungläubig an. Wie sollte man mit einem derartigen Fanatiker diskutieren?

«Eigentlich», sagte Mulder, «haben wir bei unserer Untersuchung keine Hinweise auf Tierversuche gefunden, die über Tests mit Laborratten hinausgehen.»

«Was?» sagte Gurik. «Sie lügen.»

Mulder ignorierte den Protestler und wandte sich an Scully. «Ich glaube, man hat ihn hereingelegt, Scully. Dieser Bursche weiß nichts. Jemand wollte DyMar zerstören und David Kennessy töten und dann anderen die Schuld in die Schuhe schieben.»

Scully zog die Brauen hoch. «Wer sollte so etwas tun wollen und warum?»

Mulder sah die durchdringend an. «Ich denke, Patrice Kennessy kennt die Antwort auf diese Frage, und deshalb ist sie auch in Schwierigkeiten.»

Scully blickte betroffen drein, als Mulder den Namen der vermißten Frau erwähnte. «Wir müssen Patrice und Jody finden», sagte sie. «Ich schlage vor, wir befragen auch den verschwundenen Bruder, Darin. Den Jungen aufzuspüren kann nicht allzu schwer sein. Wenn ihn seine Krebstherapie so sehr geschwächt hat, braucht er bald medizinische Hilfe. Wir müssen ihn finden.»

«Krebstherapie!» empörte sich Gurik. «Wissen Sie, wie diese Therapien entwickelt werden? Wissen Sie, was die Forscher machen?» Er räusperte sich, als wollte er ausspucken. «Sie sollten die Operationen sehen, die Drogen, die Apparate, an die man diese armen kleinen Tiere anschließt. An Hunde und Katzen, die man auf den Straßen fängt.»

«Mir ist bewußt, wie ... schwierig Krebstherapien sein können», sagte Scully kühl. Sie dachte daran, was sie in Dr. Scanlons Klinik durchgemacht hatte, an die Behandlung, die fast so tödlich gewesen war wie der Krebs selbst.

Aber im Moment fehlte ihr die Geduld, all das zu erklären. «Manche Forschungen sind notwendig, um in Zukunft den Menschen zu helfen. Ich rechtfertige keineswegs, daß man Tieren unnötige Schmerzen zufügt oder sie grausam behandelt, aber die Forschung hilft den Menschen, hilft dabei, Heilmittel für tödliche Krankheiten zu entwickeln. Es tut mir leid, aber ich kann Ihre Einstellung oder Ihre Prioritäten nicht teilen.»

Gurik drehte sich halb um und starrte sie an. «Ja, und Sie glauben bestimmt auch nicht, daß sie Experimente an Menschen durchführen.» In seinen Augen flackerte keine Panik, da war nur blanker Haß. Er nickte ihr wissend zu. Die Haut auf seinem kahlrasierten Kopf legte sich in ledrige Falten.

«Es sind sadistische Bastarde», sagte er. «Sie würden anders denken, wenn Sie wüßten, was für Forschungen sie durchgeführt haben!» Er holte tief Luft. «Sie haben nicht gesehen, was ich gesehen habe.»

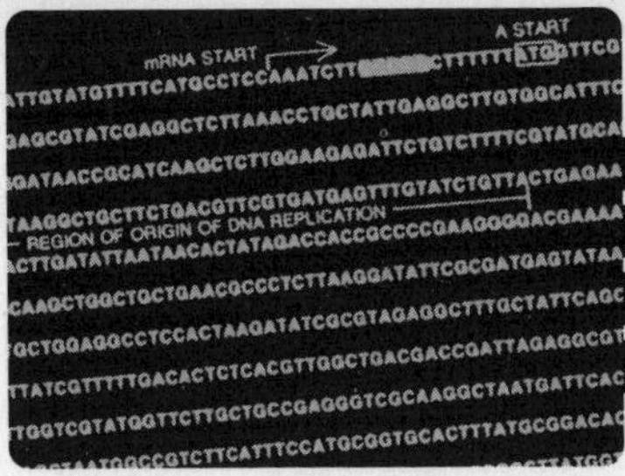

13

Bundesverwaltungsgebäude, Crystal City, Virginia
Mittwoch, 11:30 Uhr

In einem anonymen, spartanisch eingerichteten Büro saß Adam Lentz an seinem von der Regierung zur Verfügung gestellten Schreibtisch und betrachtete nachdenklich das Videoband, das vor ihm lag. Es roch noch immer nach dem Rauch des DyMar-Feuers, und er konnte es kaum erwarten, es abzuspielen.

Weder prangte Lentz' Name an der Tür, noch stand ein Namensschild auf seinem neuen Schreibtisch. Keine Insignien verrieten seinen Rang oder seine Funktion. Adam Lentz hatte viele Titel, viele Ämter, auf die er nach Gutdünken zurückgreifen konnte. Er mußte lediglich entscheiden, welche Rolle ihm am besten erlaubte, seine wirkliche Aufgabe zu erledigen.

Das Büro hatte schmucklose weiße Wände, ein Raum ohne Fenster und Jalousien – es gab keine Möglichkeit, ihn zu beobachten. Das Bürogebäude selbst war architektonisch völlig gesichtslos, nur ein weiteres typisches Bundesgebäude voller zahlloser Büros, in denen eine wuchernde Bürokratie ihren unergründlichen Tätigkeiten nachging.

Jeden Abend nach Büroschluß verwandelte sich Crystal City in eine Geisterstadt, wenn die Bundesbediensteten – Angestellte und Bleistiftspitzer und Registrationsgehilfen – heim nach Gaithersburg, Georgetown, Annapolis und Silverspring eilten … und die Gegend verödete. Lentz harrte oft bis spät abends aus, nur um das menschliche Stammesverhalten zu studieren.

Von seinem namenlosen Regierungsbüro aus hatte er unter anderem die Forschungen der Kennessy-Brüder in den DyMar-Laboratorien überwacht. Am California Institute of Technology, NASA Ames, dem Institute for Molecular Manufacturing – sogar an Mitsubishis Advanced Technology Research and Development Center in Japan – arbeiteten andere Gruppen am selben Problem und hatten einige Fortschritte gemacht. Aber Kennessy hatte genug Glück (oder Verstand) gehabt, ein paar bedeutende Teilerfolge zu erzielen, und Lentz war klar gewesen, wenn es zu einem Durchbruch kam, dann höchstwahrscheinlich in den DyMar-Laboratorien.

Er hatte die Arbeit des Mannes verfolgt, seine erstaunlichen Fortschritte beobachtet, ihn angetrieben und gebremst. Einige der frühen Experimente an Ratten und kleinen Versuchstieren waren erstaunlich gewesen – andere waren schreckerregend. Alle Blutproben und Prototypen aus dieser Arbeitsphase waren beschlagnahmt und, wie er hoffte, auch vernichtet worden. David Kennessy, der die Arbeit auch nach dem Abtauchen seines Bruders fortführte, hatte sich zu seinem eigenen Schaden als zu erfolgreich erwiesen. Die Situation war außer Kontrolle geraten, und Kennessy hatte es nicht einmal kommen sehen.

Lentz hoffte, daß das beschlagnahmte Band beim reinigenden Feuer, das DyMar verzehrt hatte, nicht beschädigt worden war. Seine Teams hatten die Ruine gründlich nach Beweismaterial, intakten Proben oder Unterlagen durchsucht und den versteckten Feuersafe gefunden, leergeräumt und ihm den Inhalt gebracht.

Er schaltete einen kleinen tragbaren TV/Videorecorder ein, den er auf seinen Schreibtisch gestellt und an einer Wandbuchse dicht über dem Boden angeschlossen hatte. Dann verriegelte er die Bürotür, ließ das Licht aber brennen, grelle, flackernde Neonröhren an der Decke. Er sank wieder in seinen Schreibtischsessel – ein Durchschnittsmodell, denn er hatte für Extravaganzen nichts übrig – und schob das Band in den Videorecorder. Er hatte von diesem Band gehört, es persönlich aber noch nie gesehen. Nachdem Lentz die Schärfe und Lautstärke eingestellt hatte, lehnte er sich zurück und sah gebannt zu:

In dem klinisch sauberen und hell erleuchteten Labor lief der Hund in seinem Käfig – der für größere Tiere konstruiert war – unruhig auf und ab. Er winselte zweimal und wedelte unsicher mit dem Schwanz, als hoffte er, daß seine Gefangenschaft bald endete.

«Guter Junge, Vader», sagte David Kennessy und trat in den Erfassungsbereich der Kamera. «Mach Platz.»

Kennessy durchschritt den Raum, fuhr sich mit der Hand durchs dunkle Haar und wischte einen Schweißfilm von seiner Stirn. Oh, er war nervös, das stand fest – auch wenn er sich großspurig und zuversichtlich gab. Darin Kennessy – vielleicht der schlauere der beiden Brüder – hatte vor einem halben Jahr die Forschung aufgegeben und war verschwunden. David war weniger klug gewesen. Er hatte weitergemacht.

Viele Leute waren sehr an dem interessiert, was dieser Mann vollbracht hatte, und er hatte offenbar das Gefühl, es mit einem Videoband beweisen zu müssen. Allerdings wußte Kennessy nicht, daß der Erfolg seinen eigenen Untergang heraufbeschwor. Er hatte zuviel erreicht, und er hatte die Leute, die nie richtig daran geglaubt hatten, daß er es schaffen würde, in Angst und Schrecken versetzt.

Aber Lentz wußte, daß der Sohn des Forschers todkrank war, und wahrscheinlich war er deshalb bereit gewesen, inakzeptable Risiken einzugehen. Das war gefährlich. Kennessys Hand verdeckte das Blickfeld, als er an der Kamera hantierte und sie ein Stück zur Seite drehte. Neben ihm, dicht am Hundekäfig, stand der breitschultrige technische Assistent Jeremy Dorman wie Igor neben seinem geliebten Frankenstein.

«In Ordnung», sagte Kennessy in das Mikrofon des Camcorders. Im Hintergrund summten die Laborgeräte, rauschte die Klimaanlage, lärmten die Laborratten in ihren Käfigen. «Heute nacht erwartet Sie eine *echte Spitzenshow*!»

Als würde sich noch irgend jemand an Ed Sullivan erinnern, dachte Lentz.

Kennessy baute sich vor der Kamera auf. «Ich habe meine Forschungsergebnisse längst in allen Einzelheiten dokumentiert und eingereicht. Aber diese Fortschrittsberichte wurden entweder nicht gelesen oder zumindest nicht verstanden. Ich bin es leid, daß meine Memos unter den Papierstapeln auf Ihrem Schreibtisch verschwinden. Wenn man bedenkt, daß dieser Durchbruch das Universum, wie wir es kennen, grundlegend verändern wird, sollte man erwarten, daß irgend jemand seine Kaffeepause unterbricht und einen Blick auf die Unterlagen wirft.»

O nein, Dr. Kennessy, dachte Lentz, während er den Bildschirm im Auge behielt, *Ihre Berichte sind nicht verschwunden. Wir haben sie sehr sorgfältig studiert.*

«Das sind alles Bürokratenhengste, David», brummte Dorman. «Sie können nicht erwarten, daß sie verstehen, was sie finanzieren.» Dann schlug er die Hand vor den Mund, als wäre er entsetzt, daß er eine derartige Bemerkung vor der laufenden Kamera gewagt hatte.

Kennessy warf einen Blick auf seine Uhr und sah dann Dorman an. «Sind Sie bereit, Mr. Dorman?»

Der große Laborassistent zuckte zusammen und legte seine Hand auf den Drahtkäfig. Der schwarze Labrador preßte seine Schnauze gegen Dormans Handfläche und schnüffelte. Dorman fiel fast in Ohnmacht.

«Sind Sie sicher, daß wir es wirklich tun sollen?» fragte er.

Kennessy musterte seinen Assistenten mit unverhüllter Verachtung. «Nein, Jeremy. Ich werde einfach aufgeben, meine Forschungen einstellen und Jody sterben lassen. Vielleicht sollte ich kündigen und staatlich geprüfter Buchhalter werden.»

Dorman hob in resignierter Verlegenheit die Hände. «Schon gut, schon gut – es war nicht so gemeint.»

Im Hintergrund, an einer der Kellerwände aus Spritzbeton, hing ein Poster von Albert Einstein und einem Mann, dessen Gesicht nur wenige Leute kannten – K. Eric Drexler. Einstein übergab ihm eine Kerze, während Drexler wiederum dem Betrachter eine Kerze entgegenhielt. *Kommt, greift zu!* Drexler war vor einigen Jahren einer der ersten großen Visionäre der Nanotechnologie gewesen.

Wirklich bedauerlich, daß wir ihn *nicht rechtzeitig erreicht haben*, dachte Lentz.

Vader sah seinen Herrn erwartungsvoll an und setzte sich dann in der Mitte seines Käfigs hin. Sein wedelnder Schwanz schlug auf den Boden. «Guter Junge», brummte Kennessy.

Jeremy Dorman verschwand aus dem Kamerabereich und tauchte ein paar Momente später mit einer Waffe wieder auf, einer unhandlichen, aber durchschlagskräftigen Smith & Wesson. Nach den Lentz vorliegenden Berichten hatte Dorman sie persönlich in einem Portlander Waffengeschäft gekauft und bar bezahlt. Wenigstens war die Waffe nicht aus dem Forschungsetat finanziert worden.

Kennessy sprach wieder in die Kamera, während sein Assistent schwitzte. Dorman starrte die Waffe in seiner Hand an und dann den eingesperrten Hund.

«Was ich Ihnen jetzt zeigen werde, ist in extremster Weise schockierend. Ich muß wohl nicht extra erwähnen, daß alles real ist und keine Spezialeffekte oder sonstige Tricks verwendet werden.» Er verschränkte die Arme und blickte fest ins Kameraobjektiv. «Meine Absicht ist, Sie so gründlich zu erschüttern, daß Sie bereit sind, all Ihre Vorurteile zu vergessen.»

Er wandte sich an Dorman. «Gridley, eröffnen Sie das Feuer.»

Dorman blickte verwirrt drein, als würde er sich fragen, was Kennessy meinte, und hob dann die Smith & Wesson. Er richtete die Waffe auf den Hund.

Vader spürte, daß etwas nicht stimmte. Er wich in den hinteren Teil des Käfigs zurück und knurrte dann laut und kehlig. Seine dunklen Augen bohrten sich in Dormans, und er fletschte die Zähne.

Dormans Hand zitterte.

Kennessys Augen blitzten. «Kommen Sie, Jeremy, verdammt! Machen Sie es nicht schlimmer, als es ohnehin schon ist.»

Dorman feuerte zweimal. Die Schüsse klangen in der Videoaufzeichnung hohl und blechern. Beide Kugeln trafen den großen schwarzen Hund, und die Einschläge schmetterten ihn gegen den Maschendraht des Käfigs. Ein Schuß hatte Vaders Brustkorb durchschlagen; der andere zertrümmerte sein Rückgrat. Blut strömte aus den Wunden und durchtränkte sein Fell.

Niemand hätte in der Lage sein dürfen, eine Waffe in die Dy-Mar-Laboratorien zu schmuggeln – die Sicherheitsvorkehrungen waren lächerlich lax! Aber schließlich hatte Kennessy auch den Hund hineingebracht, oder? Keine Papiere, keine Überprüfung, keine Verantwortung.

Vader jaulte und sank nach den Treffern in sich zusammen. Er keuchte.

Dorman starrte benommen die Waffe an. «Mein Gott!» murmelte er. «Die militanten Tierschützer würden uns kreuzigen, David.»

Aber Kennessy beendete umgehend die unheilvolle Stille, die der Bemerkung folgte. Er trat vor und hielt seine kleine einstudierte Rede. Es war seine Show. Er wußte, daß sie ihren Zweck erfüllen würde, auch wenn sie vielleicht melodramatisch erschien.

«Mein Durchbruch in der medizinischen Nanotechnologie öffnet die Türen zu vielen weiteren Anwendungen. Deshalb haben so viele Menschen schon so lange daran gearbeitet. Die ersten Forscher, denen dieser Durchbruch gelingt, werden die Gesellschaft auf eine Weise verändern, die sich heute niemand vorstellen kann.» Kennessy klang, als würde er eine Rede vor einem Aufsichtsrat halten, während sein Hund angeschossen und blutend in seinem Käfig lag.

Lentz mußte einen Mann wie ihn einfach bewundern.

Er nickte unwillkürlich, beugte sich näher zum Bildschirm und legte die Ellbogen auf den Schreibtisch. *Ein Grund mehr, diese Technologie streng zu kontrollieren und erst dann freizugeben, wenn* wir *es für notwendig halten.*

Auf dem Bildschirm drehte sich Kennessy zum Käfig um und musterte den Hund mit klinischer Objektivität. «Nach einer derart schweren Verletzung blockieren die Nanomaschinen zunächst die Schmerzzentren des Hundes.»

Vader saß verwirrt in seinem Käfig. Seine Zunge hing heraus. Er hatte es mühsam geschafft, sich aufzurichten. Der Hund schien die klaffenden Löcher in seinem Rücken zu bemerken. Nach einem Moment legte sich der schwarze Labrador auf den

Käfigboden und verschmierte sich das Fell mit dem Blut, das noch immer an seinen Seiten hinunterlief. Seine Augen fielen zu, sein Kopf sank auf seine Vorderpfoten, und er fiel in einen tiefen Schlaf. Er atmete tief ein und langsam wieder aus.

Kennessy kniete neben dem Käfig nieder und tätschelte Vaders Kopf. «Seine Temperatur steigt bereits, eine Folge der überschüssigen Hitze, die von den emsigen Nanomaschinen erzeugt wird. Sehen Sie, die Blutung hat aufgehört. Jeremy, holen Sie die Kamera her, damit wir es in Großaufnahme zeigen können.»

Dorman blickte verwirrt drein und gehorchte. Er nahm die Kamera, und das Videobild wackelte und verschwamm, zeigte dann in alter Schärfe den Hund und schließlich eine Großaufnahme der Wunden. Kennessy ließ für einen Moment die Bilder für sich sprechen, ehe er seinen Vortrag fortsetzte.

«Ein derart schweres physiologisches Trauma ist natürlich leichter zu beheben als eine weitverbreitete Krankheit wie Krebs. Die Nanomaschinen haben sich selbst auf das DNS-Muster des Hundes programmiert und werden die nötigen Reparaturen vornehmen. Eine Schußverletzung erfordert einiges Flickwerk, zellulare Verbände und Geweberekonstruktion.

Doch bei einer genetischen Krankheit muß jede Zelle repariert, jede Anomalie ausgemerzt und ersetzt werden. Die Heilung eines Krebspatienten dauert vielleicht Wochen oder Monate. Doch diese Schußwunden ...» Er deutete auf den reglosen schwarzen Labrador. «Nun, Vader wird morgen schon wieder Eichhörnchen jagen können.»

Dorman starrte verblüfft und ungläubig den Hund an. «Wenn die Zeitungen davon erfahren, David, verlieren wir alle unseren Job.»

«Das glaube ich nicht», erwiderte David lächelnd. «Darauf verwette ich eine Packung Hundekekse.»

Nach einer Stunde erwachte der Hund wieder. Er war benommen, erholte sich aber rasch. Vader sprang im Käfig auf, schüttelte sich und bellte dann. Gesund. Geheilt. So gut wie neu. Kennessy ließ ihn aus dem Käfig, und der Hund sprang ihn an und bettelte um Aufmerksamkeit und Lob. Kennessy lachte und streichelte ihn.

Lentz sah staunend zu, und er begriff jetzt, daß Kennessys Arbeit noch beängstigender, noch erfolgreicher war, als er befürchtet hatte. Seine Leute hatten völlig richtig gehandelt, die Proben zu beschlagnahmen, wegzuschließen und dann alle übrigen Beweise zu vernichten.

Wenn eine derartige Technologie für die breite Masse zugänglich wurde, waren die Konsequenzen unvorstellbar. Nein, alles mußte vernichtet werden.

Lentz nahm das Videoband aus dem Recorder und schloß es zu den anderen streng geheimen Dokumenten. Der Safe in DyMar hatte dieses Band und die anderen Unterlagen vor dem Feuer bewahrt, aber er wußte mit grimmiger Sicherheit, daß sie nicht alle Aufzeichnungen, alle Proben gefunden hatten.

Jetzt, nachdem er alles gesehen hatte, verstand Lentz endlich den verzweifelten Telefonanruf, den sie abgehört hatten, als David Kennessy in der Nacht der explosiven Demonstration, der Nacht des Feuers seine Privatnummer gewählt hatte.

Kennessys Stimme hatte einen verzweifelten, gehetzten Klang gehabt. Er ließ seine Frau nicht einmal zu Wort kommen. «Patrice, nimm Jody und Vader und verschwinde – *sofort*! Alles, was ich befürchtet habe, ist eingetroffen. Ihr müßt fliehen. Ich sitze in DyMar bereits in der Falle, aber ihr könnt entkommen. Lauft. Laßt euch nicht von ihnen ... erwischen.»

Dann wurde die Telefonverbindung unterbrochen, bevor Kennessy oder seine Frau noch etwas sagen konnte. Patrice Kennessy hatte auf ihren Mann gehört, hatte schnell gehandelt. Als die Aufräumteams ihr Vorstadthaus erreichten, war sie bereits mit dem Jungen und dem Hund verschwunden.

Aber nachdem er das Videoband gesehen hatte, wurde ihm plötzlich klar, daß er einen schweren Fehler gemacht hatte. Zuvor hatte Lentz befürchtet, daß Patrice vielleicht im Besitz einiger Notizen, einiger Forschungsunterlagen war, die er unbedingt an sich bringen mußte. Doch jetzt sah er sich einer wesentlich größeren Gefahr gegenüber.

Wie hatte er es nur übersehen können? Der Hund war nicht nur ein Haustier, das die Kennessys aus Sentimentalität nicht zurücklassen wollten. Dieser schwarze Labrador war ein lebendes Labor. Er war das Versuchstier, er trug die Nanomaschinen in seinem Blutkreislauf, die dort lauerten und nur darauf warteten, sich über die ganze Welt zu verbreiten.

Er schluckte hart und griff nach dem Telefon. Doch nach einem Moment erstarrte er und legte den Hörer langsam wieder auf die Gabel. Dies war nicht die Sorte Fehler, die er seinem Vorgesetzten eingestehen wollte. Er würde sich selbst darum kümmern.

Alles andere war im DyMar-Feuer vernichtet worden – aber jetzt mußte Adam Lentz all seine Leute zusammentrommeln, Verstärkung anfordern und soviel Zeit und Geld wie nötig einsetzen, um eine Frau, einen Jungen und vor allem ihren Hund aufzuspüren.

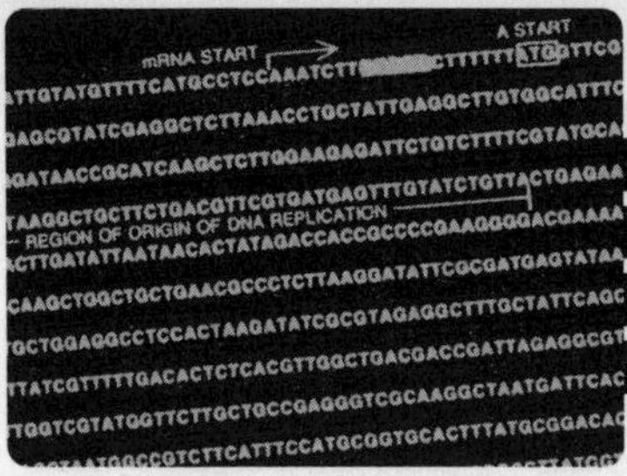

14

Blockhaus der Kennessys, ländliches Oregon

Mittwoch, 13:10 Uhr

Das Licht der Mittagssonne ließ die leeren Stellen in den Bergen Oregons, wo der Kahlschlag der Holzfäller die Bäume wegrasiert hatte, wie Flecken aussehen. Patrice und Jody saßen bei offenen Vorhängen und ausgeschaltetem Licht am Wohnzimmertisch und setzten ein 1000teiliges Puzzle zusammen, das sie in einer der Fensterbänke aus Zedernholz gefunden hatten.

Die beiden hatten kalte Sandwiches und eine Tüte alter, von der schwülen Luft durchweichter Kartoffelchips zu Mittag gegessen. Jody hatte sich wie üblich nicht beklagt. Patrice war froh, daß ihr Sohn wieder Appetit bekommen hatte. Seine geheimnisvolle Erholung war bemerkenswert, aber sie ließ der Hoffnung wenig Raum. Bald, so fürchtete sie, würde die Gesundheitsphase vorbei sein und Jody wieder seine Verhandlungen mit dem Sensenmann aufnehmen.

Aber trotz alledem hielt sie jeden Moment mit Jody in ihrem Innersten fest. Jody war alles, was sie hatte.

Jetzt saßen die beiden über die Puzzleteile gebeugt. Das Puzzle sollte einmal ein Bild vom Aufgang des Planeten Erde über den Kratern des Mondes ergeben, ein Foto, das einer der Apolloastronauten geschossen hatte. Die blaugrüne Kugel bedeckte schon den Großteil des kleinen Holztisches; einige Kontinente waren allerdings noch nicht ganz zusammengesetzt und wiesen klaffende Lücken auf.

Eigentlich machte es ihnen nicht viel Spaß, und sie waren kaum bei der Sache. Sie schlugen bloß die Zeit tot.

Patrice und Jody sprachen wenig, wie es typisch für zwei Menschen war, die viele Tage mit sich allein gewesen waren. Zur Verständigung genügten ihnen angefangene Sätze, Andeutungen, private Scherze. Jody griff nach einem gezackten Teil der antarktischen Eiskappe und drehte es prüfend, um zu sehen, ob es paßte.

«Kennst du jemand, der schon mal in der Antarktis war, Mom?» fragte Jody.

Patrice lächelte gezwungen. «Das ist nicht gerade ein beliebtes Urlaubsziel, Schatz.»

«War Dad schon mal dort? Wegen seiner Forschungen?»

Nur mit Mühe konnte sie verhindern, daß ein Schatten über ihr Gesicht huschte. «Du meinst, um ein neues Medikament an, sagen wir, den Pinguinen zu testen? Oder den Polarbären?» *Warum auch nicht? Er hat es schließlich an Vader getestet …*

«Polarbären leben am *Nordpol*, Mom.» Jody schüttelte in gespielter Verachtung den Kopf. «Überprüfe deine Daten.»

Manchmal klang er schon genau wie sein Vater.

Sie hatte ihrem Sohn erklärt, warum sie sich vor der Außenwelt verstecken, warum sie abwarten mußten, bis sie ein paar Antworten bekommen und herausgefunden hatte, wer hinter der Zerstörung von DyMar steckte.

Darin hatte sich nach einer heftigen Auseinandersetzung über die Gefahren ihrer Forschung, die Grenzen, die sie überschritten, von David getrennt. Er hatte bei DyMar gekündigt, sein Haus verkauft, sein Ferienhäuschen dem Verfall überlassen und sich einer isolierten Gruppe von Survivalisten in der Wildnis Oregons angeschlossen. Von diesem Punkt an hatte David nur noch voller Verachtung über Darin gesprochen und die üblichen absurden Vorwürfe der Luddite-Gruppen, Gruppen wie jene, der sich sein Bruder angeschlossen hatte, einfach ignoriert.

Darin war fest davon überzeugt gewesen, daß sie in Gefahr sein würden, sobald noch mehr Leute von ihrer Forschung erfuhren, aber irgendwie konnte David nicht glauben, daß außer den Experten noch jemand die Bedeutung des von ihm erzielten Durchbruchs erkennen würde. «Es ist immer schön zu sehen, daß manche Leute mehr verstehen, als man ihnen zugetraut hat», erwiderte David. «Aber ich würde nicht damit rechnen.»

Patrice wußte, daß Darin naiv war. Dies war nicht die Art Problem, auf das die breite Masse mit Empörung reagieren würde – es war zu kompliziert, und man brauchte zuviel Voraussicht, um zu erkennen, wie es die Welt verändern würde, oder um abzuschätzen, ob die Gefahren größer waren als die neuen Möglichkeiten. Aber einige Leute achteten sehr genau auf das, was er tat. Darin hatte gute Gründe für seine Angst, gute Gründe für seine Flucht gehabt. Patrice stand jetzt vor der Frage, wer hinter all dem steckte.

Die Demonstranten vor DyMar waren eine seltsame Mischung aus religiösen Gruppen, Gewerkschaftsvertretern, militanten Tierschützern und wer weiß wem noch gewesen. Manche waren Spinner, manche gewalttätig. Ihr Mann war dort getötet worden, nachdem er sie kurz zuvor gewarnt hatte: *Ihr müßt fliehen. Lauft! Laßt euch nicht von ihnen erwischen. Sie werden euch jagen.*

In der Hoffnung, daß es sich nur um einen vorübergehenden Notfall handeln würde, einen kurzen Gewaltausbruch militanter Demonstranten, hatte sie Jody und den Hund in ihren Wagen gesteckt und war stundenlang ziellos durch die Gegend gefahren. Von einem fernen Kliff aus hatte sie das lodernde DyMar-Feuer beobachtet und das Schlimmste gefürchtet. Sie hatte das Ausmaß der Verschwörung noch immer nicht begriffen, als sie wieder nach Hause gerast war, voller Hoffnung, David dort zu finden, voller Hoffnung, daß er ihr zumindest eine Nachricht hinterlassen hatte.

Statt dessen hatte sie feststellen müssen, daß ihr Haus durchwühlt worden war. Jemand hatte nach etwas gesucht, hatte *sie* gesucht. Patrice hatte in aller Eile das Notwendigste zusammengepackt und war aus Tigard und dem Stadtgebiet von Portland in die tiefe Wildnis geflohen, voller Angst, aber auch mit kühler Berechnung.

Sie hatte mehrmals auf nächtlichen Parkplätzen die Nummernschilder gewechselt, bis kurz vor Mitternacht gewartet und dann in Downtown Eugene, Oregon, den Tageshöchstbetrag von einem Geldautomaten abgehoben; sie war quer durch die Stadt zu einem anderen Automaten gefahren und hatte nach Mitternacht, als ein neues Datum galt, erneut den Höchstbetrag abgehoben. Dann war sie weiter zur Küste geflohen, zu Darins altem, verlassenem Blockhaus, wo sie und Jody sich verstecken konnten, bis sie sich wieder sicher fühlten, ganz gleich, wie lange dies dauern mochte.

Sie hatte viele Jahre lang als selbständige Architektin gearbeitet, ihre Entwürfe zu Hause gemacht, vor allem in den letzten Monaten, als sich Jodys Gesundheitszustand durch den Krebs und – schlimmer – die konventionellen Chemo- und Strahlentherapien immer mehr verschlechterte.

Patrice hatte diese kleine Zuflucht vor mehreren Jahren aus Gefälligkeit für ihren Schwager entworfen. Darin hatte sich die nötige Ausrüstung gemietet und die elektrischen Leitungen selbst verlegt, die Zufahrt begradigt und ein paar Bäume gefällt, aber er war nie groß dazu gekommen, es als Urlaubsdomizil zu nutzen. Er war viel zu sehr mit seinen Forschungen und seiner Achttagewoche im Labor beschäftigt gewesen. Zweifellos ein Opfer von Davids Arbeitswut.

Niemand sonst wußte von diesem Ort, niemand würde sie hier suchen, in einem leerstehenden Ferienhaus, das sie vor Jahren für einen Schwager gebaut hatte, der vor einem halben Jahr verschwunden war. Es war das perfekte Versteck für sie und Jody. Hier konnten sie zur Ruhe kommen und ihre nächsten Schritte planen.

Aber dann war der Hund verschwunden. Vader war Jodys letzter Trost gewesen, sein Anker in all dem Chaos. Der schwarze Labrador hatte es genossen, aus der Vorstadt herauszukommen und durch den Wald zu laufen. Er war jahrelang ein Stadthund gewesen, immer angeleint, und jetzt konnte er frei die Wälder Oregons durchstreifen.

Es hatte sie nicht überrascht, daß Vader ausgerissen war, aber sie war überzeugt gewesen, daß er zurückkommen würde. Es wäre besser gewesen, ihn anzuleinen – aber das hatte sie nicht übers Herz gebracht. Es genügte, daß sie und ihr Sohn hier gefangen waren. Warum auch noch der Hund? Patrice hatte ihm allerdings die Hundemarke abgenommen, aus Furcht, sich sonst zu verraten. Wenn Vader gefangen würde oder verletzt werden sollte, dann konnte man keinen Zusammenhang zwischen ihnen herstellen – und die Spur nicht zu ihnen zurückverfolgen.

Jody hatte es hart getroffen, auch wenn er die Hoffnung noch nicht aufgab. Sein größter Wunsch war, daß sein Hund zu ihm zurückkehrte. Abgesehen von seiner Niedergeschlagenheit wirkte er jetzt von Tag zu Tag gesünder; sein Haar war nach der Chemo- und Strahlentherapie größtenteils wieder nachgewachsen. Und er war so kräftig wie schon seit langer Zeit nicht mehr. Er sah wieder wie ein normaler Junge aus.

Aber er vermißte Vader, und sein Kummer war wie eine offene Wunde. Nach jedem Teil des Erde-Mond-Puzzles spähte er durch die schmuddeligen Gardinen des Hauptfensters und suchte den Wald ab.

«Mom, er ist wieder da!» schrie Jody und sprang von seinem Stuhl auf.

Für einen Moment reagierte Patrice mit Panik, dachte an die Verfolger, fragte sich, wer sie wohl aufgespürt hatte und wie sie entkommen konnten. Aber dann drang durch die offene Tür das Gebell des Hundes. Sie stand vom Puzzletisch auf und starrte verblüfft den schwarzen Labrador an, der zwischen den Bäumen hervorsprang.

Jody stürmte durch die Tür nach draußen. Er rannte dem schwarzen Hund so schnell entgegen, daß sie fürchtete, ihr Sohn würde im nächsten Moment auf der Kiesauffahrt lang hinschlagen oder über einen Baumstumpf oder einen herumliegenden Ast im Garten stolpern.

«Jody, sei vorsichtig!» rief sie. Das hätte ihr gerade noch gefehlt – wenn der Junge sich den Arm brach, waren sie erledigt. Bis jetzt hatte sie es geschafft, jeden Kontakt mit Ärzten oder sonstigen Leuten, die Namen und persönliche Daten speicherten, zu vermeiden.

Jody hatte nur Augen für den Hund.

Der Junge erreichte ihn, und beide versuchten, die Freude des anderen über das Wiedersehen zu übertreffen. Vader bellte, drehte sich im Kreis und sprang in die Luft. Jody schlang seine Arme um den Hals des Hundes und wälzte sich mit ihm auf dem feuchten Boden, ein Wirbel aus schwarzem Fell, blasser Haut und Unkraut.

Tropfnaß und voller Gras rannten Jody und Vader zurück zum Blockhaus. Patrice wischte sich die Hände am Geschirrtuch ab und trat auf die Veranda, um sie zu begrüßen. «Ich habe dir doch gesagt, daß er gesund und munter zurückkommt», lächelte sie.

Jody nickte überglücklich und streichelte den Hund.

Patrice bückte sich und fuhr mit ihren Fingern durch das schwarze Fell. Der Ehering, den sie noch immer an ihrem Finger trug, hob sich glänzend von den dunklen Strähnen ab. Der schwarze Labrador konnte vor Freude nicht stillhalten, sprang hin und her und ließ seine Zunge heraushängen. Sein Schwanz wedelte wie ein außer Kontrolle geratenes Ruder, so daß er fast das Gleichgewicht verlor.

Bis auf ein paar Schlammspritzer und Kletten in seinem Fell konnte sie nichts Ungewöhnliches entdecken. Keine Verletzungen, keine Wunden. Nicht ein Anzeichen, daß mit ihm etwas nicht stimmte.

Sie tätschelte den Kopf des Hundes, und Vader verdrehte die dunkelbraunen Augen und blickte zu ihr auf. Kopfschüttelnd meinte sie: «Ich wünschte, du könntest uns erzählen, was du erlebt hast.»

15

Hugharts Familien-Tierklinik, Lincoln City, Oregon

Mittwoch, 17:01 Uhr

Als sie sich der Tierklinik in der verschlafenen Küstenstadt Lincoln City näherten, hörte Scully Hundegebell.

Das Gebäude war ein großes altes Wohnhaus, das man zur gewerblichen Nutzung umgebaut hatte. Die Aluminiumverkleidung war weiß und von Schimmel gefleckt; die hölzernen Rolläden sahen aus, als könnten sie einen neuen Anstrich gebrauchen. Die beiden Agenten gingen die Betonstufen zum Haupteingang hinauf und öffneten eine Windfangtür.

Als sie gerade mit der Suche nach Darin, dem Bruder David Kennessys, beschäftigt gewesen waren, hatte die Meldung eines Tierarztes Mulders Aufmerksamkeit erregt. Als Scully die seltsame Flüssigkeit analysieren ließ, die sie bei der Autopsie des Nachtwächters entnommen hatte, hatte das CDC bei seinen Tests eine Übereinstimmung mit einer anderen Probe festgestellt – die ebenfalls aus dem ländlichen Oregon stammte.

Elliott Hughart hatte einen Hund behandelt, einen schwarzen Labrador, der mit derselben Substanz infiziert gewesen war. Mulder war vor Freude fast in die Luft gesprungen: Endlich hatten sie eine Spur, einen Ansatzpunkt für ihre Suche.

Die Tierarzthelferin in der Lobby, die auch als Wartezimmer diente, sah verhärmt aus. Auf Klappstühlen entlang den Wänden saßen besorgte Tierfreunde mit ihren kranken Lieblingen. In einem Käfig balgten sich Kätzchen. Hunde zerrten winselnd an ihren Leinen. Poster warnten vor den Gefahren des Spulwurms, der Katzenleukämie und der Flöhe. Ein Zeitungsregal, voll mit monatealten Ausgaben von *Time, Cat Fancy* und *People,* stand unbeachtet in einer Ecke.

Mulder ließ seinen Ausweis aufblitzen, als er an den Empfang trat, und schien seine Begegnung mit dem unanständigen Lama noch nicht ganz verdaut zu haben. «Ich bin Agent Fox Mulder, Federal Bureau of Investigation. Wir würden gerne Dr. Hughart sprechen.»

«Haben Sie einen Termin?» Die verhärmte Frau brauchte ein paar Momente, um die Information zu verarbeiten, und riß dann die Augen auf. «Oh, das *FBI*?»

«Wir wollen ihn über einen Hund befragen, den er vor zwei Tagen behandelt hat», erklärte Scully. «Er hat dem Seuchenkontrollzentrum eine Blutprobe geschickt.»

«Ich werde den Doktor holen, sobald er frei ist», sagte sie. «Ich glaube, er nimmt gerade eine Kastration vor. Möchten Sie in den OP-Raum gehen und dort warten?»

Mulder scharrte mit den Füßen. «Danke, wir bleiben hier draußen.»

Eine Dreiviertelstunde später, als Scully von dem chaotischen Lärm der verängstigten Tiere schon der Kopf dröhnte, kam der Arzt heraus. Er blinzelte unter buschigen grauen Brauen und sah sie durchdringend und neugierig an. Die FBI-Agenten waren im Wartezimmer leicht zu identifizieren.

«Bitte kommen Sie nach hinten in mein Büro», sagte der Veterinär und führte sie in einen kleinen Untersuchungsraum. Er schloß die Tür.

Ein Tisch aus rostfreiem Stahl nahm die Mitte des Zimmers ein, und die Luft roch nach feuchtem Fell und Desinfektionsmitteln. An den Wänden hingen Schränkchen mit Glastüren, in denen Thermometer und Subkutanspritzen für die Behandlung von Bandwürmern, Tollwut und Staupe aufbewahrt wurden.

«Also», sagte Hughart mit leiser, sanfter Stimme, aber sichtlich geschmeichelt. «Ich hatte bis jetzt noch nie mit dem FBI zu tun. Wie kann ich Ihnen helfen?»

«Sie haben gestern dem CDC eine Blutprobe von einem schwarzen Labrador geschickt, den Sie behandelt haben», sagte Scully. «Wir würden Ihnen gern ein paar Fragen stellen.»

Mulder zeigte ihm ein Foto von Vader, das sie im durchsuchten Haus der Kennessys in Tigard gefunden hatten. «Können Sie diesen Hund für uns identifizieren, Sir? Ist dies das Tier, das Sie behandelt haben?»

Überrascht zog der Tierarzt die Brauen hoch. «Das ist anhand eines einfachen Fotos fast unmöglich zu sagen. Aber die Größe und das Alter scheinen zu stimmen. Es könnte dasselbe Tier sein.» Der alte Veterinär blinzelte. «Geht es um ein Verbrechen? Warum wurde das FBI eingeschaltet?»

Scully zog die Fotos von Patrice und Jody Kennessy aus der Tasche. «Wir suchen nach diesen Personen, und wir haben Grund zu der Annahme, daß sie die Besitzer des Hundes sind.»

Der Arzt schüttelte den Kopf und zuckte die Schultern. «Das waren nicht diejenigen, die ihn gebracht haben. Der Hund wurde von einem Auto angefahren und von einem Touristen zu mir gebracht. Der Mann konnte es kaum erwarten, wieder von hier wegzukommen. Auf dem Rücksitz seines Kombis saßen weinende Kinder. Es war fast Mitternacht. Aber ich habe den Hund jedenfalls behandelt, obwohl für ihn keine große Hoffnung bestand.» Er schüttelte erneut den Kopf. «Man sieht es ihnen an, wenn sie im Sterben liegen. Sie wissen es. Man kann es in ihren Augen sehen. Aber dieser Hund war … sehr merkwürdig.»

«Wieso ‹merkwürdig›?» hakte Scully nach.

«Der Hund war in einem sehr schlechten Zustand», erklärte der alte Mann. «Schwere Verletzungen der inneren Organe, gebrochene Rippen und Knochen.» Geistesabwesend strich er mit den Fingern über den polierten Tisch aus rostfreiem Stahl und hinterließ schmierige Streifen.

«Ich habe ihn zusammengeflickt, aber es war offensichtlich, daß es für ihn keine Hoffnung gab. Er war heiß, seine Körpertemperatur war höher als bei jedem Fieber, das ich je bei einem Tier erlebt habe. Deshalb habe ich auch die Blutprobe entnommen. Aber ich hätte nie im Traum damit gerechnet, so etwas zu finden.»

Mulders Augenbrauen schossen hoch. Scully sah ihren Partner an, dann wieder den Tierarzt. «Die schweren Verletzungen nach einem Autounfall erklären nicht den Temperaturanstieg», sagte sie. «Nicht, wenn der Hund unter Schock stand und in ein Koma fiel.»

Der Arzt nickte ungeduldig. «Ja, das weiß ich alles – deshalb war ich auch so neugierig. Ich glaube, das Tier hatte schon vor dem Unfall irgendeine Infektion. Vielleicht war es deshalb so verwirrt, daß es direkt vors Auto lief.» Hughart wirkte zutiefst verstört, fast verlegen. «Als ich sah, daß keine Hoffnung mehr bestand, gab ich dem Hund eine Euthanolspritze – Natriumpentabarbitol –, um ihn einzuschläfern. Zehn Kubikzentimeter, mehr als genug für einen schwarzen Labrador dieser Größe. Das ist alles, was man in derartigen Fällen tun kann – das Tier von seinem Leid zu erlösen … und dieser Hund hat furchtbar gelitten.»

«Könnten wir den Kadaver des Hundes sehen?» fragte Scully.

«Nein.» Der Tierarzt wandte sich ab. «Ich fürchte, das ist unmöglich.»

«Warum?» fragte Mulder.

Hughart sah sie unter seinen buschigen Brauen hervor an und betrachtete dann seine sauber geschrubbten Finger. «Ich habe im Labor gearbeitet und die frische Blutprobe untersucht, als ich ein Geräusch hörte. Ich ging hin und stellte fest, daß der Hund vom Tisch gesprungen war. Ich schwöre, seine Vorderläufe waren gebrochen, sein Brustkorb war zertrümmert.»

Scully lehnte sich zurück. Sie konnte nicht glauben, was sie gerade gehört hatte. «Haben Sie den Hund untersucht?»

«Konnte ich nicht.» Hughart schüttelte den Kopf. «Als ich zu ihm hinwollte, bellte er mich an, drehte sich um und lief durch die Tür. Ich rannte hinterher, aber der schwarze Labrador rannte durch die Nacht, als wäre er ein Welpe.»

Scully sah Mulder mit erhobenen Augenbrauen an. Der Tierarzt schien von seinen eigenen Erinnerungen verstört zu sein. Er kratzte sich ratlos am Kopf. «Das letzte, was ich sah, war ein Schatten, der in die Richtung der Bäume lief. Ich habe ihn gerufen, aber der Hund wußte genau, wo er hinwollte.»

Scully war verblüfft. «Wollen Sie damit sagen, daß ein Hund, der von einem Auto angefahren wurde und eine Injektion aus konzentriertem Natriumpentabarbitol bekommen hat ... daß dieser Hund in der Lage war, von Ihrem Operationstisch zu springen und durch die Tür zu verschwinden?»

«Ganz schön zäh», brummte Mulder.

«Hören Sie», sagte der Veterinär, «ich habe keine Erklärung dafür, aber es ist geschehen. Irgendwie war der Hund ... am Ende völlig unverletzt. Aber ich kann nicht glauben, daß mir ein derartiger Fehler unterlaufen ist. Ich habe am nächsten Tag die ganze Umgebung abgesucht, die Straßen, die Gärten. Ich dachte, ich würde den Kadaver draußen auf dem Parkplatz oder irgendwo in der Nähe finden ... aber da war nichts. Es hat auch sonst niemand etwas gesehen. Normalerweise reden die Nachbarn über derart ungewöhnliche Vorfälle.»

Scully wechselte das Thema. «Haben Sie noch die Originalblutprobe von dem Hund? Könnte ich sie mir mal ansehen?»

«Sicher», nickte der Tierarzt, als wäre er froh über die Gelegenheit, seine Geschichte beweisen zu können. Er führte die beiden Agenten in einen kleinen Laborbereich, wo er einfache Wurmtests oder Blutentnahmen durchführte. Auf einem Tisch unter niedrighängenden Leuchtstoffröhren stand ein klobiges Stereomikroskop.

Hughart nahm einen Objektträger aus einem Kasten, an dem ein getrockneter brauner Blutfleck klebte. Er schob den Objektträger unter die Linsen, schaltete die eingebaute Lampe ein und drehte am Regler, um die Schärfe einzustellen. Der alte Mann trat zurück und nickte Scully auffordernd zu.

«Als ich es zum erstenmal sah», sagte der Veterinär, «war das Blut voll von diesen winzigen, hin und her flitzenden Erregern. Ich habe so etwas noch nie zuvor gesehen, und ich habe jahrelang alle bekannten Arten von Blutparasiten untersucht, die Tiere befallen können, Nematoden, Amöben und andere. Aber diese … diese waren absolut ungewöhnlich. Deshalb habe ich die Probe an das CDC geschickt.»

«Und man hat uns informiert.» Scully drückte ihre Augen an das Mikroskop und studierte die Blutzellen des Hundes und die zahllosen kleinen glitzernden Objekte, die zu rechteckig, zu geometrisch wirkten im Vergleich zu allen anderen Mikroorganismen, die sie je gesehen hatte.

«Als sie noch lebten und sich bewegten, sahen sie fast … mechanisch aus», sagte der alte Veterinär. «Jetzt bewegen sie sich nicht mehr, scheinen sich deaktiviert zu haben. Oder sie überwintern.»

Scully studierte die Punkte und fand auch keine Erklärung dafür. Mulder wartete geduldig an ihrer Seite, und schließlich ließ sie ihn ans Mikroskop. Er sah sie wissend an.

Scully wandte sich an den Tierarzt. «Danke, daß Sie uns Ihre Zeit geopfert haben, Dr. Hughart. Vielleicht kommen wir später noch einmal auf Sie zurück. Wenn Sie irgend etwas über den Verbleib des Hundes oder seiner Besitzer erfahren, informieren Sie uns bitte.»

«Aber worum handelt es sich denn?» fragte der Arzt, als er Scully und Mulder zur Tür folgte. «Und wieso nimmt das FBI eine Nachuntersuchung vor?»

«Es geht um zwei vermißte Personen», erklärte Mulder, «und die Zeit drängt.»

Die beiden Agenten passierten auf dem Weg nach draußen die Aufnahme, wo sich mittlerweile noch mehr Käfige mit Katzen und Hunden befanden. Die Türen zu den Untersuchungsräumen waren geschlossen, und seltsame Geräusche drangen heraus.

Der Arzt schien keine Lust zu haben, sich wieder in das alltägliche Chaos aus jaulenden Tieren zu stürzen, zögerte in der Tür und sah ihnen nach, wie sie die Treppe hinunterstiegen.

Mulder hielt sich mit seinen Kommentaren zurück, bis sie wieder im Wagen saßen und bereit zum Losfahren waren. «Scully, ich glaube, die Kennessys haben in den DyMar-Labors einige sehr unorthodoxe Forschungen durchgeführt.»

«Ich gebe zu, daß wir es mit einer unbekannten Infektion zu tun haben, Mulder, aber das bedeutet noch lange nicht ...»

«Denken Sie nach, Scully.» Seine Augen funkelten. «Wenn DyMar eine spektakuläre regenerative Behandlungsmethode entwickelt hat, könnte David sie ohne weiteres an dem Hund getestet haben.» Scully biß sich auf die Lippe. «Angesichts des

Gesundheitszustands seines Sohnes war er bestimmt verzweifelt genug, um fast alles zu versuchen.»

Sie lehnte sich in ihrem Sitz zurück und schnallte sich an. «Aber, Mulder, was für eine Behandlungsmethode soll das denn sein, die einen Hund nach einem Autounfall von seinen schweren Verletzungen heilt und dann die Wirkung des Natriumpentabarbitols neutralisiert, mit dem er eingeschläfert werden sollte?»

«Vielleicht eine, die aus dem kombinierten Sachverstand von Darin und David Kennessy entstanden ist», sagte Mulder und ließ den Wagen an.

Sie faltete die Straßenkarte auseinander und suchte nach ihrem nächsten Zwischenstop bei ihrer Suche: die Gegend, in der sich Darin Kennessy versteckt hatte. «Aber, Mulder, wenn sie wirklich eine derartige ... Wunderkur entwickelt haben, warum sollte Darin dann die Forschung aufgeben? Warum sollte irgend jemand das Labor in die Luft jagen und alle Unterlagen vernichten?»

Mulder steuerte den Wagen vom Parkplatz, wartete am Küstenhighway, bis eine Lastwagenkolonne vorbeigefahren war, bog dann rechts ab und folgte der Straße durch die kleine, malerische Stadt. Er dachte an den toten Wachmann, die wuchernden und unerklärlichen Tumore, den Schleim. «Vielleicht waren nicht alle DyMar-Proben so erfolgreich. Vielleicht ist etwas viel Schlimmeres freigesetzt worden.»

Scully sah nach vorn auf die Straße. «Wir müssen diesen Hund finden, Mulder.»

Wortlos drückte er das Gaspedal durch.

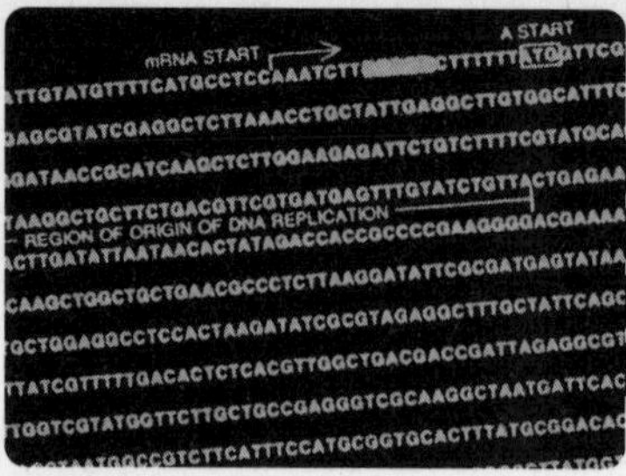

16

Mercy Hospital, Leichenhalle

Donnerstag, 2:04 Uhr

Vermutlich glaubten viele Leute, daß es beängsti- gend – oder zumindest bedrückend – sein mußte, spät nachts allein in einer Leichenhalle zu sein. Aber für Edmund war das stille und gedämpft erleuchtete Krankenhaus der ideale Ort zum Lernen. Er war stundenlang ungestört, und er hatte seine medizinischen Fachbücher dabei, popularisierte Beschreibungen wahrer Verbrechen und gerichtsmedizinische Abhandlungen.

Eines Tages, so hoffte er, würde er selbst die Universität besuchen und Gerichtsmedizin studieren. Das Thema faszinierte ihn, und wenn er hart arbeitete, würde er vielleicht irgendwann gut genug sein, um zumindest der erste oder zweite Assistent des Bezirksgerichtsmediziners Frank Quinton zu werden. Das war das höchste Ziel, das Edmund seiner Meinung nach erreichen konnte.

Das Lernen fiel ihm etwas schwer, und er wußte, daß die Universität eine enorme Herausforderung sein würde. Deshalb wollte er soviel wie möglich allein lernen, sich die Abbildungen und Diagramme einprägen und eine Menge Einzelheiten pauken, bevor er sein Studium aufnahm.

Schließlich war Abraham Lincoln auch Autodidakt gewesen, oder? Es war nichts daran auszusetzen, o nein, keineswegs. Und Edmund hatte die Zeit, die Konzentration und den Ehrgeiz, soviel wie möglich zu lernen.

Die Neonröhren warfen weiße Flecken auf den sauberen Kachelboden, die weißen Wände. Rostfreier Stahl und Chrom funkelten. Die Klimaanlage klang wie das leise Atmen eines friedlich schlafenden Mannes. Auf den Krankenhausfluren war es still. Keine Durchsagen, kein Fahrstuhlgong, keine knarrenden kreppbesohlten Schuhe auf den Gängen.

Während der Nachtschicht war er hier unten in der Leichenhalle ganz allein – und es gefiel ihm.

Edmund blätterte in einem seiner medizinischen Fachbücher und frischte sein Gedächtnis in bezug auf den Unterschied zwischen einer *perforierenden* und *penetrierenden* Wunde auf. Bei einer penetrierenden Wunde drang die Kugel bloß in den Körper ein und verblieb dort, während bei einer perforierenden Wunde die Kugel den Körper durchschlug und auf der anderen Seite wieder herauskam, wobei die Austrittswunde normalerweise wesentlich größer war als die kleine runde Eintrittswunde.

Edmund kratzte sich die kahle Stelle an seinem Kopf, während er die Beschreibung immer wieder las, um sich die Begriffe richtig einzuprägen. Auf einer anderen Seite waren Schußdiagramme abgebildet; gepunktete Linien stellten die Bahnen der Kugeln durch den Körper dar und zeigten, warum eine Bahn zum sofortigen Tode führte, während eine andere kaum Schaden anrichtete.

Wenigstens war es hier still genug, um sich zu konzentrieren, und wenn sich Edmund erst einmal den Stoff eingeprägt hatte, vergaß er ihn meistens auch nicht mehr. Im hinteren Teil seines Schädels pochte leichter Spannungskopfschmerz, aber Edmund wollte nicht noch mehr Kaffee trinken oder Aspirin nehmen. Er würde es auch so schaffen.

Gerade als er dachte, einen wichtigen Abschnitt endlich verstanden zu haben, und er schon ein triumphierendes Grinsen aufsetzen wollte, hörte er eine Bewegung … ein Kratzen.

Edmund sprang auf, straffte die Schultern und sah sich in der Halle um. Eine Woche zuvor hatte man ihm einen Bären aufgebunden über eine Leiche – ein Mann, bei einem Autounfall geköpft –, die angeblich aufgestanden und aus dem Allegheny Catholic Medical Center gelaufen war. Ein Deckenlicht flakkerte in der linken Ecke des Raumes, aber Edmund sah keine schlotternden kopflosen Gestalten … oder andere Manifestationen lächerlicher urbaner Legenden.

Er starrte die versagende Neonröhre an und erkannte, daß ihn das stroboskopartige Flackern gestört hatte. Er seufzte und kritzelte eine entsprechende Notiz für den Wartungsdienst. Die Techniker hatten die Temperatur in den Kühlfächern bereits doppelt überprüft, etwas Freon nachgefüllt und behauptet, daß in den Schubfächern – 4E eingeschlossen – alles exakt so war, wie es sein sollte.

Als Edmund keine weiteren Geräusche hörte, blätterte er weiter zu einem anderen Kapitel über die verschiedenen Verletzungsarten, die von stumpfen Waffen verursacht werden konnten.

Dann hörte er wieder eine Bewegung – ein Scharren, ein Schaben … und dann ein lautes *Bumm*.

Edmund fuhr kerzengerade hoch und blinzelte nervös. Er wußte, daß er sich das nicht nur einbildete, o nein, keineswegs. Er arbeitete schon zu lange in der Leichenhalle, um sich vom Ächzen des Gemäuers oder dem Fauchen der Klimaanlage ins Bockshorn jagen zu lassen.

Wieder das dumpfe Krachen. Wie von einem Schlag gegen eine Metallplatte.

Er stand auf und versuchte, die Quelle des Lärms ausfindig zu machen. Er fragte sich, ob jemand verletzt war oder ob sich irgend jemand, der Übles im Schilde führte, in die stille Leichenhalle geschlichen hatte … aber warum? Edmund saß schon seit drei Stunden an seinem Platz und hatte nichts gehört, nichts gesehen. Er kannte jeden, der in dieser Zeit die Halle betreten hatte.

Wieder hörte er ein Klopfen und ein Poltern und ein Kratzen. Die Ruhe war jetzt endgültig vorbei. Jemand schien irgendwo eingeschlossen zu sein und sich verzweifelt befreien zu wollen.

Edmund näherte sich mit zunehmendem Grausen dem hinteren Teil der Halle – tief im Herzen wußte er, daß er dort die Quelle des Lärms finden würde. Eines der Kühlschubfächer – eines der Kühlschubfächer mit den Leichen.

In der Schule hatte er Horrorgeschichten gelesen, vor allem von Edgar Allan Poe, über Menschen, die bei lebendigem Leib begraben worden waren. Er hatte Gruselgeschichten über komatöse Opfer gehört, die man in die Kühlfächer der Leichenhalle gesperrt hatte, bis sie nicht an ihren Krankheiten, sondern an der Kälte gestorben waren – Patienten, die nach einem diabetischen Schock oder einem epileptischen Anfall irrtümlich für tot erklärt worden waren.

Edmund verstand genug von Medizin, um jede dieser Anekdoten als urbane Mythen abzutun, Altweibergeschwätz … aber was er jetzt hörte, war Realität.

Irgend jemand hämmerte von *innen* gegen eine der Schubfachtüren.

Er trat näher und horchte. «Hallo!» rief er. «Ich hole Sie da raus.» Das war das mindeste, was er tun konnte.

Das Fach, aus dem das Klopfen drang, war mit einem «Öffnen verboten»-Schild, gelbem Klebeband und dem Symbol für gefährliches biologisches Material markiert. Fach 4E. Es enthielt den Leichnam des toten Nachtwächters, und Edmund wußte, daß die fleckige, tumorverseuchte, schleimüberzogene Leiche schon seit Tagen in dem Fach lag. Seit *Tagen*! Agent Scully hatte an dem Mann sogar eine Autopsie vorgenommen.

Dieser Bursche konnte unmöglich noch am Leben sein.

Der ruhelose Lärm brach nach seinem Ruf ab, dann hörte er ein Trommeln wie von knotengleichen Fäusten oder Absätzen … wie von Ratten, die in den Wänden ihr Unwesen trieben.

Edmund schluckte hart. Handelte es sich um einen bösen Streich? Wollte ihm jemand einen Schrecken einjagen? Die Kollegen machten sich oft über ihn lustig und verhöhnten ihn als Trottel.

Wenn dies ein Scherz war, würde er es ihnen heimzahlen. Aber wenn jemand Hilfe brauchte, mußte er handeln.

«Ist jemand da drinnen?» rief er und beugte sich näher zur versiegelten Kühlfachtür. «Ich lasse Sie raus.» Er kniff die weißen Lippen zusammen, sammelte all seinen Mut und zog am Griff von 4E.

Die Tür schwang auf, und irgend etwas drückte von innen dagegen, um ins Freie zu gelangen. Etwas Grauenhaftes.

Edmund schrie und stemmte sich gegen die Tür. Er erhaschte einen Blick auf etwas Fremdartiges, Mißgebildetes, das in der unbeleuchteten Kammer um sich schlug und Dellen in die Wände aus rostfreiem Stahl trieb. Die Schublade wackelte und ratterte.

Eine fleischige Gliedmaße peitschte heraus und krümmte sich auf eine Weise, wie es keinem Arm oder Bein möglich war … es schien sich vielmehr um einen kurzes, dickes *Tentakel* zu handeln.

Edmund schrie wieder, stemmte sich mit dem Rücken gegen die Tür und wich verzweifelt dem peitschenden Tentakel aus, das ihn packen wollte. Sein Gewicht war groß genug, um dem Druck von innen standzuhalten. Weitere Auswüchse des Rumpfes, mißgebildete Tentakel, die irgendwann einmal Arme oder Hände gewesen sein mochten, kratzten und schlugen gegen die glatte Metalltür und suchten nach einem Halt.

Von der Decke des Schubfachs tropfte zähflüssiger, an Geifer erinnernder Schleim.

Edmund warf sich mit aller Kraft gegen die Tür, so daß sie sich fast schloß. Zwei Tentakel und ein vielgelenkiger Finger wurden eingeklemmt. Andere Glieder – viel mehr als die üblichen zwei Arme und Beine – peitschten und hämmerten und suchten nach einem Ausweg.

Aber er hörte keine Stimme. Keine Worte. Keine Schmerzensschreie. Nur die rasenden Bewegungen.

Edmund drückte kräftiger zu und quetschte die Pseudofinger. Schließlich wurden sie mit einem Ruck zurückgezogen und verschwanden in der relativen Sicherheit des Kühlfachs.

Edmund unterdrückte einen Schrei, stemmte sich gegen die Stahltür und drückte, bis der Riegel einrastete.

Er stieß einen tiefen Seufzer der Erleichterung aus und fummelte mit zitternden Fingern am Riegel, um sich zu vergewissern, daß er festsaß. Dann stand er da und starrte wie betäubt das stille Kühlschubfach an.

Für einen Moment blieb alles ruhig – aber dann hörte er, wie das gefangene Wesen wieder rasend zu hämmern begann. Edmund brüllte voller Panik: «Gib endlich Ruhe!»

Ihm fiel nichts Besseres ein, als zu den Temperaturkontrollen zu stürzen und den Regler auf die niedrigste Stufe zu stellen – auf Schockfrostung. Das würde dem Ding den Rest geben, es zum Schweigen bringen. Die Kühleinheit war erst vor kurzem aufgefüllt worden, und sie arbeitete schnell. Sie war konstruiert,

Beweise und organisches Gewebe so zu konservieren, daß sie nicht beschädigt wurden oder verdarben.

Schon in diesem Moment mußte die zirkulierende Luft in dem sarggroßen Schubfach schlagartig kälter werden und dieses *Ding* schockfrosten, das irgendwie in den Behälter mit dem Leichnam des Nachtwächters gelangt war.

Nach einigen Momenten hörte er, wie das wilde Rumoren nachließ – aber es konnte auch nur eine List sein. Edmund wollte davonrennen, aber er wagte nicht, die Halle zu verlassen. Er wußte nicht, was er tun sollte. Ihm fiel keine andere Möglichkeit ein, mit dem Problem fertig zu werden. Kälte ... *Kälte.* Sie würde das Ding zu Eis erstarren lassen.

Das Hämmern und Kratzen wurde nach ein paar Minuten schwächer und leiser. Schließlich hatte sich Edmund so weit gefaßt, daß er zum Telefon rannte. Er drückte eine Taste und alarmierte den Sicherheitsdienst.

Als die beiden Wachmänner hereinstürmten – von vorneherein skeptisch, da die Assistenten, die in der Leichenhalle Nachtdienst hatten, häufiger falschen Alarm auslösten als die Mitarbeiter jeder anderen Abteilung des Krankenhauses –, rührte sich die Kreatur im Schubfach nicht mehr. Wahrscheinlich war sie inzwischen tiefgefroren.

Sie lachten Edmund aus und meinten, er hätte sich alles nur eingebildet. Aber ihr Spott war ihm jetzt egal.

Er ging ein paar Schritte zurück, denn als sie Kühlfach 4E öffneten, wollte er nicht in der Nähe sein. Er warnte sie noch einmal, aber sie kümmerten sich nicht darum.

Ihr Lachen hörte schlagartig auf, als sie in das Kühlfach schauten.

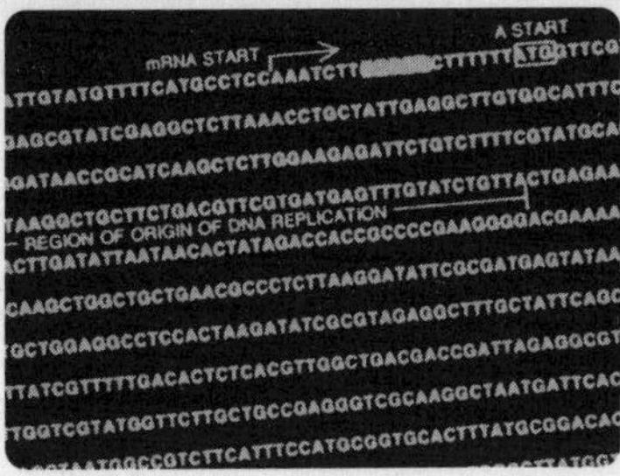

17

Ross-Island-Brücke, Portland, Oregon Donnerstag, 7 : 18 Uhr

Die Brücke ragte in den frühen Morgennebel. Ihre gewölbten und verschnörkelten Metallträger verloren sich wie ein endloser Tunnel im Dunst.

Für Jeremy Dorman war sie nur ein Weg über den Willamette River auf seinem langen, qualvollen Marsch aus der Stadt in die Wildnis … wo er vielleicht Patrice und Jody Kennessy finden würde.

Er machte einen weiteren unsicheren Schritt, dann den nächsten. Er spürte seine Füße nicht mehr; sie waren nur Klumpen aus Fleisch am Ende seiner Beine, die sich selbst wie Gummi anfühlten, als würde sich sein Körper verändern, umbauen, als würden Gelenke an den seltsamsten Stellen wachsen.

Als er die Mitte der Brücke erreichte, hatte er das Gefühl, in der Luft zu schweben, obwohl er im trüben Grau der Morgendämmerung den Fluß unter ihm nicht erkennen konnte. Die Lichter der Stadt, die Wolkenkratzer und Straßenlaternen waren nur noch fahle Flecken.

Dorman stolperte weiter und konzentrierte sich auf den Fluchtpunkt, wo die Brücke im Nebel verschwand. Sein einziges Ziel war es, die andere Seite der Brücke zu erreichen. Schritt für Schritt. Und wenn er diese Etappe geschafft hatte, würde er sich auf die nächste konzentrieren und die übernächste, bis er Portland endlich hinter sich gelassen hatte.

Die bewaldeten Küstenberge schienen weit entfernt zu sein.

Die Morgenluft war klamm und kalt, aber er konnte weder sie noch seine feuchte Kleidung spüren. Gänsehaut überzog seinen Rücken und seine Arme, aber es lag nicht an der Temperatur, sondern an der katastrophalen Veränderung, die sich in all seinen Zellen abspielte. Als Wissenschaftler hätte er den Prozeß interessant finden müssen – aber als Opfer dieser Veränderung empfand er nur nackte Angst.

Dorman schluckte hart. Sein Hals fühlte sich glitschig an, als wäre er voller Schleim, einem Sekret, das aus seinen Poren quoll. Als er die Zähne zusammenbiß, bemerkte er, daß sie sich gelockert hatten. Und sein Blickfeld war von einem schwarzen Schleier gerändert.

Er ging weiter. Er hatte keine andere Wahl.

Ein Kleinlaster donnerte über die Brückenplatten und an ihm vorbei. Das Echo des Motors und der Räder dröhnte in seinen Ohren. Er sah den roten Rücklichtern nach.

Plötzlich krampfte sich Dormans Magen zusammen, und sein Rückgrat pendelte wie eine gereizte Schlange hin und her. Er fürchtete, sich im nächsten Moment aufzulösen, sich in eine Pfütze aus verflüssigtem Fleisch und zuckenden Muskeln zu verwandeln, eine gelatinöse Masse, die durch den Gitterrost des Brückengehwegs in den Fluß tropfen würde.

«Neiiiin!» schrie er, eine heulende, entmenschlichte Stimme in der Stille.

Dorman griff mit einer schlüpfrigen, wächsernen Hand nach dem Brückengeländer und hielt sich fest, während er mit aller Willenskraft gegen die Krämpfe ankämpfte. Er verlor wieder die Kontrolle über sich.

Von Mal zu Mal fiel es ihm schwerer, die Kontrolle über seinen Körper zurückzugewinnen. All seine biologischen Systeme reagierten nicht mehr auf die Befehle seines Gehirns, sondern entfalteten ein Eigenleben. Er klammerte sich mit beiden Händen an das Brückengeländer und drückte so fest zu, daß er schon glaubte, das Metall verbogen zu haben.

Er mußte wie ein potentieller Selbstmörder aussehen, der kurz davorstand, in die schwarzen, abgrundtiefen Fluten des gurgelnden Flusses zu springen – aber Dorman hatte nicht die Absicht, sich umzubringen. Im Gegenteil, alles, was er bisher getan hatte, war ein verzweifelter Versuch gewesen, am Leben zu bleiben. Um jeden Preis.

Er konnte nicht in ein Krankenhaus oder in eine Arztpraxis gehen – kein Arzt der Welt konnte seine Krankheit heilen. Und jedesmal, wenn sein Name in irgendwelchen Unterlagen auftauchte, bestand die Gefahr, daß er … unwillkommene Aufmerksamkeit auf sich lenkte. Das konnte er nicht riskieren. Er mußte die Schmerzen einfach aushalten.

Schließlich, als die Krämpfe aufhörten und nur zitternde Schwäche hinterließen, schleppte sich Dorman weiter. Sein Körper ließ ihn noch nicht im Stich. Noch nicht. Aber er mußte sich konzentrieren, sich das selbstgesteckte Ziel ins Gedächtnis zurückrufen.

Er mußte diesen verdammten Hund finden.

Er griff in seine zerschlissene Hemdtasche und zog das zerknitterte, rußgefleckte Foto heraus, das er aus dem zerbrochenen Rahmen in David Kennessys Schreibtisch genommen hatte. Die hübsche junge Patrice mit ihren feingeschnittenen Gesichtszügen und den rotblonden Haaren und der drahtige, wuschelhaarige Jody lächelten in die Kamera. Ihre Mienen spiegelten die glückliche Zeit vor Jodys Leukämie, vor Davids verzweifelten Forschungen.

Dorman kniff die Augen zusammen und prägte sich das Bild ein.

Er war ein guter Freund der Kennessys und häufig in ihrem Haus zu Gast gewesen. Er war Jodys Ersatzonkel gewesen, so etwas wie ein Familienmitglied – letzteres sicherlich eher als Davids scheuer und abweisender Bruder Darin. Und weil er Patrice so gut kannte, hatte Dorman eine ziemlich gute Vorstellung davon, wo sie sich versteckte. Wahrscheinlich dachte sie jetzt, sie sei in Sicherheit, weil Darin seine Geheimnisse so geliebt hatte.

In der Tasche seiner zerlumpten Jacke, schwer wie ein Knüppel, steckte der Revolver, den er dem Nachtwächter abgenommen hatte.

Als er endlich die andere Seite der Ross-Island-Brücke erreichte, blickte Dorman nach Westen. Die bewaldeten, nebelverhangenen Küstenberge lagen noch in weiter Ferne.

Sobald er sie gefunden hatte, hoffte Dorman, mit dem Hund verschwinden zu können, ohne von Patrice oder Jody entdeckt zu werden. Er wollte sie nicht töten müssen – zum Teufel, der Junge war bereits ein Skelett, seine Leukämie hatte ihn schon fast umgebracht –, aber er würde sie und auch den Hund erschießen, wenn es notwendig wurde. Im großen Rahmen spielte es im Grunde keine Rolle, wie sehr er sie mochte.

Er hatte bereits eine Menge Blut an den Händen.

Erneut verfluchte er David und seine Naivität. Darin hatte begriffen, und er war geflohen, um sich unter einem Stein zu verstecken. Aber David, hitzköpfig und verzweifelt bestrebt, Jody zu helfen, hatte blind die wahren Quellen ignoriert, aus denen ihre Arbeit finanziert wurde. Glaubte er wirklich, daß man DyMar all diese Millionen gab, nur damit *David Kennessy* sich hinstellen und entscheiden konnte, wie die moralisch verantwortbare Nutzung ihrer Forschungsergebnisse aussah?

David war in ein politisches Minenfeld gestolpert, und er hatte all die Ereignisse ausgelöst, die so viel Schaden angerichtet hatten – Jeremy Dormans verzweifelten Überlebenskampf eingeschlossen.

Ein Kampf, den er langsam, aber sicher verlor. Obwohl ihn die Prototyp-Proben zunächst am Leben erhalten hatten, war sein ganzer Körper jetzt das Opfer einer biologischen Kernschmelze, und es gab nichts, das er dagegen tun konnte.

Zumindest nicht, bis er den Hund gefunden hatte.

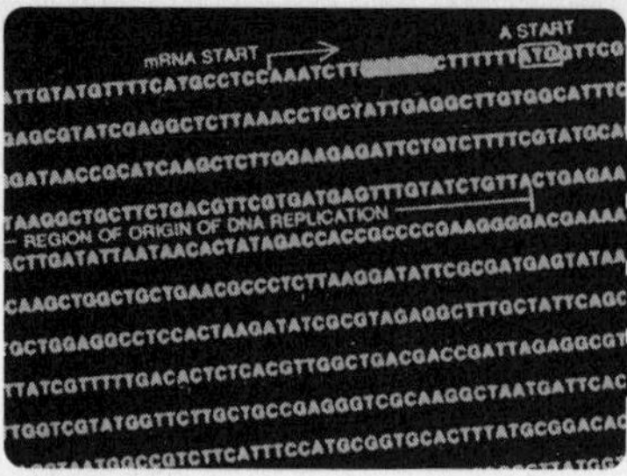

18

Küste von Oregon

Donnerstag, 12:25 Uhr

Mulder hielt neben der Selbstbedienungszapfsäule der kleinen, heruntergekommenen Tankstelle an. Als er aus dem Wagen stieg, sah er zu dem verglasten Büro und dem großen, unbeleuchteten Conoco-Schild hinüber. Er erwartete halb, auf der Veranda alte Männer in Schaukelstühlen sitzen zu sehen oder zumindest jemanden, der herauskam, um mit Andy-Griffith-hafter Freundlichkeit seine Dienste anzubieten.

Scully stieg aus und streckte sich. Sie waren schon seit Stunden auf dem Highway 101 unterwegs, entlang der zerklüfteten Küste mit ihren kleinen Dörfern und abgeschiedenen Häusern, die sich an die dicht bewaldeten Berghänge schmiegten.

Irgendwo hier in dieser Gegend hatte sich David Kennessys Bruder einer isolierten Gruppe von Survivalisten angeschlossen, die sich ungefähr in dem Gebiet aufhielten, wo der schwarze Labrador von dem Auto angefahren worden war – was mehr als nur ein Zufall sein mußte, wie Mulder glaubte. Er wollte Darin finden, um einige klare Aussagen über die Forschungen in DyMar zu erhalten. Wenn Darin wußte, warum das Forschungszentrum zerstört worden war, würde er vielleicht auch wissen, warum Patrice verschwunden war.

Ansonsten hatten sie nur äußerst vage Informationen über die Survivalisten. Die Gruppe hielt von Natur aus ihren genauen Aufenthaltsort geheim und verfügte weder über Telefon noch einen Stromanschluß. Wahrscheinlich war es nicht leichter, das Camp zu finden als den Aufenthaltsort von Jody und Patrice.

Mulder nahm den Zapfhahn von der Säule – und dann flog die Bürotür auf, und statt des freundlich lächelnden Andy Griffith stürmte ein untersetzter, schmerbäuchiger Mann mit einem grauweißen Haarkranz heraus.

«He, fassen Sie das nicht an!» fauchte der schmerbäuchige Mann mit wütendem Gesicht. «Wir haben hier keine Selbstbedienung.»

Mulder sah den Zapfhahn in seiner Hand an, dann das Selbstbedienungszeichen. Der beleibte Mann war mit ein paar Schritten bei Mulder und entriß ihm den Zapfhahn, als wäre er ein gefährliches Spielzeug in den Händen eines Kindes. Der Mann schob den Hahn in die Tanköffnung, drückte und arretierte den Griff und trat dann stolz zurück, als könnte nur ein Profi eine derart komplizierte Operation durchführen.

«Was ist das Problem, Sir?» fragte Scully. Mulders Unbehagen schien sie zu amüsieren.

Der Mann starrte zuerst sie und dann Mulder an, als wären sie unsäglich dumm. «Verdammte Kalifornier», knurrte er nach einem Blick auf das Nummernschild ihres Mietwagens. «Wir sind hier in Oregon. Wir lassen nicht zu, daß sich Amateure selbst ihr Benzin zapfen.»

Mulder und Scully sahen sich über das Wagendach hinweg an. «Um ehrlich zu sein, wir sind keine Kalifornier», erklärte Mulder und griff in die Innentasche seines Mantels. «Wir sind Bundesagenten. Wir arbeiten für das FBI – und ich kann Ihnen versichern, daß Benzinzapfen zu den härtesten Trainingskursen gehört, die wir in Quantico absolvieren müssen.» Er ließ seinen Dienstausweis aufblitzen und deutete auf Scully. «Um genau zu sein, Agent Scully hier ist fast so qualifiziert wie ich, einen Tank zu füllen.»

Der schmerbäuchige Mann sah Mulder skeptisch an. Sein Flanellhemd war zerschlissen und voller Ölflecken. Er trug einen schartigen, an Flickwerk erinnernden Bart. Er schien nicht der Typ zu sein, der sich die Hände mit dem Binden einer Krawatte schmutzig machte.

Scully brachte das Foto von Patrice und Jody Kennessy zum Vorschein. «Wir suchen diese Leute», sagte sie. «Eine Frau, Mitte Dreißig, und ihren Sohn, zwölf Jahre alt.»

«Nie gesehen», brummte der Mann und konzentrierte sich demonstrativ auf den Zapfhahn. An der Pumpe drehte sich klikkend das Zählwerk.

«Sie haben sich das Bild nicht einmal angeschaut.» Scully beugte sich über den Wagen und hielt ihm das Foto dicht vors Gesicht.

Der Mann betrachtete es ausgiebig und wandte sich dann wieder ab. «Nie gesehen. Ich hab Besseres zu tun, als mir jeden Fremden anzusehen, der hier vorbeikommt.»

Mulder zog skeptisch die Brauen hoch. Seiner Meinung nach war dieser Mann *genau* der Typ, der sich sehr sorgfältig jeden Fremden oder Kunden ansah, der vorbeikam – und er war fest davon überzeugt, daß noch vor Ende des Nachmittags jeder in zehn Kilometer Umkreis von den Bundesagenten erfahren würde, die in der einsamen Küstenregion von Oregon nach zwei vermißten Personen suchten.

«Wissen Sie zufällig, ob sich in dieser Gegend ein großes Survivalisten-Lager befindet?» fragte Scully. «Wir glauben, daß man sie vielleicht dorthin gebracht hat, zu einem Verwandten.»

Der schmerbäuchige Mann wölbte die Brauen. «Ich weiß, daß es in den Bergen und Wäldern ein paar Lager gibt – niemand, der noch halbwegs bei Sinnen ist, wagt sich in ihre Nähe.»

Scully zog eine Visitenkarte aus der Tasche. «Falls Sie irgend etwas hören, Sir, wären wir sehr dankbar, wenn Sie uns anrufen würden. Wir wollen die beiden nicht verhaften. Sie brauchen Hilfe.»

«Sicher, ich freue mich immer, wenn ich meine Pflicht tun kann», meinte der Mann und steckte die Karte in seine Hemdtasche, ohne einen Blick darauf zu werfen. Er wartete, bis die Zapfsäule einen runden Dollarbetrag anzeigte, und quetschte dann, aus reiner Bosheit, wie es schien, ein paar weitere Cents in den Tank.

Mulder bezahlte, bekam eine Quittung, und dann stiegen er und Scully wieder in den Wagen. «Die Leute hier legen eben großen Wert auf ihre Privatsphäre», sagte Mulder. «Vor allem außerhalb der Städte ist Oregon ein Tummelplatz für Survivalisten, Eigenbrötler und jeden, der seine Ruhe haben will.»

Scully betrachtete das Foto in ihren Händen, Jody Kennessys lächelndes Gesicht, und Mulder ahnte, was ihr durch den Kopf ging. «Aber ich möchte zu gern wissen, warum David Kennessys Bruder unbedingt verschwinden wollte», sagte sie.

Nachdem sie vier Stunden lang in den Nebenstraßen die Häuser, Cafés, Souvenirläden und Kunstgalerien abgeklappert hatten, begann Mulder zu bezweifeln, daß ihre Suche sie weiterbringen würde, wenn sie nicht weitere Anhaltspunkte über Darins Aufenthaltsort erhalten würden.

Aber sie konnten entweder herumsitzen und die Zeit in ihrem Motelzimmer in Lincoln City totschlagen, oder sie konnten etwas unternehmen. Mulder zog es vor, etwas zu unternehmen. Normalerweise.

Er griff nach seinem Handy, um Frank Quinton anzurufen, den Gerichtsmediziner, um festzustellen, ob die Schleimanalyse irgendwelche Resultate erbracht hatte, aber das Handy zeigte an, daß keine Verbindung hergestellt werden konnte. Er seufzte. Sie konnten inzwischen schon ein Dutzend Anrufe verpaßt haben. Die bewaldeten Berge waren nur dünn besiedelt, und die Häuser waren oft nicht einmal elektrifiziert. Es gab hier nur so wenige Relaisstationen des Funktelefonnetzes, daß selbst sein hochgezüchtetes FBI-Modell nicht funktionierte. Er fuhr die Antenne wieder ein und steckte das Handy in seine Tasche.

«Sieht aus, als wären wir auf uns allein gestellt, Scully», sagte er. «So viel Probleme mit dem Handy hatte ich noch nie.»

Zu beiden Seiten reckten sich düstere, dicht an dicht stehende Kiefern in den Himmel und verwandelten die Straße in einen kathedralenhaften Tunnel. Nasses Laub, Fichtennadeln und Pfützen bedeckten den Belag. Jemand hatte sich die Mühe gemacht, einen lückenlosen Stacheldrahtzaun aufzustellen, an dem in regelmäßigen Abständen BETRETEN VERBOTEN-Schilder hingen.

Mulder fuhr langsam weiter und blickte von rechts nach links. «Diese Leute sind nicht sehr gastfreundlich, was?»

«Sie scheinen ein wenig zu übertreiben», stimmte Scully zu. «Wer soviel Abgeschiedenheit braucht, muß etwas zu verbergen haben. Glauben Sie, daß wir in der Nähe des Survivalisten-Camps sind?»

Aus den Augenwinkeln nahm Mulder eine schattenhafte Bewegung wahr, ein herumspringendes Tier. Er drehte eilig den Kopf und trat dann auf die Bremse.

«Scully, dort!» Er deutete auf die Bäume hinter dem Stacheldrahtzaun. Ein schwarzer Hund, der ungefähr die Größe des gesuchten Labradors hatte, starrte sie neugierig an und verschwand dann zwischen den Bäumen. «Sehen wir ihn uns mal genauer an, Scully. Vielleicht ist es Vader.»

Er hielt auf dem schmalen, kiesbestreuten Seitenstreifen an und sprang aus dem Wagen. Scully stieg aus und fand sich im Graben wieder, wobei sie Mühe hatte, ihr Gleichgewicht zu bewahren.

Mulder rannte zum Zaun, drückte einen der rostigen Stacheldrähte nach unten und zwängte sich gebückt hindurch. Dann drehte er sich um und hielt die Lücke für Scully auf. Zwischen den Bäumen starrte der Hund sie an, bevor er nervös davontrottete.

«Komm her, Junge!» rief Mulder und pfiff. Er nahm die Verfolgung auf und brach krachend durch das Unterholz. Der Hund bellte und schoß wie der Blitz davon.

Scully lief ihm hinterher. «Auf diese Weise lockt man keinen scheuen Hund an», sagte sie.

Mulder blieb stehen und horchte, und der Hund bellte wieder. «Kommen Sie, Scully.»

Selbst hier im dichten Wald hingen in regelmäßigen Abständen Schilder mit der Aufschrift *Betreten verboten, Privatbesitz, Achtung – Zuwiderhandlung wird bestraft* an den Bäumen. Viele dieser Schilder wiesen Einschußlöcher auf.

Scully lief schnell, ohne jedoch unaufmerksam zu werden, zumal ihr die Gefahr von Fallen und illegalen Verteidigungsanlagen bewußt war – die Survivalisten waren bekannt für diese Dinge. Jeden Moment konnten sie in ein Fangeisen treten, eine Fußangel auslösen oder in eine Fallgrube fallen.

Mulder folgte dem schwarzen Hund einen Hang hinauf, duckte sich keuchend zwischen den Bäumen und erreichte schließlich den Kamm der Anhöhe. Eine Reihe von Schildern warnte *GEFAHR*.

Als Scully zu ihm stieß, ganz rot im Gesicht von der Verfolgungsjagd, überquerten sie den Kamm. «Oh, oh, Mulder.»

Plötzlich begannen Dutzende und Aberdutzende von Hunden zu bellen und zu kläffen. Sie sah einen von rasiermesserscharfem Stacheldraht gekrönten Maschendrahtzaun, der das gesamte Lager mit seinen halb in die Erde gegrabenen Behausungen, Bunkern, Fertigbau-Blockhäusern und Wachhütten umgab.

Der schwarze Labrador rannte in das Lager.

Mulder und Scully blieben abrupt auf dem weichen Waldboden stehen, als bewaffnete Männer aus den Wachhütten an den Ecken des Lagers stürzten. Andere Leute kamen aus den Erdhäusern hervorgekrochen. Frauen spähten durch die Fenster und holten dann eilig ihre Kinder herein, offenbar überzeugt, sie vor einer überraschenden Razzia der Bundesbehörden beschützen zu müssen. Die Männer schrien, rissen ihre Gewehre hoch und gaben Warnschüsse in die Luft ab.

Mulder hob sofort die Hände. Andere Hunde stürmten ihnen aus dem Lager entgegen, deutsche Schäferhunde, Rottweiler und Dobermänner.

«Mulder, ich glaube, wir haben die Survivalisten gefunden», sagte Scully.

19

Survivalisten-Lager

Donnerstag, 17:09 Uhr

«Wir sind Bundesagenten», erklärte Mulder. «Ich werde jetzt nach meinem Ausweis greifen.» Mit quälender Langsamkeit schob er seine Hand in die Innentasche seines Mantels.

Leider blieben alle Waffen auf ihn gerichtet, und – sofern dies überhaupt möglich war – der zornige Ausdruck in manchen Augen hatte sich noch verstärkt. Ihm wurde klar, daß radikale Survivalisten wahrscheinlich nichts mit Regierungsstellen zu tun haben wollten.

Ein Mann mittleren Alters mit einem extrem langen Bart trat an den Zaun und funkelte ihn an. «Können Bundesagenten nicht lesen?» fragte er. «Sie haben auf dem Weg hierher etwa vierhundertzweiundsechzig *Betreten verboten*-Schilder passiert. Haben Sie einen gültigen Durchsuchungsbefehl?»

«Entschuldigen Sie, Sir», sagte Scully, «aber wir sind einem Ihrer Hunde gefolgt, dem schwarzen. Wir suchen einen Mann namens Darin Kennessy. Wir haben Grund zu der Annahme, daß er etwas über diese beiden Personen weiß.» Sie griff in ihre Jacke und zog die Fotos heraus. «Eine Frau und ihren Sohn.»

«Wenn Sie noch einen Schritt näher kommen, treten Sie in ein Minenfeld», warnte der bärtige Mann. Die anderen Survivalisten beobachteten Mulder und Scully mit wachsendem Argwohn. «Bleiben Sie einfach, wo Sie sind.»

Mulder konnte sich nicht vorstellen, daß die Survivalisten ihre

Hunde frei herumlaufen lassen würden, wenn das Lager tatsächlich von einem Minenfeld umgeben war … aber andererseits war es auch nicht ganz auszuschließen. Er hatte jedenfalls nicht die Absicht, mit dem Mann herumzustreiten.

«Wer sind sie?» fragte eine der Frauen, die ebenfalls mit einem Präzisionsgewehr bewaffnet war. «Diese beiden Leute, nach denen Sie suchen?» Sie wirkte mindestens genauso tödlich entschlossen wie die Männer. «Und warum wollen Sie mit Darin reden?»

Mulders Gesicht blieb ausdruckslos und verriet nicht seine Erleichterung darüber, daß sie den Bruder von David Kennessy endlich aufgespürt hatten.

«Der Junge ist der Neffe von Darin Kennessy. Er braucht dringend ärztliche Hilfe», erklärte Scully mit lauter Stimme. «Sie haben einen schwarzen Labrador. Wir haben Ihren Hund gesehen und dachten, daß er es vielleicht sein könnte.»

Der Mann mit dem Bart lachte. «Das ist ein Spaniel, kein Labrador», sagte er.

«Was ist mit dem Vater des Jungen passiert?» fragte die Frau.

«Er wurde vor kurzem getötet», sagte Mulder. «Das Labor, in dem er arbeitete – in dem auch Darin gearbeitet hat –, wurde durch ein Feuer zerstört. Die Frau und der Junge verschwanden. Wir hoffen, daß sie vielleicht hierhergekommen sind, um bei Ihnen zu bleiben.»

«Warum sollten wir Ihnen das glauben?» fragte der Mann mit dem Bart. «Sie sind wahrscheinlich die Leute, vor denen Darin uns gewarnt hat.»

«Los, holt Darin», rief die Frau über die Schulter; dann sah sie wieder den bärtigen Mann an. «Er ist es, der die Entscheidung treffen muß. Außerdem verfügen wir über genug Feuerkraft, um mit den beiden hier fertig zu werden, sollte es Ärger geben.»

«Es wird keinen Ärger geben», versicherte Scully. «Wir brauchen nur ein paar Informationen.»

Ein schlanker Mann mit wuscheligen, zimtbraunen Haaren stieg die Kellertreppe einer Erdhütte herauf. Unsicher kam er näher und stellte sich zu dem bärtigen Mann und der zornig dreinblickenden Frau.

«Ich bin Darin Kennessy, Davids Bruder. Was wollen Sie?»

Mulder und Scully erklärten über den Zaun hinweg kurz die Situation, und Darin Kennessy wirkte tief besorgt. «Sie haben schon vorher erwartet, daß etwas passiert, nicht wahr – bevor DyMar zerstört und Ihr Bruder getötet wurde?» fragte Mulder. «Sie haben Ihre Forschungen vor vielen Monaten aufgegeben und sind hierhergekommen ... um sich zu verstecken?»

Darin reagierte entrüstet. «Ich habe meine Forschungen aus philosophischen Gründen aufgegeben. Ich war der Meinung, daß sich die Technologie in eine überaus alarmierende Richtung entwickelte, und mir gefielen einige der ... Finanzquellen nicht, deren sich mein Bruder bediente. Ich wollte nichts mehr mit der Arbeit und den Leuten zu tun haben, die daran beteiligt waren. Ich wollte einen Schlußstrich ziehen.»

«Wir versuchen, uns von derartigen Leuten fernzuhalten», warf der Mann mit dem Bart ein. «Wir versuchen, uns von allem fernzuhalten, hier ein eigenes Leben aufzubauen. An einem sicheren Ort, wo wir uns wohl fühlen, wo die Nachbarn füreinander da sind und die Familien zusammenhalten. Wir versorgen uns selbst. Wir wollen nicht von Leuten wie Ihnen gestört werden – Leuten, die Anzüge und Krawatten tragen.»

Mulder schob das Kinn nach vorn. «Hat einer von Ihnen zufällig das *Unabomber-Manifest* gelesen?»

Darin Kennessy blickte finster drein. «Ich bin vom Mißbrauch der Bombentechnologie durch den Unabomber genauso abgestoßen wie von den Greueln der modernen Technologie. Aber nicht von der Technologie im allgemeinen – nur von einer ihrer Zweige. Der Nanotechnologie.»

Er wartete auf eine Reaktion. Mulder dachte sich die zerlumpte Aufmachung und die hausbackene Erscheinung des Mannes weg und erkannte den hochintelligenten Computerexperten, der sich hinter einer Maske versteckte. «Extrem kleine, sich selbst reproduzierende Maschinen, die winzig genug sind, um in einer menschlichen Zelle zu arbeiten, und vielseitig genug, um fast *alles* zusammenzubauen … und klug genug, um zu wissen, was sie tun.»

Mulder sah Scully an. «Klein, aber oho.»

Darins Augen blitzten. «Da jede Nanomaschine so klein ist, kann sie ihre Einzelteile rasend schnell bewegen – denken Sie an die vibrierenden Flügel der Kolibris. Ein Schwarm von Nanomaschinen könnte einen Schutthaufen oder einen Tank voller Meerwasser durchsuchen und jedes einzelne Gold-, Platin- oder Silberatom herausfiltern und zurückgewinnen, alles in totaler Stille, ohne überflüssigen Abfall zu produzieren und ohne die Umwelt zu verschmutzen.»

Scully zog die Brauen zusammen. «Und daran haben Sie bei DyMar gearbeitet?»

«Ich habe schon viel früher damit angefangen», sagte Darin. «Aber David und ich haben unsere Ideen in noch viel aufregendere Richtungen weiterentwickelt. In einem menschlichen Körper könnten Nanoscouts die Aufgabe der weißen Blutkörperchen übernehmen und Krankheiten, Bakterien und Viren bekämpfen. Aber im Gegensatz zu den weißen Blutkörperchen könnten diese Nanoärzte auch die DNA-Stränge überprüfen, jede einzelne Krebszelle aufspüren, dann die DNA umprogrammieren und alle Fehler und Mutationen ausmerzen, auf die sie stoßen. Was wäre, wenn es uns gelänge, unendlich viele Maschinchen zu bauen, die man als ‹biologische Polizisten› in einen Körper injizieren kann – submikroskopische Roboter, die auf zellularer Ebene Schäden aufspüren und reparieren?»

«Ein Mittel gegen den Krebs», sagte Mulder.

«Und gegen alles andere.»

Scully warf ihm einen skeptischen Blick zu. «Mr. Kennessy, ich habe einige spekulative Artikel in populärwissenschaftlichen Magazinen gelesen, aber in allen stand, daß wir noch Jahrzehnte von einem derartigen Durchbruch in der Nanotechnologie entfernt sind.»

«Der Fortschritt ist oft näher, als man denkt», konterte er. «Forscher an der University of Wisconsin haben mit Hilfe lithographischer Techniken ein funktionierendes Räderwerk mit einem Durchmesser von einem Zehntel Millimeter hergestellt. Ingenieure der AT&T Bell Laboratories in New Jersey haben Halbleiter entwickelt, die nur sechs bis zwölf Atome dick sind. Unter Einsatz eines Rastertunnelmikroskops haben Wissenschaftler am IBM Almaden Research Center eine komplette Karte der westlichen Erdhalbkugel gezeichnet, die nur ein Fünfzigstel des Durchmessers eines Menschenhaares hat.»

«Aber es muß doch eine physikalische Untergrenze für die Verkleinerung von Maschinen und Schaltkreisen geben», sagte Mulder.

Die Hunde bellten lauter, und der Mann mit dem Bart ging hinüber, um sie zum Schweigen zu bringen. Darin Kennessy runzelte geistesabwesend die Stirn, als schwankte er zwischen dem Wunsch, sich zu verstecken und all seine technologischen Durchbrüche zu leugnen, und seiner offenkundigen Leidenschaft für die Arbeit, die er aufgegeben hatte.

«Das trifft nur zu, wenn man das Problem von einer einzigen

Seite her angeht. David und ich haben ganz grundlegend neu angefangen. Selbstorganisation, wie in der Natur. Wie die Forscher von Harvard zum Beispiel, die Aminosäuren und Proteine als Schablonen verwendet haben, um neue Strukturen herzustellen, die kleiner als eine Zelle sind.

Mit unseren kombinierten Kenntnissen in Silizium-Mikrominiaturisierung und biologischer Selbstorganisation haben wir versucht, diese fortschrittlichen Techniken einzusetzen, um einen Durchbruch zu erzielen.»

«Und ist es Ihnen gelungen?»

«Vielleicht. Es schien bis zu dem Moment meines Weggangs hervorragend zu funktionieren. Ich vermute, mein törichter Bruder hat weitergemacht und mit dem Feuer gespielt.»

«Aber warum haben Sie Ihre Forschungen aufgegeben, wenn sie so vielversprechend waren?»

«Es gibt eine Schattenseite, Agent Mulder», fuhr Darin fort und blickte zu den anderen Survivalisten hinüber. «Fehler kommen vor. Normalerweise scheitern Forscher ein halbes Dutzend Mal, bevor sie Erfolg haben – das gehört zum Lernprozeß. Die Frage ist, können wir uns diesen Lernprozeß bei der Nanotechnologie erlauben?»

Die Frau mit dem Gewehr murrte, behielt ihren Kommentar aber für sich.

«Nehmen wir nur mal an, eine unserer ersten Nanomaschinen – eine primitive, ohne fehlerfreies Programm – entkommt zufällig aus dem Labor», sagte Darin. «Wenn sie anfängt, sich zu reproduzieren, und jede Kopie weitere Kopien erzeugt, dann würde es in rund zehn Stunden achtundsechzig Milliarden Nanomaschinen geben.

In weniger als zwei Tagen könnten die entflohene Nanomaschine und ihre Nachkommen den gesamten Planeten auseinandernehmen – *Molekül für Molekül*! Zwei Tage vom Anfang bis zum Ende. Wissen Sie, wann eine Regierung zum letzten Mal eine derart schnelle Entscheidung getroffen hat, selbst in einem Notfall?»

Kein Wunder, daß Kennessys Forschungen für die etablierten Mächtigen so bedrohlich waren, erkannte Mulder. Kein Wunder, daß sie versuchten, die Ergebnisse um jeden Preis zu unterdrücken.

«Aber Sie haben DyMar verlassen, bevor Sie den Punkt erreichten, wo Sie Ihre Ergebnisse veröffentlichen konnten?» fragte Scully.

«Es bestand nie die geringste Chance für eine Veröffentlichung unserer Ergebnisse», sagte Darin verächtlich. «Ich wußte, daß die Öffentlichkeit nie davon erfahren würde. David sprach häufig davon, an die Öffentlichkeit zu gehen, die Ergebnisse unserer ersten Tests mit Laborratten und kleinen Tieren bekanntzumachen, aber ich und unser Assistent Jeremy Dorman redeten es ihm jedesmal aus.» Er holte tief Luft. «Ich vermute, daß er zu weit gegangen ist, sonst hätten diese Leute nicht das Labor niedergebrannt und all unsere Aufzeichnungen vernichtet.»

«Patrice und Jody sind nicht bei Ihnen, nicht wahr?» sprach Scully offen ihre Vermutung aus. «Wissen Sie, wo sie sind?»

Darin schnaubte. «Nein, unsere Wege haben sich getrennt. Seit ich hier im Lager bin, habe ich nicht mehr mit ihnen gesprochen.» Er wies auf die Hunde, die Wachhütten, den Stacheldraht. «Es wäre ihnen hier auch nicht malerisch genug.»

«Aber Sie sind Jodys Onkel», erinnerte Scully.

«Der einzige Mensch, mit dem der Kleine seine Zeit verbrachte, war Jeremy Dorman. Wenn der Junge überhaupt so etwas wie einen Onkel hatte, dann war er es.»

«Er kam auch im DyMar-Feuer ums Leben», informierte ihn Scully.

«Er stand in der Hierarchie ziemlich weit unten», sagte Darin Kennessy, «aber er war verdammt geschäftstüchtig. Er hat uns am Anfang unsere Finanzierung verschafft und dafür gesorgt, daß die Gelder weiter flossen. Ich denke, als ich fortging, um hier zu leben, war er überglücklich, in meine Fußstapfen treten und mit David arbeiten zu können.»

Darin runzelte die Stirn. «Aber ich hatte nichts mehr mit ihnen zu tun, damals nicht und heute auch nicht.» Er wirkte tief bedrückt, als würde die Nachricht vom Tod seines Bruders erst jetzt in sein Bewußtsein sickern. «Wir standen uns früher sehr nahe und haben viel Zeit zusammen in den Wäldern verbracht.»

«Wo?» fragte Mulder.

«Patrice hat für mich ein kleines Blockhaus entworfen, wo ich mich von allem zurückziehen konnte.»

Scully sah Mulder an, dann Darin. «Sir, können Sie uns sagen, wie wir zu diesem Blockhaus kommen?»

Darin runzelte erneut die Stirn und blickte nervös und unbehaglich drein. «Es liegt in der Nähe von Colvain, am Ende eines kurvenreichen Waldwegs.»

«Hier ist meine Karte», sagte Mulder. «Für den Fall, daß sie auftauchen oder Sie irgend etwas erfahren.»

Darin starrte ihn finster an. «Wir haben hier kein Telefon.»

Scully griff nach Mulders Ärmel. «Vielen Dank, daß Sie uns Ihre Zeit geopfert haben.»

«Achten Sie auf das Minenfeld», warnte sie der Mann mit dem Bart.

«Wir passen schon auf», versicherte Scully.

Mulder war erschöpft und verschwitzt, aber die Informationen, die sie erhalten hatten, gaben ihm neuen Auftrieb.

Sie marschierten wieder durch den dichten Wald, vorbei an den Dutzenden Warnschildern, zurück zu der Stelle am Straßenrand, wo sie ihren Wagen abgestellt hatten.

Scully konnte kaum fassen, wie die Survivalisten hausten. «Manche Leute tun einfach alles, um zu überleben», murmelte sie.

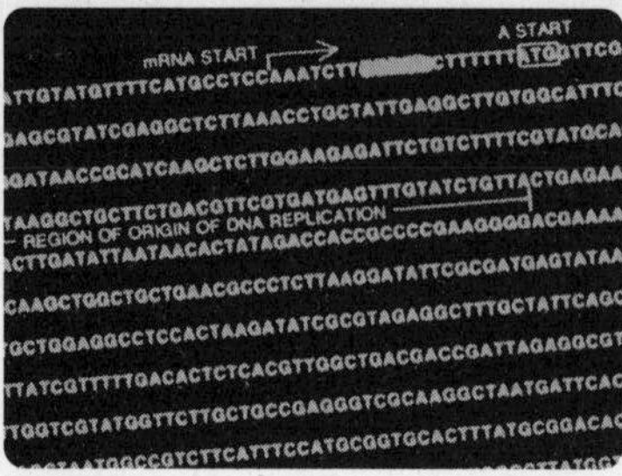

20

Blockhaus der Kennessys,
Küste von Oregon
Donnerstag, 23:47 Uhr

Jodys Weinen riß Patrice aus einem unruhigen Schlaf. Sie fuhr auf ihrer schmalen Pritsche im einzigen hinteren Schlafzimmer des Blockhauses hoch und warf die muffig riechende Decke zur Seite.

«Jody!»

Im Blockhaus war es dunkel und viel zu still – bis der Hund einmal gedämpft bellte. Sie blinzelte die Benommenheit des Schlafes fort und strich eine zerzauste rotblonde Haarsträhne aus ihren Augen. Mit einem Ruck befreite sie sich endgültig von der Decke. Ihr Junge brauchte sie.

Auf dem Weg ins Wohnzimmer stieß sie gegen einen alten Holzstuhl, versetzte ihm einen Tritt, wobei sie sich den Fuß wehtat, und stürmte blindlings weiter durch die Dunkelheit.

«Jody!»

Inzwischen war sie hellwach. Das silberne Mondlicht schien hell genug, daß sie den Weg erkennen konnte. Auf dem Sofa im Wohnzimmer lag ihr Junge; sie sah, daß er in Schweiß gebadet war. Im Kamin verglühten orangerot die letzten Scheite ihres Feuers und verbreiteten mehr den Geruch nach Holz als Hitze. Es war unwahrscheinlich, daß jemand in der Nacht den Rauch sah.

Für einen Moment erinnerten die glimmenden Scheite sie an ein Zeitungsfoto der DyMar-Ruinen, wo ihr Mann in einem Flammenmeer gestorben war. Bei diesem Gedanken, der Erinnerung an Gewalt, schauderte sie. David war ehrgeizig und impulsiv, vielleicht hatte er auch zuviel riskiert. Aber er hatte an seine Forschungen geglaubt und sein Bestes gegeben.

Nun war er für seine Entdeckungen gestorben … und Jody hatte seinen Vater verloren.

Vader saß aufrecht neben Jody, ein schwarzer Schutzengel, der besorgt an der Brust des Jungen schnüffelte. Bei Patrices Anblick wedelte Vader mit dem Schwanz. Neben ihm auf dem Hartholzboden lag ein heruntergefallenes Kopfkissen. Der schwarze Labrador steckte seine Schnauze unter die Bettdecke und winselte.

Jody stöhnte und gab erneut ein verängstigtes Wimmern von sich.

Patrice blieb stehen und sah auf ihren Sohn hinunter. Vader starrte sie mit seinen feuchten braunen Augen an und winselte erneut, als wollte er fragen, warum sie nichts unternahm. Aber sie ließ Jody schlafen.

Er hatte wieder diese Alpträume.

In der vergangenen Woche war Jody mehrmals in dem einsamen und stillen Blockhaus aufgewacht, verängstigt und verloren. Seit dem Beginn ihrer verzweifelten Flucht hatte er gute Gründe, an Alpträumen zu leiden. Aber war seine Furcht für die Träume verantwortlich … oder etwas anderes?

Patrice kniete nieder, und Vader fuhr aufgeregt hoch, drückte seine Schnauze gegen ihre Seite und bettelte um Streicheleinheiten. Sie tätschelte grob seinen Kopf, so wie er es mochte. «Ist schon gut, Vader», sagte sie, aber ihre beruhigenden Worte galten mehr ihr selbst als dem Hund.

Sie legte ihre Hand auf Jodys Stirn und spürte die Hitze. Der Junge bewegte sich, und sie überlegte, ob sie ihn wecken sollte. Sein Körper war ein Kriegsgebiet, ein zellulares

Schlachtfeld. Obwohl David wiederholt alles abgestritten hatte, wußte sie sehr gut, was der Grund des Fiebers war.

Manchmal fragte sich Patrice, ob ihr Sohn am Ende tot nicht besser dran war als lebend – und sie haßte sich im selben Moment für diesen Gedanken …

Vader trabte aufgeregt zum Kamin, suchte unter einem abgewetzten Polstersessel und kam mit einem zernagten, schmuddeligen Tennisball im Maul zu Jodys Schlafplatz zurück. Er wollte spielen, als wäre er überzeugt, daß dadurch alles gut werden würde.

Patrice wandte sich vom Sofa ab und sah Vader stirnrunzelnd an. «Du hast viel zuviel Energie, weißt du das?»

Vader winselte und kaute dann am Tennisball.

Sie erinnerte sich, wie sie im Wohnzimmer ihres alten Vorstadthauses in Tigard – inzwischen verwüstet und geplündert – mit David zusammengesessen hatte. Jody hatte starke Schmerzen gehabt, ein sehr, *sehr* heißes Bad und anschließend seine vom Arzt verschriebenen Schmerztabletten genommen und war früh zu Bett gegangen, so daß seine Eltern allein waren.

Doch Vader wollte nicht zur Ruhe kommen, und wenn der Junge nicht mit ihm spielte, dann mußten es eben die Erwachsenen tun. David hatte sich halbherzig mit dem schwarzen Labrador gebalgt, während Patrice sie mit einer Mischung aus Unbehagen und Faszination beobachtet hatte. Der Hund war bereits zwölf Jahre alt, so alt wie Jody, und er hätte eigentlich nicht mehr so verspielt sein dürfen.

«Vader benimmt sich wie ein Welpe», meinte Patrice. Früher hatte der schwarze Labrador seinem fortgeschrittenen Alter entsprechend die meiste Zeit verdöst. Nur wenn sie von der Arbeit nach Hause kamen, war er schwanzwedelnd um sie herumgesprungen. Aber in der letzten Zeit war der Hund so aktiv und verspielt gewesen wie schon seit Jahren nicht mehr. «Ich möchte zu gern wissen, was mit ihm passiert ist», sagte sie.

Davids Grinsen, sein kurzgeschnittenes schwarzes Haar und seine buschigen Brauen ließen ihn einfach unwiderstehlich aussehen. «Nichts ist passiert», sagte er.

Patrice fuhr hoch und entzog ihm ihre Hand. «Hast du Vader wieder mit ins Labor genommen? Was hast du mit ihm gemacht?» Sie hob ihre Stimme und wiederholte mit kalter Wut: «Was hast du mit ihm gemacht?»

Vader fiel das Spielzeug aus dem Maul, und er starrte sie an, als hätte sie den Verstand verloren. Wie konnte sie bloß herumschreien, wenn sie spielen wollten?

David sah sie hart an. Er zog indigniert die Brauen hoch. «Ich habe gar nichts gemacht. Ehrlich.»

Mit einem kleinen Bellen schnappte er sich wieder das Spielzeug, wedelte mit dem Schwanz und knurrte, während er seine Pfoten in den Teppich grub. David lehnte sich auf dem Sofa zurück, um mit mehr Kraft an dem Spielzeug ziehen zu können. «Schau ihn dir doch an! Wie kommst du bloß darauf, daß etwas nicht stimmt?»

Aber in den Jahren ihrer Ehe hatte Patrice etwas gelernt, und sie hatte es hassen gelernt. Sie konnte immer erkennen, wenn David log

Ihr Mann hatte sich ganz auf seine Forschung konzentriert, sich wie ein Bulldozer in die Arbeit gestürzt und Vorschriften und Verbote ignoriert. Er fragte sie nur sehr selten um Rat, sondern machte stur weiter und tat, was er für richtig hielt. So war David Kennessy eben.

Er war zu sehr in seine Arbeit vertieft gewesen, um die merkwürdigen Dinge zu bemerken, die in DyMar vor sich gingen. Bis es zu spät war. Ihr selbst waren manche Dinge aufgefallen

– die Leute, die ihr Haus beobachteten, das seltsame Knacken in der Telefonleitung –, aber David hatte ihre Befürchtungen einfach abgetan. Der Mann war so brillant und dennoch so blind. Schließlich, im letzten Moment, hatte er sie angerufen, sie gewarnt.

Sie hatte Jody genommen und war geflohen, während David zusammen mit Jeremy in dem Inferno umgekommen war; mit knapper Not hatte sie es mit ihrem Sohn in dieses Versteck hier geschafft. Mit ihrem *gesunden* Sohn.

Auf dem Sofa fiel Jody in einen etwas ruhigeren Schlaf. Seine Temperatur blieb hoch, aber Patrice wußte, daß sie nichts dagegen tun konnte. Sie deckte ihn sorgfältig zu und wischte die Schweißperlen von seiner Stirn.

Vader begriff, daß niemand mit ihm spielen würde, und ließ den Tennisball auf den Boden fallen. Mit einem lauten Seufzer drehte sich der Hund vor dem Sofa dreimal im Kreis und legte sich dann auf den Boden, um seinen Jungen zu bewachen. Er gab einen langen, tiefen tierischen Seufzer von sich.

Beruhigt von der Hingabe des Hundes kehrte Patrice zu ihrer Pritsche zurück, am Ende froh, daß sie ihren Sohn doch nicht geweckt hatte. Wenigstens hatte sie kein Licht machen müssen … Licht, das in der Dunkelheit schon von weitem erkennbar war.

Während Jody schlief, lag sie wach auf ihrer Pritsche, mal von Hitzewellen geplagt, dann wieder fröstelnd. Patrice sehnte sich nach Schlaf, aber sie wußte, daß sie in ihrer Wachsamkeit nicht nachlassen durfte. Nicht eine Sekunde lang.

Mit geschlossenen Augen verfluchte Patrice im stillen ihren Mann und horchte nach draußen …

21

Mercy Hospital, Leichenhalle

Portland, Oregon

Freitag, 5:09 Uhr

Edmund war erstaunt, wie schnell die Untersu-chungsbeamten eintrafen, obwohl sie wahrscheinlich den ganzen Weg von Atlanta, Georgia, gekommen waren. Ihr Auftreten allein war so einschüchternd, daß er nicht wagte, sie nach ihren Ausweisen zu fragen.

Er war einfach froh, daß jemand seine Geschichte zu glauben schien.

Edmund hatte das fragliche und furchterregende Schubfach 4E nach dem Zwischenfall in der vergangenen Nacht versiegelt – auch wenn niemand großes Interesse daran zeigte, einen Blick auf die Monster zu werfen, die ihn zu Tode erschreckt hatten. Er hatte die Temperatur auf Schockfrostung gestellt und war entschlossen, niemand an die Kühleinheit heranzulassen, bis er mit seinem Mentor Dr. Quinton gesprochen hatte, der mit der Analyse der bei der Autopsie entnommenen Schleimprobe beschäftigt war. Er erwartete jeden Moment das Eintreffen des Gerichtsmediziners – und damit seine Erlösung.

Aber die Untersuchungsbeamten waren zuerst da, insgesamt drei, ohne besondere Kennzeichen, von kühler Professionalität und einem Auftreten, das Edmund einschüchterte. Sie sahen sauber und bösartig zugleich aus.

«Wir kommen vom Seuchenkontrollzentrum CDC», erklärte einer der Männer und ließ einen Dienstausweis mit einer goldenen Marke und einem unscharfen Paßfoto aufblitzen, den er so schnell wieder in seiner Tasche verschwinden ließ, daß Edmund keine Gelegenheit hatte, seinen Namen zu lesen.

«Das CDC?» stotterte er. «Sind Sie wegen dem …»

«Es ist unbedingt erforderlich, daß wir das organische Gewebe beschlagnahmen, das in ihrem Kühlfach lagert», unterbrach der Mann auf der Linken. «Wir wissen von dem gestrigen Zwischenfall.»

«Der Zwischenfall», wiederholte Edmund. «Haben Sie so ein Ding schon einmal gesehen? Ich habe in all meinen Medizinbüchern nachgeschlagen …»

«Wir müssen das Exemplar vernichten, nur um sicherzugehen», sagte der Mann auf der Rechten. Edmund war erleichtert, daß jemand die Verantwortung übernahm, daß sich von jetzt an jemand anders um alles kümmerte.

«Wir müssen sämtliche Unterlagen über das Opfer, die Autopsie und etwaige entnommene Proben beschlagnahmen, die sich in Ihrem Besitz befinden», erklärte der Mann in der Mitte. «Wir werden außerdem jeden Quadratzentimeter Ihrer Kühlfächer in der Leichenhalle mit äußerster Sorgfalt sterilisieren.»

«Glauben Sie, daß ich infiziert bin?» fragte Edmund.

«Das ist äußerst unwahrscheinlich, Sir. Die Symptome hätten sich sofort bei Ihnen gezeigt.»

Edmund schluckte hart. Doch er kannte seine Pflichten.

«Aber … aber ich muß erst die Erlaubnis dafür einholen», sagte er. «Die Zuständigkeit liegt allein beim Gerichtsmediziner.»

«Ja, genauso ist es», bestätigte Frank Quinton. Er betrat die Leichenhalle und sah sich forschend um. Das großväterliche Gesicht des Gerichtsmediziners verdüsterte sich. «Was geht hier vor?»

Der Mann auf der Rechten antwortete. «Sir, ich versichere Ihnen, daß wir die entsprechende Befugnis haben. Es handelt sich möglicherweise um eine Gefahr für die nationale Sicherheit und die Volksgesundheit. Wir sind sehr besorgt.»

«Das bin ich auch», sagte Quinton. «Arbeiten Sie mit den anderen Bundesagenten zusammen, die hier waren?»

«Diese ... Phase der Operation liegt außerhalb ihres Zuständigkeitsbereichs. Dieser Ausbruch stellt ohne die Einleitung der erforderlichen Eindämmungsmaßnahmen eine extreme Gefahr dar.»

Die Augen des mittleren Mannes wurden hart, und selbst der Gerichtsmediziner wirkte eingeschüchtert.

«Sir», sagte der erste Mann, «wir müssen hier ein ganzes Team einsetzen, um das ... Biomaterial aus dem Kühlfach zu entfernen. Wir werden uns bemühen, Ihnen sowenig Unannehmlichkeiten wie möglich zu machen.»

«Nun, ich nehme an ...» Quinton brach nervös ab, als die drei CDC-Männer ihn und seinen Assistenten aus dem stillen und sauberen Raum drängten.

«Kommen Sie, Edmund, trinken wir eine Tasse Kaffee», sagte Quinton schließlich mit einem unbehaglichen Blick über die Schulter.

Erfreut über die Einladung des Gerichtsmediziners – er hatte bis jetzt noch nie dieses Glück gehabt –, nahm Edmund den Aufzug und setzte sich für eine Weile in die Cafeteria des Krankenhauses, noch immer zutiefst aufgewühlt. Vor seinem geistigen Auge sah er immer noch die tentakelbewehrte Kreatur, wie sie versuchte, aus dem Kühlfach der Leichenhalle zu entkommen.

Normalerweise hätte er tausend Fragen an den Gerichtsmediziner gehabt, sich nach Einzelheiten erkundigt, all das triviale Wissen demonstriert, das er sich in seinen nächtlichen Studien in der Leichenhalle angeeignet hatte. Aber Quinton saß stumm und geistesabwesend da und starrte tief besorgt auf seine Hände. Er zog die Karte heraus, die ihm die FBI-Agenten gegeben hatten, und drehte sie, wieder und wieder.

Als sie eine Stunde später in das Kellergeschoß zurückkehrten, fanden sie die Leichenhalle blankgescheuert und sterilisiert vor. Schubfach 4E war ganz herausgerissen, der Inhalt fortgeschafft. Die Männer hatten keine Quittung, keine Papiere zurückgelassen.

«Wir haben keine Möglichkeit, sie zu erreichen, um nach ihren Ergebnissen zu fragen», bemerkte Edmund.

Aber der Gerichtsmediziner schüttelte nur den Kopf. «Vielleicht ist es so das beste.»

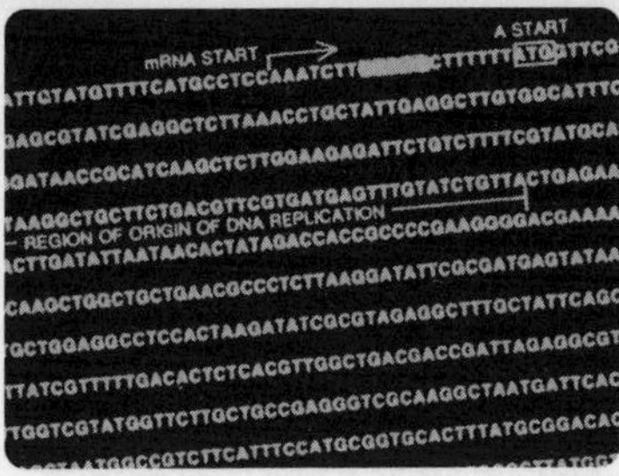

22

Devil's Churn,
Küste von Oregon
Freitag, 10:13 Uhr

Der Ozean krachte mit einem hohlen Donnern gegen die schwarzen Klippen, als würden Felsbrocken aus großer Höhe zu Boden stürzen. Der Wind umpfiff den malerischen Aussichtspunkt und blies kalt und salzig und feucht in Scullys Gesicht.

«Das ist der Devil's Churn», hatte Mulder erklärt, obwohl Scully das Schild mit dem Hinweis auf die Sehenswürdigkeit längst gelesen hatte.

Unter ihnen schäumte der Mahlstrom und färbte das Wasser milchig, während die Brecher in den ausgehöhlten Einschnitt in der Klippe donnerten. Dort waren unterseeische Höhlen eingestürzt und hatten eine Art Röhre gebildet; wenn die Wogen in die schmale Passage brandeten, wurden die Fluten zusammengepreßt, nach oben gedrückt und als mächtige Säule wieder ausgespuckt, wie eine Wasserkanone, deren Strahl bis zu den Spitzen der Klippen reichte und unvorsichtige Schaulustige durchweichte.

Laut den Warnschildern waren Dutzende von Menschen an diesem Ort umgekommen: arglose Touristen, die zur Geysiröffnung hinuntergeklettert und von dem plötzlichen, explosiven Wasserausbruch überrascht worden waren. Ihre Leichen waren gegen die algenbewachsenen Felsen geschmettert oder vom Meer verschluckt worden.

Auf dem Parkplatz des Aussichtspunkts standen die Kombis,

Minivans und Mietwagen von Familien aus dem ganzen Staat und der näheren Umgebung, die gekommen waren, um das Spektakel zu bewundern. Über ihren Köpfen kreisten häßliche, kreischende Möwen.

Ein klappriger alter Imbißwagen mit im Wind ratternden Aluminiummarkisen hatte geöffnet; ein grinsender Mann mit einer Golfkappe verkaufte aufgewärmte Hotdogs, Kaffee von zweifelhafter Qualität, Chipstüten und Getränkedosen. Auf der anderen Seite des Parkplatzes saß eine Frau in einem abgewetzten Jagdrock, die ihre Haare zu einem Zopf gebunden hatte, und behielt ihre handgeknüpften Teppiche im Auge, die wild an einer Wäscheleine flatterten.

Scully kämpfte gegen ihre Kopfschmerzen an und atmete tief die kühle, salzige Luft ein, während sie ihren Mantel zuknöpfte, um sich vor der Kälte zu schützen. Mulder marschierte direkt zum Klippenrand, spähte neugierig in die Tiefe und wartete auf die Wassereruption. Scully zog ihr Handy aus der Tasche und stellte erleichtert fest, daß wenigstens hier das Signal stark genug war. Sie wählte die Nummer des Portlander Gerichtsmediziners.

«Ah, Agent Scully», sagte Dr. Quinton, «ich habe schon den ganzen Morgen versucht, Sie zu erreichen. Es hat hier im Krankenhaus einige Aufregung gegeben.»

«Haben Sie schon irgendwelche Ergebnisse?» fragte sie. Nachdem sie in der Tierklinik den Objektträger mit dem verseuchten Blut des Hundes gesehen hatte, hatte sie den Gerichtsmediziner gebeten, die Probe des schleimigen Sekrets zu untersuchen, die sie bei Vernon Ruckmans Autopsie entnommen hatte.

Mulder stand an dem nicht allzu stabil aussehenden Geländer und verfolgte fasziniert, wie eine Säule aus kalter Gischt in die Luft schoß, ihren höchsten Punkt erreichte und dann zurück ins Meer regnete. Scully bedeutete Mulder mit einem Wink, zurückzukommen, während sie das Telefon an ihr Ohr drückte und sich auf die rauschverzerrten Worte des Gerichtsmediziners konzentrierte.

«Offenbar ist etwas ... Seltsames mit dem Leichnam des Seuchenopfers in der Kühleinheit unserer Leichenhalle passiert.» Quinton wirkte zögerlich und schien nach den richtigen Worten zu suchen. «Mein Assistent hat berichtet, daß er Geräusche und Bewegungen in dem versiegelten Schubfach gehört hat. Und es ist versiegelt gewesen, seit Sie uns verlassen haben.»

«Das ist unmöglich», sagte Scully. «Der Mann kann nicht mehr am Leben sein. Selbst wenn ihn die Seuche in eine Art extremes Koma versetzt hätte – ich habe bereits eine Autopsie an ihm vorgenommen.»

Der Gerichtsmediziner erwiderte: «Ich kenne Edmund, und er ist kein schreckhafter Mensch. Er kann manchmal eine ziemliche Nervensäge sein, doch er würde sich niemals eine derartige Geschichte ausdenken. Ich dachte schon, er wäre bloß einer Täuschung erlegen, aber ...» Quinton zögerte erneut, und Scully preßte das Telefon an ihr Ohr und mühte sich, den Unterton in seiner Stimme zu hören. «Bevor ich die Sache überprüfen konnte, tauchten unglücklicherweise ein paar Herren vom Seuchenkontrollzentrum auf und sterilisierten alles. Als Vorsichtsmaßnahme haben sie die gesamte Kühlschublade mitgenommen.»

«Vom CDC?» entfuhr es Scully ungläubig. Sie hatte schon oft mit dem CDC zusammengearbeitet, und es waren alles zuverlässige, erfahrene Leute gewesen. Die ganze Geschichte klang so, als hätte sich *jemand anders* eingemischt.

Jetzt machte ihr das, was sie früher am Morgen erfahren hatte, noch größere Sorgen. Sie hatte in Atlanta angerufen, um nach dem Untersuchungsergebnis der Probe zu fragen, die sie persönlich eingesandt hatte. Offenbar hatte ihr Labortechniker die Probe verloren.

Mulder trat zu ihr und strich sein feuchtes Haar zurück. Er sah sie an und zog fragend die Brauen hoch. Sie erwiderte seinen Blick, während sie ins Telefon sprach und sich dabei um einen neutralen Tonfall bemühte. «Dr. Quinton, Sie haben eine Probe der Substanz für Ihre eigene Analyse aufbewahrt. Haben Sie irgend etwas herausgefunden?»

Der Gerichtsmediziner überlegte einen Moment, bevor er antwortete. Sie hörte statisches Rauschen, ein Klicken in der Leitung, einen trillernden Hintergrundton. Sie mußten sich noch immer am Rand des Handy-Funkbereichs befinden. «Ich denke, es handelt sich um eine Art Infektion», sagte Quinton schließlich. «Winzige Erreger, wie ich sie noch nie zuvor gesehen habe. Die Probe ist voll von ihnen. Unter dem Mikroskop betrachtet, ähneln sie keinen Mikroorganismen, die ich kenne. Eckige kleine Objekte, Würfel, geometrische Formen ...»

Scully wurde kalt bei den Worten des Gerichtsmediziners, die sie an das erinnerten, was ihnen Darin Kennessy im Survivalisten-Lager erzählt hatte.

«Haben Sie so etwas schon einmal gesehen, Agent Scully?» drang die Stimme des Gerichtsmediziners aus dem Handy. «Sie sind selbst Ärztin.»

Scully räusperte sich. «Ich werde in dieser Angelegenheit noch einmal auf Sie zurückkommen, Sir. Zunächst muß ich mich mit meinem Partner beraten. Vielen Dank für Ihre Information.» Sie unterbrach die Verbindung und sah dann Mulder an.

Nachdem sie mit knappen Worten den Inhalt des Gesprächs rekapituliert hatte, nickte Mulder. «Sie haben wirklich keine Zeit verloren, um die Leiche des Wachmanns zu beseitigen. Restlos.»

Scully dachte nach, während unter ihr das Meer gegen die Felsen donnerte. «Das klingt ganz und gar nicht nach der Arbeitsweise des Seuchenkontrollzentrums. Keine offizielle Quittung, keine Telefonnummer für den Fall, daß Dr. Quinton weitere Informationen hat.»

Der Wind war kalt, und Mulder knöpfte seinen Mantel zu. «Scully, ich glaube nicht, daß es das CDC war. Ich denke, es könnte sich dabei durchaus um Vertreter derselben Gruppe handeln, die die Zerstörung der DyMar-Laboratorien organisiert und eine Tierschützergruppe zum Sündenbock gemacht hat.»

«Mulder, warum sollte jemand derart extreme Maßnahmen ergreifen?»

«Sie haben gehört, was Kennessys Bruder gesagt hat. Nanotechnologie-Forschung», erinnerte er. «Sie ist irgendwie außer Kontrolle geraten; vielleicht ist ein Versuchstier mit etwas Gefährlichem verseucht worden und geflohen. Der Schleim von dem toten Nachtwächter scheint ähnliche Objekte zu enthalten wie die Blutprobe des Hundes ...»

Scully stemmte die Hände in die Hüften, während der Meereswind ihre roten Haare flattern ließ. «Mulder, ich denke, wir müssen diesen Hund und Patrice und Jody Kennessy finden.»

Hinter ihnen brach der Devil's Churn erneut mit lautem Donnern und Tosen aus. Gischt schoß hoch in die Luft. Eine Gruppe Kinder, die mit ihren Eltern am Schutzgeländer standen, lachten bei dem Spektakel. Niemand schien dem Mann in seinem rollenden Verkaufsstand oder der zopftragenden Frau mit ihren handgeknüpften Teppichen auch nur die geringste Beachtung zu schenken.

«Ganz meine Meinung, Scully – und nach diesem Bericht des Gerichtsmediziners glaube ich, daß wir vielleicht nicht die einzigen sind, die nach ihnen suchen.»

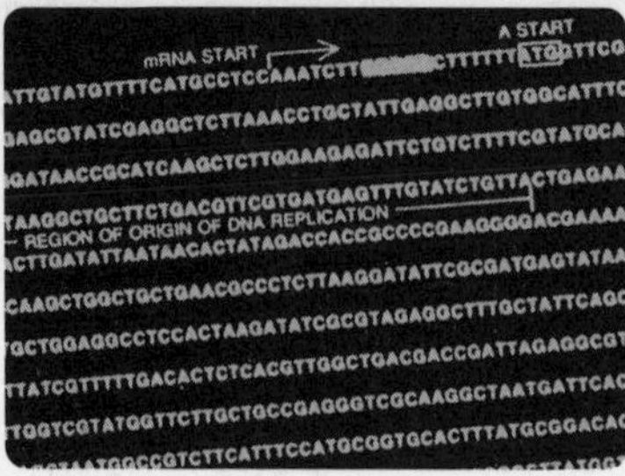

23

Tillamook County, Küstenregion, Oregon
Freitag, 10:47 Uhr

Der kalte Regen prasselte auf ihn nieder, durchweichte ihn und den Straßenrand und alles andere um ihn herum – aber Jeremy Dorman spürte nichts. Die Außenwelt bestand für ihn jetzt nur aus negativen Daten, irrelevanter Taubheit. Das Nervengeflecht seines Körpers produzierte genug Schmerz für eine ganze Welt.

Seine Schuhe und seine Kleidung waren klatschnaß, seine Haut war grau und klamm – aber diese Unannehmlichkeiten waren unbedeutend im Vergleich zu dem erbitterten Krieg, der in seinen Zellen tobte. An seiner Haut klebte die schlüpfrige schützende Trägerflüssigkeit, in der es von den sich permanent reproduzierenden Nanomaschinen nur so wimmelte.

Seine Muskeln zitterten und vibrierten, aber er setzte weiter ein Bein vor das andere, schleppte sich Schritt für Schritt vorwärts. Dormans Gehirn schien jetzt nur noch ein Passagier im eigenen Körper zu sein. Es kostete ihn ungeheure Willenskraft, die Gelenke zu beugen, die Glieder zu bewegen, wie ein Puppenspieler, der eine komplizierte neue Marionette bediente, während er eine Augenbinde und dicke Handschuhe trug.

Ein Auto dröhnte an ihm vorbei und bespritzte ihn mit Wasser. Es brauste durch eine Pfütze in einer Straßenmulde und überschüttete ihn mit kaltem Regen. Die Rücklichter leuchteten für einen Moment rot auf, als der Fahrer bemerkte, was er angerichtet hatte, und dann, aus reiner Gehässigkeit, hupte der Mann mehrmals und fuhr davon.

Dorman kümmerte es nicht; er trottete weiter über den schlammigen Boden am Straßenrand, die Augen starr nach vorn gerichtet. In der Ferne verschwand die lange, kurvenreiche Straße in den bewaldeten Bergen. Er wußte nicht, wie viele Kilometer er schon seit Portland zurückgelegt hatte, aber er hoffte, bald eine Möglichkeit zu finden, schneller voranzukommen. Geld hatte er nicht, und ein Leihwagen hätte ihn sowieso nur der Gefahr ausgesetzt, identifiziert zu werden. Niemand wußte, daß er noch am Leben war, und so sollte es auch bleiben. Hinzu kam, daß er sich beim Fahren nicht unbedingt auf seinen aufsässigen Körper verlassen wollte …

Er passierte eine kleine ländliche Wiegestation, einen kleinen Schuppen mit einem Tor und einem roten Stopplicht für die Lastwagen. Die Rolläden waren heruntergelassen, und ein Schild, das aussah, als hinge es schon seit Monaten dort, verkündete: «Wiegestation geschlossen».

Während Dorman weitertrottete, blickte er sehnsüchtig zu dem Schuppen hinüber. Er war bestimmt unbeheizt, ohne Nahrungsmittel oder sonstige Vorräte … aber dort drinnen war es trocken. Mit einem wehmütigen Seufzer stellte er sich vor, wie schön es wäre, dem Regen für eine Weile zu entkommen. Er war versucht, ein Fenster einzuschlagen oder die Tür einzutreten und sich einfach schlafenzulegen … aber er wäre wahrscheinlich nicht mehr aufgewacht. Seine Zeit lief ab.

Er ließ die Wiegestation hinter sich zurück. In eine Richtung erstreckten sich verschlammte Kartoffelfelder, während sich auf der anderen Straßenseite ein Sumpf ausbreitete. Dorman schleppte sich weiter die sanft ansteigende Straße hinauf zu den Bergen.

Fremdartige, gespenstische Schatten geisterten wie statische Störungen durch sein Blickfeld. Die Nanomaschinen in seinem Körper pfuschten wieder an seinen Sehnerven herum, veränderten sie, verbesserten sie … oder spielten nur mit ihnen. Er konnte schon seit Tagen keine Farben mehr erkennen.

Dormans Knochen schmerzten, aber er biß die Zähne zusammen. Er genoß fast den Schmerz – es war echter Schmerz, keine phantomhafte Nebenwirkung der Dinge, die die sich selbst programmierenden Maschinen mit seinem Körper anstellten.

Er beschleunigte seine Schritte und war so darauf konzentriert, sich weiterzuschleppen, daß er das laute Brummen des näherkommenden Lasters nicht einmal hörte.

Das Fahrzeug wurde lauter, ein riesiger Holztransporter, halb mit Kieferstämmen beladen, denen man die Borke entfernt und die meisten dickeren Äste abgesägt hatte. Dorman drehte sich um und starrte den Laster an, um dann an den äußersten Straßenrand zurückzuweichen. Der Fahrer ließ seine Scheinwerfer aufblitzen.

Dorman hörte das Dröhnen des Motors und das Zischen der Druckluftbremsen, als der Trucker die Gangschaltung betätigte und den Laster zehn Meter vor Dorman zum Halten brachte.

Er stand einfach da und starrte, konnte nicht glauben, was geschah, konnte sein Glück nicht fassen. Dieser Mann wollte ihn mitnehmen. Dorman rannte mit quatschenden, völlig durchweichten Schuhen los. Frierend schlang er die Arme um sich.

Der Fahrer beugte sich zur Seite und stieß die Beifahrertür auf. Der Regen stürzte weiter vom Himmel, prasselte auf die nassen Stämme, dampfte auf dem heißen Kühlergrill des Lasters.

Dorman packte den Griff der Tür und riß sie ganz auf. Sein Bein zitterte, als er es hob, um seinen Fuß auf das Trittbrett zu stellen. Endlich gewann er sein Gleichgewicht zurück und schwang sich hinein. Er war tropfnaß, erschöpft, durchfroren.

«Mann, Sie sehen elend aus», stellte der Lastwagenfahrer fest. Er war untersetzt und korpulent, mit schmutzigblonden Haaren und blauen Augen.

«Ich *fühle* mich auch elend», erwiderte Dorman und war überrascht, daß seine Stimme noch funktionierte.

«Na dann, elend fühlen können Sie sich auch hier drinnen in der Kabine. Wollen Sie irgendwohin – oder wandern Sie nur so herum?»

«Ich will schon irgendwohin», sagte Dorman. «So gut es eben geht.»

«Nun, Sie können bei mir mitfahren, solange es ihnen etwas nützt. Mein Name ist Wayne – Wayne Hykaway.»

Dorman sah ihn mißtrauisch an. Er wollte seine Identität nicht preisgeben. «Ich bin ... David», sagte er. Er schlug die Lastertür zu, schob seine Hände in die durchweichten Taschen seiner zerschlissenen Jacke und kauerte sich zusammen. Hykaway hatte seine Hand ausgestreckt, zog sie aber schnell zurück, als er erkannte, daß Dorman nicht die Absicht hatte, sie zu schütteln.

In der Kabine war es warm und feucht. Aus den Lüftungsschlitzen fauchte heiße Luft. Die Scheibenwischer surrten hin und her und mühten sich, für freie Sicht zu sorgen. Aus den Lautsprechern einer viel zu teuren Stereoanlage drangen die Radionachrichten, von statischem Prasseln unterbrochen, da der Empfang hier draußen in der Wildnis schlecht war.

Der Trucker packte den Schaltknüppel und legte einen neuen Gang ein. Mit einem Ächzen und dem Aufdröhnen des Motors setzte sich der Holztransporter wieder in Bewegung und folgte weiter der regennassen, absteigenden Straße, die weiter oben zwischen den Bäumen verschwand.

Während der Laster beschleunigte, konnte Dorman nur daran denken, daß er sich mit jeder Minute, jedem Kilometer seinem Ziel näherte. Obwohl er sich davor gefürchtet hatte, sich neben diesen Mann zu setzen, der nicht ahnte, welch tödliches Risiko er eingegangen war, dachte er jetzt nur noch an sein ultimatives Ziel, an Patrice, Jody und den Hund, die er unbedingt finden mußte. Koste es, was es wolle.

Dorman lehnte sich zurück, sank gegen die Tür des Lasters und versuchte, die Schuld und die Furcht zu ignorieren, die er empfand. Wassertropfen rannen über sein Gesicht, und er blinzelte sie fort. Er hielt die Augen weiter starr nach vorn gerichtet und konzentrierte sich auf das Hin und Her der Scheibenwischer. Er versuchte, sich so weit wie möglich von Wayne Hykaway zurückzuziehen. Er durfte sich von dem Mann unter keinen Umständen berühren lassen. Eine Leiche mehr war ein Risiko, dem er sich nicht aussetzen wollte.

Der freundliche Trucker schaltete das Radio aus und bemühte sich vergeblich, eine Unterhaltung anzufangen, aber als Dorman sich als schweigsam erwies, erzählte er einfach von sich selbst. Hykaway schwatzte über die Bücher, die er gerne las, über sein Hobby, die Tai-Chi-Entspannungstechniken, und über seine frühere Tätigkeit als Arbeitslosentrainer

Hykaway hielt das Lenkrad des schweren Holztransporters mit einer Hand, während er mit der anderen die Belüftung und die Heizung neu einstellte. Als ihm der Gesprächsstoff ausging, schaltete er das Radio wieder ein, wählte einen anderen Sender und schaltete es enttäuscht wieder aus.

Dorman konzentrierte sich auf seinen Körper, wandte seine Gedanken nach innen. Er spürte, wie sich seine Haut kräuselte und wellte, wie sich seine Muskeln wie von einem eigenen Willen beseelt bewegten. Er preßte die Ellbogen gegen seine Rippen und spürte den klammen Stoff seiner Jacke und die schlüpfrige Nanomaschinen-Trägerflüssigkeit, die aus seinen Poren quoll.

Nachdem Dorman fünfzehn Minuten schweigend verdämmert hatte, musterte ihn der Trucker aus den Augenwinkeln und fragte sich, was für eine Art Psychopath er in seiner Gutmütigkeit wohl mitgenommen hatte.

Dorman wich seinem Blick aus und sah starr aus dem Seitenfenster – und dann verkrampften sich seine Eingeweide. Er krümmte sich zusammen und preßte die Hände gegen seinen Bauch. Er atmete zischend durch die Zähne. Unter seiner Haut bewegte sich etwas, wie ein Maulwurf, der sich durch seinen Brustkorb grub.

«He, ist mit Ihnen alles in Ordnung?» fragte der Trucker.

«Ja», antwortete Dorman mühsam. Er preßte weiter die Hände gegen seinen Bauch, bis er wieder die Kontrolle über seine rebellierenden biologischen Systeme gewann. Gierig saugte er die Luft ein und atmete sie stoßweise wieder aus. Endlich ließen die Krämpfe nach.

Dennoch spürte er, wie sich seine inneren Organe bewegten, den neuen Freiraum erkundeten und gegen Stellen drückten, die sie nie hätten erreichen dürfen. Es war, als ob ein Sturm in seinem Inneren tobte.

Wayne Hykaway warf ihm erneut einen Blick zu und konzentrierte sich dann wieder auf die regennasse Straße. Er hielt das Lenkrad mit beiden Händen so fest umklammert, daß die Knöchel weiß hervortraten.

Dorman saß weiter schweigend da, preßte sich wie schutzsuchend gegen die harte Beifahrertür. Auf seinem Sitz bildete sich langsam eine Schleimpfütze.

Er wußte, daß er jeden Moment wieder die Kontrolle über sich verlieren konnte. Mit jeder Stunde fiel es ihm schwerer und schwerer, sich zusammenzureißen …

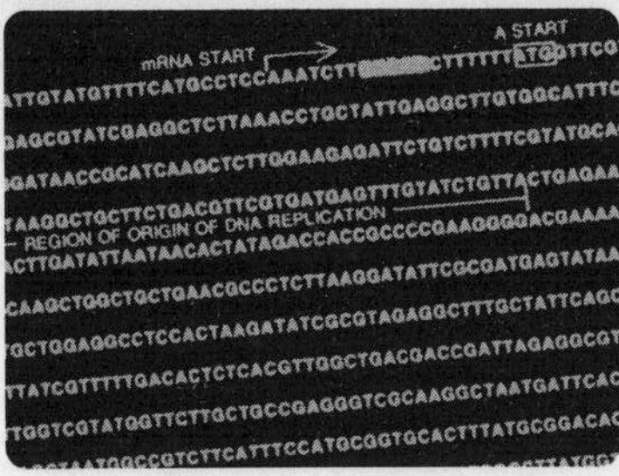

24

Max' Gemischtwarenhandlung und Kunstgalerie, Colvain, Oregon Donnerstag, 12:01 Uhr

Scully hatte inzwischen genug vom Fahren und war froh über die Möglichkeit, eine Pause einzulegen und ein paar weitere Leute zu fragen, ob sie Patrice und Jody Kennessy auf den Fotos wiedererkannten.

Mulder saß auf dem Beifahrersitz, aß Käseröllchen aus einer Tüte in seinem Schoß und krümelte sich dabei den Mantel voll. Er beugte sich dicht über die auseinandergefaltete amtliche Straßenkarte des Staates Oregon. «Ich kann diese Stadt nicht auf der Karte finden», sagte Mulder. «Colvain, Oregon.»

Scully hielt vor einem malerischen alten, schindelgedeckten Haus an. Ein handgemaltes Schild hing an einer Kette von einem Pfosten. *Max' Gemischtwarenhandlung und Kunstgalerie.*

«Mulder, wir sind *in* der Stadt, und ich kann sie nicht finden.»

An der massiven Holztür der Gemischtwarenhandlung wurde für Worley-Zigaretten geworben; über ihr war eine Glocke angebracht, die bei ihrem Eintreten bimmelte. Der Hartholzfußboden knarrte unter ihren Schritten. «Natürlich darf eine Glocke nicht fehlen», sagte Mulder mit einem Blick nach oben.

In den Kühlvitrinen und Eisschränken, die noch aus den fünfziger Jahren stammten – weiße Emaille mit Chromverzierungen –, lagerten Fleisch zweifelhafter Herkunft, Limonadenflaschen und Tiefkühlgerichte. Neben der Registrierkasse wurden Jumbopackungen Slim Jim und eine scheinbar unendliche Auswahl an anderen Snacks feilgeboten.

T-Shirts hingen an einem Ständer neben Regalen voller Nippes und überflüssigem Kunsthandwerk, zumeist aus süßlich riechendem Zedernholz und mit witzigen Sinnsprüchen und Bauernregeln über das regnerische Wetter in Oregon bemalt. Schnapsgläser, Spielkarten und Schlüsselanhänger rundeten das Angebot ab.

Scully entdeckte an der Rückwand über einer Kühlvitrine voller Bierflaschen ein paar schlechte Aquarelle; an den vergoldeten Rahmen hingen Preisschilder. «Ich frage mich, ob es wohl eine Gemeindeverordnung gibt, die verlangt, daß jedes Städtchen eine bestimmte Anzahl von Kunstgalerien haben muß», sagte sie.

An der Registrierkasse, eingeschlossen von Zeitungsständern und Drahtgestellen voller Kaugummi, Süßigkeiten und Atembonbons, saß eine alte Frau. Ihr Haar war knallrot gefärbt, ihre Brille dick und von Fingerabdrücken verschmiert. Sie trug eine auffällige Halskette aus falschen Perlen, die für die Verkäuferin einer Gemischtwarenhandlung viel zu protzig wirkte. Sie las eine zerknitterte Gazette mit Schlagzeilen wie *Bigfoot in New Jersey entdeckt, Tiefgefrorene Alien-Embryos in Regierungseinrichtung* und sogar *Kannibalenkult in Arkansas.*

Mulder las die Schlagzeilen und sah dann Scully mit hochgezogenen Brauen an. Die rothaarige Frau äugte über ihre Brille. «Kann ich Ihnen helfen? Brauchen Sie Straßenkarten oder Mineralwasser?»

Mulder ließ seine Marke und seinen Dienstausweis aufblitzen. «Wir sind Bundesagenten, Ma'am. Können Sie uns den Weg zu einem Blockhaus hier in der Nähe beschreiben, das einem Darin Kennessy gehört?»

Scully zog die abgegriffenen Kennessy-Fotos aus der Tasche und legte sie auf den Tresen. Die Frau faltete eilends ihre Gazette zusammen und verstaute sie neben der Registrierkasse. Durch ihre schmutzigen Brillengläser betrachtete sie die Fotos.

«Wir suchen diese beiden Leute», sagte Scully, ohne mehr Information preiszugeben.

Jody Kennessy lächelte optimistisch, aber sein Gesicht war schmal und ausgezehrt, sein Haar größtenteils ausgefallen, seine Haut grau und ungesund, eine Folge der rigorosen Chemo- und Strahlentherapien.

Die Frau nahm ihre Brille ab, putzte sie mit einem gebrauchten Kleenex und setzte sie wieder auf. «Ja, ich glaube, ich habe sie schon einmal gesehen. Wenigstens die Frau. Sie war vor ein oder zwei Wochen hier im Laden.»

Mulder fuhr hoch. «Ja, das ist ungefähr der Zeitrahmen, den wir meinen.»

Scully beugte sich nach vorn. «Dieser junge Mann ist sehr krank. Er stirbt an Leukämie. Er muß unbedingt behandelt werden. Möglicherweise hat sich sein Zustand, seit dieses Foto aufgenommen wurde, bedeutend verschlechtert.»

Die Frau sah sich noch einmal Jodys Foto an. «Nun ja, vielleicht irre ich mich», sagte sie. «Wenn ich mich recht erinnere, hat der Junge dieser Frau einen völlig gesunden Eindruck auf mich gemacht. Vielleicht sind die beiden im Blockhaus der Kennessys. Es steht schon eine ganze Weile leer.»

Die Frau drückte ihre schwere Brille gegen die Nasenwurzel und lehnte sich auf ihrem metallisch quietschenden Stuhl zurück. «Uns entgeht nicht viel von dem, was hier passiert.»

Sie griff nach einem Kugelschreiber, machte sich aber nicht die Mühe, ihnen eine schriftliche Wegbeschreibung zu geben. «Vierzehn oder fünfzehn Kilometer von hier gibt es ein Ferienhaus. Sie biegen vom Highway auf eine kleine Seitenstraße namens Locust Springs Drive, folgen ihr etwa einen halben Kilometer, biegen nach links auf einen Schotterweg – und dann nehmen sie die dritte Auffahrt rechts.» Sie spielte mit ihrer falschen Perlenkette.

«Das ist der beste Hinweis, den wir bis jetzt bekommen haben», sagte Scully aufgeregt und schaute zu ihrem Partner. Der Gedanke, den kranken Jody Kennessy aus seiner jämmerlichen Lage befreien und ihm helfen zu können, machte ihr neuen Mut.

Als Agentin des FBI sollte Scully, um unvoreingenommen urteilen zu können, eigentlich ihre Objektivität wahren und nicht ihr Gefühlsleben mit einem Fall in Verbindung bringen. Aber diesmal konnte sie nicht anders. Sie und Jody Kennessy teilten dasselbe Schicksal, waren von Krebs bedroht, und auf einmal war die Verbindung zu dem Jungen, den sie noch nie getroffen hatte, zu stark. Ihr Bedürfnis, ihm zu helfen, war wesentlich stärker, als sie es nach Mulders ursprünglicher Schilderung angenommen hatte.

Die Glocke über der Tür bimmelte, und ein Staatspolizist kam herein. Seine Stiefel dröhnten laut auf dem abgewetzten Holzboden der Gemischtwarenhandlung. Scully beobachtete über ihre Schulter, wie der Polizist lässig zur Kühlvitrine mit den Limonaden ging und eine große Flasche Orangenlimonade herausnahm.

«Das Übliche, Jared?» rief die Frau, während sie bereits die Limo in die Registrierkasse tippte.

«Glaubst du, ich ändere mich noch, Maxie?» fragte er zurück, und sie griff ins Snackregal und warf ihm eine Packung mit künstlich gefärbten Käsecrackern zu. Scully fragte sich, ob der Beamte eine besondere Vorliebe für die Farbe Orange hatte.

Der Polizist nickte Mulder und Scully höflich zu und bemerkte sowohl die Fotos als auch Mulders Dienstmarke.

«Wir sind Bundesagenten, Sir», erklärte Scully. Sie zeigte ihm die Fotos und bat ihn um seine Hilfe. Ob er sie wohl zu dem abgelegenen Blockhaus begleiten konnte, wo Patrice und Jody vielleicht gefangengehalten wurden? Aber plötzlich knackte das Funkgerät an Jareds Hüfte.

Die Stimme aus der Einsatzzentrale klang alarmiert, aber auch energisch und professionell. «Jared, bitte kommen. Wir haben einen Notfall. Ein Autofahrer auf der Durchreise hat etwa anderthalb Kilometer hinter Doyles Haus eine Leiche gefunden.»

Der Polizist griff nach seinem Funkgerät. «Hier ist Officer Penwick», sagte er. «Was für eine Leiche? In welchem Zustand?»

«Ein Trucker», erklärte die Einsatzzentrale. «Sein Holztransporter ist halb von der Straße abgekommen. Der Mann hängt über dem Lenkrad und ... es ist seltsam. Sieht nicht aus wie eine von den Unfallverletzungen, von denen ich gehört habe.»

Mulder und Scully wechselten einen kurzen, aufgeregten Blick. Ihnen war sofort klar, daß dies nach ihrem eigenen Fall klang. «Fahren Sie voraus, Agent Scully. Ich kann mit Officer, ähm, Penwick zur Unfallstelle kommen und mich dort umsehen. Sollte es nichts für uns sein, dann bringt er mich sicher zum Blockhaus.»

Scully nickte, denn obwohl ihr der Gedanke an Trennung nicht behagte, mußten beide Spuren ohne Verzögerung untersucht werden. «Treffen Sie die nötigen Vorsichtsmaßnahmen.»

«Werde ich, Scully.» Mulder hastete zur Tür.

Die Glocke bimmelte, als der Polizist nach draußen rannte, in der einen Hand seine Käsecracker und die Orangenlimonade, in der anderen das Funkgerät. Er sprach hastig hinein, bestätigte der Zentrale, daß er unterwegs war, und warf dann einen Blick über die Schulter. «Setz es auf die Rechnung, Maxie – ich schau später noch mal vorbei.»

Scully folgte den beiden und ließ die bimmelnde Tür hinter sich zufallen. Mulder und der Polizist rannten zu dem Streifenwagen, der schräg vor der Gemischtwarenhandlung geparkt war.

Mulder rief ihr zu: «Ich hoffe, Sie finden sie, Scully. Sehen Sie sich gründlich um. Ich melde mich später per Handy bei Ihnen.»

Die beiden Autotüren fielen zu, und der Streifenwagen wendete mit durchdrehenden Reifen, daß der feuchte Kies hochspritzte, und raste mit flackerndem Blaulicht die Straße hinauf. Scully vermutete, daß dies der aufregendste Zwischenfall war, den der Staatspolizist in seinem Job seit langer Zeit erlebt hatte.

Scully kehrte zu ihrem Mietwagen zurück und griff nach den Schlüsseln. Als sie einen Blick auf ihr Handy warf, das sie auf dem Autositz liegengelassen hatte, stellte sie mißmutig fest, daß es nicht funktionierte. Sie befanden sich wieder außerhalb des Funkbereichs.

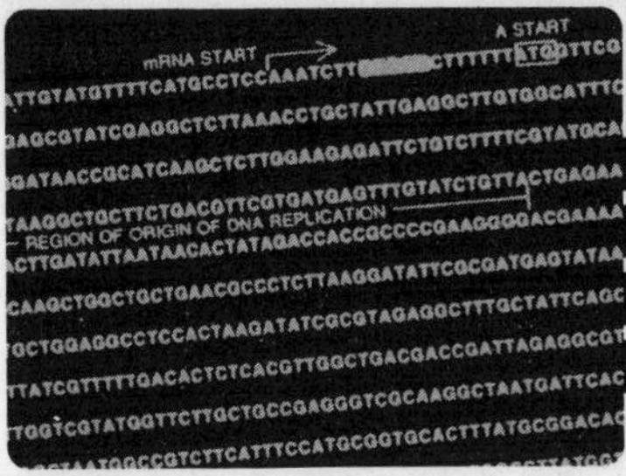

25

Blockhaus der Kennessys, Küstenregion, Oregon

Freitag, 12:48 Uhr

Vor dem Blockhaus bellte Vader. Er sprang auf, rannte unruhig auf der Veranda hin und her und gab ein kehliges Knurren von sich.

Patrice versteifte sich und stürzte zu den Spitzengardinen. Sie kannte Vader schon ein Dutzend Jahre, und sie wußte, daß der Hund diesmal nicht nur spielerisch ein Eichhörnchen verbellte.

Dieses Bellen war eine Warnung. Sie hatte so etwas schon seit langem erwartet. Und gefürchtet.

Draußen umringten die Bäume hoch und düster die Lichtung und standen so dicht an dicht, daß es beklemmend wirkte. Die Stämme schienen näher gerückt zu sein wie eine unerbittliche Armee … wie der Mob, der DyMar umstellt hatte.

Eine leichte Brise, noch feucht vom letzten Regenguß, strich über die gras- und unkrautbewachsene Lichtung. Ursprünglich war ihr die Wiese wunderschön erschienen, der perfekte Rahmen für das Blockhaus in der Wildnis – ein wundervolles Fleckchen Erde, hatte Darin gesagt, und sie hatte seine Begeisterung geteilt.

Doch jetzt vermittelte ihr die große Lichtung das Gefühl, schutzlos und verwundbar zu sein.

Vader bellte wieder, trat an den Rand der Veranda und spähte zur Zufahrt hinüber, die den Wald zerschnitt. Seine Nüstern bebten.

«Was ist los, Mom?» fragte Jody. Seine bedrückte Miene verriet ihr, daß er genausoviel Angst hatte wie sie. In der letzten Woche hatten sie ständig geübt, was in einem derartigen Fall zu tun war.

«Es kommt jemand», sagte sie.

Sie riß sich zusammen, löschte alle Lichter im Blockhaus, zog die Vorhänge zu, riß dann die Vordertür auf und trat auf die Veranda. Vader blickte sich kurz nach ihr um und richtete seine Aufmerksamkeit dann wieder auf die Zufahrt.

Jody folgte ihr neugierig, aber sie scheuchte ihn zurück ins Haus. «Mom!» protestierte er, doch sie drohte ihm mit dem Finger und sah ihn streng an. Hastig verschwand er im Inneren.

Der mütterliche Beschützerinstinkt beherrschte sie wie eine Droge. Gegen seinen Krebs war sie hilflos gewesen, ebenso gegen die blutrünstigen Terroristen, die seinen Vater ermordet hatten – aber sie hatte ihren Sohn hierher in Sicherheit gebracht und ihn bis heute am Leben erhalten. Patrice Kennessy hatte nicht die Absicht, ausgerechnet jetzt aufzugeben.

Eine Gestalt tauchte zwischen den Bäumen auf und näherte sich zu Fuß über die lange, von düsteren Kiefern gesäumte Zufahrt dem Blockhaus.

Für eine Flucht war es jetzt zu spät.

Sie hatte sich mit Jody in die Wildnis entlang der Küste zurückgezogen, weil in dieser Gegend vorwiegend Survivalisten, religiöse Sektierer, Extremisten und Eigenbrötler lebten – alles Leute, die es verstanden, jeden Kontakt mit der Außenwelt zu vermeiden. Davids Bruder hatte sich einer dieser Gruppen angeschlossen, aber sie wagte nicht, zu ihm zu gehen und ihn um Schutz zu bitten. Die Leute, die hinter ihnen her waren, würden dort zuerst suchen. Sie mußte das Unerwartete tun.

Ihre Gedanken rasten, als sie sich an einen Fehler zu erinnern versuchte, den sie gemacht haben könnte. Wem sie verraten haben könnte, wer sie waren oder wo sie wohnten. Plötzlich fiel ihr ein, daß sie bei ihrem letzten Besuch in der Gemischtwarenhandlung die Titelseite einer Oregoner Wochenzeitung mit einem Foto der eingezäunten und niedergebrannten Ruinen der DyMar-Laboratorien gesehen hatte.

Vor Schreck hatte sie ihre Einkäufe fallen gelassen und war von den Ständern mit den TV-Magazinen und Salamisnacks und Schokoriegeln zurückgewichen. Die alte Frau mit den knallrot gefärbten Haaren hatte sie durch ihre verschmierten Brillengläser neugierig gemustert. Aber niemand, hatte sich Patrice eingeredet, würde einen Zusammenhang zwischen einer Frau, die allein mit ihrem zwölfjährigen Sohn reiste, und dem Brandanschlag herstellen.

Dennoch, die Verkäuferin hatte sie für ihren Geschmack zu interessiert gemustert …

«Wer ist es, Mom?» fragte Jody flüsternd von seinem Platz am kalten Kamin. «Kannst du was erkennen?» Patrice war froh, am Morgen kein Feuer gemacht zu haben, denn die verräterische Fahne aus grauweißem Rauch hätte noch mehr Aufmerksamkeit erregt.

Für eine solche Situation hatten sie einen Plan ausgearbeitet, der darauf basierte, daß sie beide unbemerkt in die Wälder entkommen könnten. Jody kannte sich dort gut genug aus. Aber dieser Eindringling hatte sie überrascht, denn er war zu Fuß gekommen. Jetzt gab es keine Fluchtmöglichkeit mehr.

«Jody, du bleibst im Haus. Geh zur Hintertür, und renn weg, wenn ich es dir sage. Versteck dich zwischen den Bäumen.»

Er starrte sie ängstlich an. «Aber ich kann dich nicht allein lassen, Mom.»

«Wenn ich sie hinhalten kann, hast du einen kleinen Vorsprung. Wenn sie nichts Böses im Schilde führen, hast du auch nichts zu befürchten.» Ihr Gesicht wurde steinern, und Jody schoß das Blut ins Gesicht, als er begriff, was sie meinte.

Sie wandte sich wieder zur Tür und kniff die Augen zusammen. «Jetzt paß auf, daß dich niemand sieht.»

Mit grimmigem Gesicht verschränkte Patrice die Arme vor der Brust und wartete auf der Veranda auf den näherkommenden Fremden. Schrecken und Ungeduld brachten sie fast um. Dies war der Moment der Konfrontation, den sie seit Davids verzweifeltem Anruf gefürchtet hatte.

Die Gestalt war ein breitschultriger Mann mit einem seltsam torkelnden Gang. Er sah aus, als wäre er zu Fuß und mit offenen Altöldosen in der Hand durch eine Autowaschanlage gegangen. Er stolperte aufs Blockhaus zu, um dann abrupt stehenzubleiben, als er sie auf der Veranda entdeckte.

Vader knurrte.

Selbst aus der Entfernung konnte Patrice erkennen, daß er sie anstarrte. Er hatte sich verändert, seine Gesichtszüge waren irgendwie verzerrt – aber sie erkannte ihn. Endlich ein Freund!

«Jeremy», stieß sie hervor, «Jeremy Dorman!»

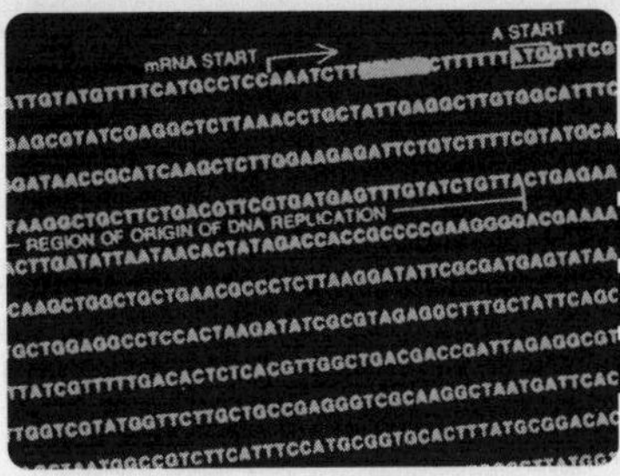

26

Blockhaus der Kennessys, Küstenregion, Oregon
Freitag, 13:14 Uhr

«Patrice!» rief Dorman mit heiserer Stimme und ging mit irgendwie bedrohlich wirkenden Schritten auf sie zu.

Sie hatte sich an dunklen Straßenecken Zeitungen aus Automaten gekauft und gelesen, daß der Laborpartner ihres Mannes ebenfalls im DyMar-Feuer umgekommen war, ermordet von den Männern, die verhindern wollten, daß die Öffentlichkeit von Davids Nanotech-Forschungen erfuhr.

«Jeremy, sind diese Männer auch hinter Ihnen her? Wie sind Sie entkommen?»

Die Tatsache, daß Jeremy Dorman irgendwie die Flucht gelungen war, ließ sie für einen Moment hoffen, daß vielleicht auch David überlebt hatte. Aber sie konnte den Gedanken nicht festhalten. Sie hatte tausend Fragen, aber vor allem war sie froh, ein vertrautes Gesicht zu sehen, einen anderen Menschen, der in derselben Zwangslage steckte wie sie ...

Aber daß Jeremy hier war, beunruhigte sie zugleich. Er hatte geahnt, daß sie sich mit Jody in diesem Blockhaus versteckte. Sie wußte, daß David schon immer zuviel geredet hatte. Selbst die geheime Zuflucht seines Bruders konnte nicht lange ein Geheimnis geblieben sein, wenn sie an all die Mußestunden dachte, die David und Jeremy zusammen im Labor verbracht, die Unterhaltungen, die sie geführt hatten.

Sie war plötzlich wachsam. «Hat man Sie verfolgt? Wenn sie kommen, um uns zu holen – wir haben keine Waffen ...»

«Patrice», unterbrach er, «ich bin verzweifelt. Bitte, helfen Sie mir.» Er schluckte hart ... und seine Kehle bewegte sich viel weiter, als normal war. «Ich muß ins Haus.»

Als der kräftige Mann näher trat, sah er sehr krank aus, schien sich kaum bewegen zu können, als würde er an hundert verschiedenen Gebrechen leiden. Seine Haut hatte einen sonderbaren, feuchten Glanz – und das lag nicht allein an der Luftfeuchtigkeit. Sie sah schlüpfrig aus. Wie von Schleim bedeckt.

«Was ist mit Ihnen passiert, Jeremy?» Sie wies zur Tür und fragte sich, warum sie sich so unbehaglich fühlte. Dorman hatte viel Zeit mit ihrer Familie verbracht, vor allem nachdem Darin seine Stellung aufgegeben und ins Survivalisten-Lager geflohen war. «Sie sehen furchtbar aus.»

«Ich habe so viel zu erklären, aber nicht genug Zeit. Sie sehen doch, in welcher Verfassung ich bin. Für mich ist etwas anderes sehr wichtig – ist der Hund auch hier?»

Sie erstarrte; dann brachte sie nur die Kraft auf, einen Schritt nach vorn zu treten und sich am feuchten, bemoosten Geländer festzuhalten. Warum fragte er nach Vader, der sich zusammen mit Jody im Haus versteckte? Obwohl sie wußte, daß dies *Jeremy* war, Jeremy Dorman, hatte sie das Gefühl, vorsichtig sein zu müssen.

«Zuerst will *ich* ein paar Antworten haben», erklärte sie, ohne sich von der Veranda zu rühren. Er blieb abrupt stehen und sah sie unsicher an. «Wie haben Sie das DyMar-Feuer überlebt? Wir hielten Sie für tot.»

«Ich sollte dort auch sterben», sagte Dorman mit müder Stimme.

«Wie meinen Sie das, Sie *sollten* dort sterben? Am Telefon, bei seinem letzten Anruf, sagte David mir, daß die DyMar-Demonstration inszeniert war, daß gar keine Tierschützer dahintersteckten.»

Dormans dunkle Augen bohrten sich in ihre. «Ich wurde verraten, genau wie David.» Er trat zwei Schritte näher.

«Was sagen Sie da?» Nach allem, was sie durchgemacht hatte, hielt Patrice jetzt fast alles für möglich.

Dorman nickte. «Sie hatten Befehl, dafür zu sorgen, daß nichts übrigbleibt, keine Aufzeichnungen über unsere Nanotechnologie-Forschung. Nur Asche.»

Patrice versperrte ihm weiter den Weg, warnte ihn, nicht näher zu kommen. «David sagte, daß die Regierung weit mehr in die Verschwörung verwickelt ist, als er gedacht hatte. Ich glaubte ihm nicht, bis ich mich zu unserem Haus zurückschlich – und es durchwühlt und verwüstet vorfand.»

Drei Meter vor der Veranda blieb Dorman im Gras der Wiese stehen. Dann überquerte er die Auffahrt und trat auf den Trampelpfad, der zur Tür des Blockhauses führte. «Sie sind jetzt auch hinter Ihnen her, Patrice. Wir können uns gegenseitig helfen. Aber ich brauche Vader. Er trägt die stabilen Prototypen in seinem Blut.»

«Prototypen? Wovon reden Sie?»

«Die Nanotechnologie-Prototypen. Ich mußte einige Exemplare von den fehlerhaften früheren Generationen benutzen, Proben von den kleinen Labortieren, aber viele davon zeigten schokkierende ... Fehlfunktionen. Doch ich hatte keine Wahl. Das Labor stand in Flammen, alles brannte. Nur so konnte ich entkommen, nur so konnte ich überleben.» Er sah sie flehend an und senkte dann die Stimme. «Aber sie arbeiten nicht so, wie sie sollten. Mit Vaders Blut besteht die Chance, daß ich sie in mir umprogrammieren kann.»

In ihrem Kopf drehte sich alles. Sie wußte, woran David gearbeitet hatte, und sie hatte schon vermutet, daß mit ihrem schwarzen Labrador irgend etwas nicht stimmte.

«Wo ist Jody?» fragte Dorman. Er blickte an ihr vorbei und versuchte, etwas durch die Vorhänge oder die halbgeschlossene Tür zu erkennen. «He, Jody! Komm raus! Ich bin's, Jeremy! Es ist alles in Ordnung.»

Jody hatte in Dorman immer einen Freund seines Vaters gesehen, einen Ersatzonkel – vor allem seit Darin verschwunden war. Beide liebten Videospiele; Jeremy war vermutlich der einzige Erwachsene, der genauso viele Nintendo-64-Tricks kannte wie Jody. Sie tauschten Tips und Techniken zu *Wave Race, Mortal Lombat Trilogy* und *Shadows of the Empire* aus.

Bevor Patrice ihre Gedanken sammeln konnte und begriff, was eigentlich vorging, riß Jody die Blockhaustür auf. Sein schwarzer Hund war an seiner Seite. «Jeremy!»

Überglücklich und erleichtert sah Dorman Vader an, aber der Hund zog die schwarzen Lippen zurück und fletschte die Zähne. Sein tiefes Knurren klang, als hätte der Hund eine Kettensäge in der Kehle, als würde Vader einen Groll gegen Dorman hegen.

Aber Dorman achtete nicht mehr auf ihn. Er starrte Jody – den gesunden Jody – verblüfft an. Die Haut von Dormans Gesicht kräuselte und wellte sich. Er zuckte zusammen und schaffte es irgendwie, die Bewegungen zu stoppen. «Jody, du bist … du bist vom Krebs geheilt.»

«Es ist ein Wunder», sagte Patrice steif. «Eine Art Spontanheilung.»

Der plötzliche räuberische Ausdruck auf Dormans seltsam glänzendem Gesicht zog ihr den Magen zusammen. «Nein, es war keine Spontanheilung. Nicht wahr, Jody? Mein Gott, du hast sie auch.»

Der Junge erbleichte und wich zurück.

«Ich weiß, was dein Dad mit dir gemacht hat.» Aus irgendeinem unerklärlichen Grund hielt Dorman die Augen wie gebannt auf Jody und den Hund gerichtet.

Patrice sah Jody verwirrt an, und im nächsten Moment dämmerte ihr entsetzt, was David wirklich getan hatte, welches Risiko er eingegangen war und warum die Forschung seinem Bruder solche Angst eingeflößt hatte. Jodys Gesundheit war nicht das Ergebnis einer natürlichen Besserung. Davids harte Arbeit hatte sich doch ausgezahlt. Er hatte ein Mittel gegen den Krebs entdeckt, ohne Patrice etwas davon zu sagen.

Aber binnen eines Atemzugs wich ihre unendliche Freude und Erleichterung und Rührung der Furcht vor Jeremy Dorman. Furcht vor der räuberischen Art, mit der er Jody ansah, vor seinen sich auf unnatürliche Weise verändernden Gesichtszügen, seinen unkoordinierten Bewegungen.

«Das ist sogar noch besser als Vader.» Dormans dunkle Augen glitzerten und bekamen einen irren Ausdruck. «Ich brauche nur eine Probe vom Blut Ihres Sohnes, Patrice. Etwas von seinem Blut. Nicht viel.»

Schockiert und verwirrt zugleich zuckte Patrice zusammen, versperrte ihm aber weiter den Weg, rührte sich nicht vom Fleck. «Sein *Blut*? Um Himmels willen, was …»

«Ich habe keine Zeit, es Ihnen zu erklären, Patrice. Ich wußte nicht, daß sie David umbringen wollten! Sie haben die Demonstration inszeniert, sie wollten das Labor niederbrennen, aber sie haben versprochen, die Forschungen an einem besser gesicherten Ort fortzuführen.» Sein Gesicht verzerrte sich vor Wut. «Ich sollte der Forschungschef des neuen Instituts werden, aber sie haben versucht, auch mich umzubringen!»

Patrice war fassungslos; eine Welt brach für sie zusammen. «Sie wußten die ganze Zeit, daß man vorhatte, das Labor niederzubrennen? Sie waren an der Verschwörung beteiligt.»

«Nein, das habe ich nicht gewollt! Ich dachte, alles wäre unter Kontrolle. Sie haben auch mich belogen.»

«Sie haben zugelassen, daß David ermordet wurde, Sie Bastard! Sie wollten den Ruhm ernten, Sie wollten sich seine Forschung aneignen.»

«Patrice ... *Jody*, ich werde ohne deine Hilfe sterben. Auf der Stelle.» Dorman näherte sich der Veranda, schneller diesmal, aber Patrice stellte sich ihm in den Weg.

«Jody, geh zurück ins Haus – sofort. Wir können ihm nicht trauen! Er hat deinen Vater verraten!» Ihre Stimme war eiskalt, und der Junge befolgte hastig ihren Befehl.

Dorman blieb anderthalb Meter vor ihr stehen und starrte sie wütend an. «Tun Sie das nicht. Sie verstehen das alles nicht.»

«Ich weiß, daß ich meinen Sohn beschützen muß, nach allem, was er durchgemacht hat. Sie arbeiten wahrscheinlich noch immer für diese Männer und sind auf uns angesetzt worden. Ich werde Sie nicht in seine Nähe lassen.» Sie ballte die Fäuste an den Seiten, bereit, diesen Mann mit ihren bloßen Händen in Stücke zu reißen. «Jody, lauf und versteck dich im Wald! Du weißt schon, wo. Wie wir es geübt haben», schrie sie durch die halboffene Tür. «Lauf!»

Irgend etwas bewegte sich in Dormans Brust. Er krümmte sich zusammen und hielt sich den Bauch und die Rippen. Schließlich richtete er sich mit glasigen Augen und schmerzverzerrtem Gesicht wieder auf. «Ich kann nicht ... länger ... warten, Patrice.» Schwankend kam er näher.

Die Hintertür des Blockhauses schlug krachend zu. Jody war nach draußen gelaufen und floh Richtung Wald. Innerlich dankte sie ihrem Sohn, daß er nicht widersprochen hatte. Sie hatte befürchtet, daß er sich auf Jeremys Seite stellen und dem Mann helfen würde.

Vader verschwand um die Ecke des Blockhauses und rannte Jody bellend hinterher.

Dorman ließ Patrice stehen und stolperte zur Rückseite des Hauses. «Jody! Komm zu mir, Junge!» Er wankte an der Veranda entlang zur Ecke.

Patrice stieß einen verzweifelten Schrei aus. «Lassen Sie meinen Jungen in Ruhe!»

Dorman fuhr herum und zog einen Revolver aus der Hosentasche. Mit zitternden Händen richtete er ihn auf Patrices ungläubiges Gesicht. «Sie wissen nicht, was Sie tun, Patrice», sagte er. «Sie wissen nicht, was hier vor sich geht. Ich kann den Hund – oder Jody – einfach erschießen und mir das Blut holen, das ich brauche. Vielleicht wäre das der einfachste Weg.»

Aber seine Muskeln gehorchten ihm nicht mehr vollständig, und es gelang ihm nicht, die Waffe auf sie gerichtet zu halten. Patrice konnte ohnehin nicht glauben, daß er auf sie schießen würde. Nicht Jeremy Dorman.

Mit einem Aufschrei schwang sie sich über das Verandageländer und stürzte sich wie ein Rammbock auf Dorman.

Als er sah, wie sie sich auf ihn stürzte, wich er mit entsetztem Gesicht zurück. «Nein! Fassen Sie mich nicht an!»

Dann prallte sie gegen ihn, schlug ihm die Waffe aus der Hand und warf den Mann zu Boden. «Jody, lauf! Lauf weg!» schrie sie.

Dorman schlug und trat wild um sich und versuchte verzweifelt, sie abzuschütteln. «Nein, Patrice! Weg! Bleiben Sie mir vom Leib!» Aber sie kämpfte mit ihm, kratzte und schlug ihn. Seine Haut war schlüpfrig und schleimig …

Ohne ein Wort rannten Jody und der Hund in den Wald.

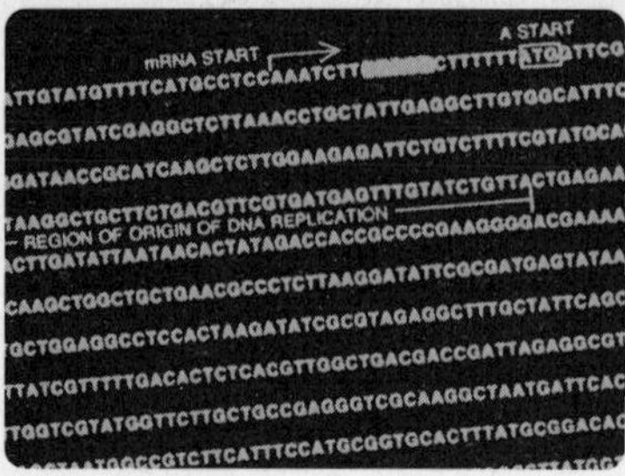

27

Blockhaus der Kennessys, Küstenregion, Oregon Freitag, 13:26 Uhr

Die dichtstehenden Bäume griffen nach ihm. Ihre Zweige zerkratzten ihm das Gesicht, rissen an seinen Haaren, zerrten an seinem Hemd – aber Jody rannte weiter. Das letzte, was er hörte, war der verzweifelte Schrei seiner Mutter: «Jody, lauf! Lauf weg!»

In den letzten beiden Wochen hatte Patrice ihm ihre Angst und Paranoia eingehämmert. Jody wußte sehr gut, daß Leute hinter ihnen her waren, mächtige und mörderische Leute. Irgend jemand hatte seinen Vater verraten, die Laboratorien niedergebrannt.

Seine Mutter und er waren mitten in der Nacht geflohen, hatten in ihrem abseits der Straße geparkten Auto geschlafen, waren von Ort zu Ort gezogen, bis sie schließlich das Blockhaus erreicht hatten. Immer wieder hatte ihm seine Mutter eingeschärft, daß sie niemandem trauen konnten – und jetzt schien es, als hätte sie damit sogar Jeremy Dorman gemeint. Jeremy, der wie ein Onkel für ihn gewesen war, der mit ihm gespielt hatte, wenn er und sein Vater sich von ihrer Arbeit losreißen konnten.

Jetzt dachte Jody nicht; er reagierte nur. Er stürzte aus der Hintertür und rannte über die Wiese zu den Bäumen. Vader sprang vor ihm am Waldrand hin und her und bellte, als würde er einen sicheren Weg auskundschaften.

Das Blockhaus lag bald weit hinter ihnen, und Jody bog abrupt nach links und lief einen Hang hinauf. Er sprang über einen umgestürzten Baum, trat auf morsche Äste und brach durch dichtes, dorniges Gestrüpp. Ranken griffen nach seinen Füßen, aber Jody stolperte weiter.

Er hatte diese Wälder in den vergangenen Wochen erforscht. Seine Mutter hatte ihn ständig im Auge behalten, damit ihm nichts passierte und er sich nicht zu weit vom Haus entfernte, aber Jody hatte trotzdem hin und wieder Zeit gefunden, allein durch den Wald zu streifen. Er kannte den Weg. Er kannte ein paar abgeschiedene Stellen in der Wildnis, aber ihm fiel kein Versteck ein, daß unter diesen Umständen wirklich sicher war. Seine Mutter hatte ihm gesagt, er sollte laufen, und er durfte sie nicht enttäuschen.

Wenn ich sie hinhalten kann, hast du einen kleinen Vorsprung, hatte sie gesagt. *Wenn sie mich töten, werden sie dich erst recht töten.*

«Jody, warte!» Es war Jeremy Dormans Stimme, aber sie hatte einen seltsamen gurgelnden Unterton. «He, Jody, alles in Ordnung. Ich werde dir nicht wehtun.»

Jody zögerte kurz und rannte dann weiter. Vader bellte laut, schoß unter einem weiteren umgestürzten Baum hindurch und sprang dann einen felsigen Hang hinauf. Jody kletterte hinterher.

«Komm her, Junge. Ich muß mit dir reden», rief Dorman. Der ferne Klang seiner Stimme verriet Jody, daß der Mann erst jetzt den Waldrand erreicht hatte.

Er blieb einen Moment keuchend stehen. In seinen Gelenken spürte er noch immer manchmal dieses seltsame Kribbeln, als wären Teile seines Körpers eingeschlafen – aber diese leichte Unannehmlichkeit war nichts im Vergleich zu dem, was er vorher durchgemacht hatte, auf dem Höhepunkt der Leukämie, als er sich verzweifelt gewünscht hatte, endlich zu sterben, nur damit dieser schreckliche Schmerz in seinen Gliedern aufhörte. Jetzt fühlte sich Jody gesund genug, um noch stundenlang weiterzulaufen – auch wenn er sich nach einem Platz zum Ausruhen sehnte. Gänsehaut überzog seine Arme, und Schweiß rann ihm über den Nacken und Rücken.

Er hörte Dorman durch das Unterholz stampfen, hörte Zweige brechen. Es klang erschreckend nah. Wie konnte der Mann nur so schnell sein? «Deine Mutter will dich sehen. Sie wartet hinten am Blockhaus.»

Jody rutschte einen Hang hinunter in eine schmale Schlucht, wo ein breiter Bach über Felsen und heruntergefallene Äste plätscherte. Vor zwei Tagen war er spielerisch von einem Stein zu einem Baumstumpf und dann auf einen Felsvorsprung gehüpft und hatte so den Bach überquert, ohne ins Wasser zu fallen. Jetzt rannte der Junge so schnell, wie er konnte. Auf halbem Weg rutschte er auf einem moosbewachsenen Felsen aus und trat mit dem rechten Fuß in das eisige Wasser am Bachufer.

Er keuchte vor Überraschung, zog seinen tropfenden Fuß aus dem Wasser und sprang weiter. Seine Mutter hatte ihn immer ermahnt, aufzupassen, daß seine Schuhe nicht naß wurden … aber Jody wußte, daß es jetzt nichts Wichtigeres gab, als dem Verfolger zu entkommen, und daß er dafür alles riskieren mußte.

Dorman rief wieder. «Jody, komm her.» Er schien allmählich wütend zu werden, seine Worte klangen schärfer. «Ich brauche etwas von dir. Nur du kannst mir helfen. He, Jody, ich flehe dich an!»

Ohne auf den durchweichten Schuh zu achten, kletterte Jody ans Ufer. Er holte tief Luft und rannte weiter. Er griff nach einem Ast, beschmierte sich dabei die Hand mit klebrigem Harz und hangelte sich die Böschung hinauf, bis die kleine Schlucht unter ihm lag und er wieder ebenen Boden unter den Füßen hatte, so daß er weiterlaufen konnte.

Er bekam Seitenstiche, die einen scharfen Schmerz durch seine Nieren, seinen Magen schickten, aber er preßte die Hand gegen die schmerzende Seite, so daß er weiterrennen konnte. Jody verstand nicht, was vor sich ging, aber er vertraute seiner Furcht, und er vertraute der Warnung seiner Mutter. Er schwor, sich nicht von Jeremy Dorman erwischen zu lassen.

Er verharrte kurz, lehnte sich keuchend an einen Baum und horchte gebannt, ob er noch immer verfolgt wurde.

Auf der anderen Seite des Baches, am Fuß der Böschung, entdeckte er eine massige Gestalt in einem zerrissenen Hemd – Jeremy Dorman. Ihre Blicke trafen sich über die große Distanz im schattigen Wald.

Jeremys Augen waren die eines völlig Fremden, und Jody verdoppelte seine Anstrengungen und rannte weiter. Sein Herz hämmerte, und er schnappte keuchend nach Luft. Geduckt brach er durch die dichten Büsche, die ihn wie mit Händen festzuhalten schienen. Hinter ihm hatte Dorman keine Mühe, durch das Unterholz zu stürmen.

Jody kletterte einen Hang hinauf und rutschte auf der feuchten Laubdecke des Bodens aus. Er wußte, daß er dieses unglaubliche Tempo nicht mehr lange durchhalten konnte. Dorman schien nicht langsamer zu werden.

Er rannte in eine kleine Schlucht, die voller Laub und flechtenbewachsener Sandsteinvorsprünge war. Die Bäume standen so dicht und die Schatten waren so tief, daß er wußte, daß Dorman ihn nicht sehen konnte, und er hatte das Glück, sich in eine feuchte Mulde zwischen einem fauligen Baumstumpf und einem rissigen Felsen ducken zu können, die vermutlich einem Tier als Unterschlupf diente. Zweige, Ranken und Unterholz knackten, als er sich zusammenkauerte.

Still saß er da, keuchend atmend, mit hämmerndem Puls. Er lauschte, ob der Mann näher kam. Er hatte nichts mehr von seiner Mutter gehört und fürchtete, daß sie verletzt drüben beim Blockhaus lag. Was hatte Dorman ihr angetan, was hatte sie geopfert, um ihm die Flucht zu ermöglichen?

Schwere Schritte knirschten auf dem Waldboden, aber der Mann rief jetzt nicht mehr nach ihm. Jody erinnerte sich, wie sie zusammen auf seinem Nintendo Autorennen gespielt hatten, wie er und Jeremy sich gegenseitig todesverachtende Verfolgungsjagden quer durch das Land oder durch außerirdische Landschaften geliefert hatten.

Aber dies war die Wirklichkeit, und es stand weit mehr auf dem Spiel als bloß die höchste Punktzahl.

Dorman kam näher, bahnte sich seinen Weg durch das Gestrüpp und suchte den zwielichtigen Wald ab. Jody saß verkrampft und reglos da und betete, daß er in seinem Versteck sicher war.

In der Ferne bellte Vader, und Dorman blieb stehen, um sich dann in eine andere Richtung zu wenden. Jody erkannte seine Chance und versuchte davonzuschleichen, aber als er einen der auf dem Boden liegenden Äste zur Seite schob, geriet ein schiefstehender Baumstamm ins Rutschen und landete mit einem Ende krachend im morschen toten Holz.

Dorman erstarrte wieder und stürmte dann zu Jodys Versteck.

Der Junge duckte sich unter den Baumstamm, kroch am schlüpfrigen Felsen entlang und schlängelte sich zur anderen Seite der Schlucht. Er sprang auf und rannte mit gesenktem Kopf weiter, Äste zur Seite schiebend, während Dorman ihm hinterherrief und durch die Vorderseite des Dickichts brach.

Jody riskierte einen Blick über die Schulter, um festzustellen, wie dicht ihm sein Verfolger auf den Fersen war.

Dorman streckte eine fleischige Hand aus und deutete auf ihn. In dem Moment, als Jody erkannte, daß er einen Revolver in der Hand hielt, sah er auch schon den Lichtblitz aus der Mündung zucken.

Ein lauter Knall hallte durch den Wald. Die Kugel schlug einen knappen Meter über seinem Kopf in den Stamm der Kiefer ein und sprengte ein großes Stück Borke und Holz heraus. Dorman hatte auf ihn geschossen!

«Komm sofort her, verdammt!» schrie Dorman.

Jody unterdrückte einen Schrei und verschwand im dichten Unterholz hinter dem Baum, der ihn beschützt hatte.

Durch die Dämmerung des Waldes drang Vaders Gebell an Jodys Ohr, sein ungeduldiges Jaulen, als wollte er ihn rufen. Jody vertraute seinem Hund weit mehr, als er Jeremy Dorman je vertrauen würde.

Jody hielt sich die Seite und rannte weiter. Sein Kopf dröhnte, sein Herz raste wie ein Rennwagenmotor.

Hinter ihm watete Dorman durch den kalten Bach und versuchte nicht einmal, die Trittsteine zu benutzen. «Jody, komm her!»

Jody floh verzweifelt in die Richtung, aus der das Gebell des Hundes drang – und, wie er hoffte, an einen sicheren Ort.

28

Ländliches Oregon

Freitag 13: 03 Uhr

Der Holztransporter war von der Straße abgekom- men und stand mit nach vorn gekipptem Fahrerhaus schräg im flachen Straßengraben, was ihn wie einen metallischen Leviathan mit gebrochenem Genick aussehen ließ.

Als sie mit dem Streifenwagen vorfuhren, erkannte Mulder augenblicklich, daß etwas nicht stimmte, daß sie es hier nicht mit einem normalen Verkehrsunfall zu tun hatten. Ein roter Ford-Lieferwagen parkte am Straßenrand neben dem Holztransporter, und ein Mann mit einem Regencape aus Plastik öffnete die Fahrertür und stieg aus, als Officer Jared Penwick anhielt.

Mulder sah sich forschend um und entdeckte Reifenspuren im nassen Gras, die ihm verrieten, daß der Holztransporter in unkontrollierten Schlangenlinien gefahren war, bevor er im Graben zum Stehen gekommen war. Ein paar Regentropfen zerplatzten an der Windschutzscheibe des Streifenwagens, und Jared ließ die Scheibenwischer weiterlaufen. Er griff nach seinem Funkgerät, drückte den Sendeknopf und meldete der Zentrale, daß er am Unfallort eingetroffen war.

Der Mann aus dem Lieferwagen wartete unter seinem Regencape aus Plastik geduckt neben dem Fahrzeug, als sich ihm der Polizist mit knirschenden Schritten näherte. Mulder folgte ihm und knöpfte seinen Mantel zu, weil er fror. Der Wind und der Regen zerzausten sein Haar, aber es gab nichts, das er dagegen tun konnte.

«Du hast doch da drinnen nichts angerührt, oder, Dominic?» fragte Jared.

«Ich halte mich von dem Ding da fern», sagte der Mann aus dem Lieferwagen mit einem mißtrauischen Blick in Mulders Richtung. «Dieser Kerl da drinnen ist mir unheimlich.»

«Das hier ist Agent Mulder vom FBI», sagte Jared. Es klang fast ehrfürchtig.

«Ich kam hier die Straße entlang», berichtete Dominic, die Augen noch immer auf Mulder gerichtet, um dann zu dem schrägstehenden Holztransporter hinüberzusehen. «Als ich den Truck entdeckte, dachte ich zuerst, der Fahrer hätte auf der regennassen Fahrbahn die Kontrolle verloren. Manchmal halten die Trucker einfach am Straßenrand und machen ein Nickerchen – auf dieser Strecke ist nicht viel los, wissen Sie –, aber so, wie er parkte, gefährdete er den Verkehr. Er hatte auch kein rotes Warndreieck aufgestellt, obwohl das Vorschrift ist. Ich wollte ihm den Arsch dafür aufreißen.»

Dominic wischte sich den Regen aus dem Gesicht und schüttelte den Kopf. Er schluckte hart. «Aber dann habe ich einen Blick ins Fahrerhaus geworfen. Mein Gott, so was habe ich noch nie gesehen.»

Mulder ließ Jared und den Besitzer des Lieferwagens stehen und ging hinüber zum Holztransporter. Er hielt sich am Griff der Fahrertür fest und zog sich vorsichtig aufs Trittbrett.

Der Fahrer des Lastwagens hing verkrümmt auf seinem Sitz, die Arme verdreht, die Beine angezogen, die Knie gegen das Lenkrad gedrückt, wie ein Kakerlak, den man mit einem besonders heimtückischen Insektengift besprüht hatte.

Das Gesicht des korpulenten Mannes war von Geschwülsten entstellt, die Kinnlade hing nach unten. Das Weiß seiner Augen war rauchig grau und von roten Linien durchzogen, die viel dicker als geplatzte Äderchen waren. Seine ganze Haut war von rötlich-schwarzen Flecken bedeckt, als hätte es einen Bombenangriff auf seine Blutgefäße gegeben.

Das Seitenfenster war geschlossen. Der Regen rann vom schrägstehenden Dach der Kabine und tropfte am Beifahrerfenster hinunter. Die Windschutzscheibe war innen an einigen Stellen beschlagen. Von der Leiche schien Dampf aufzusteigen.

Mulder drehte sich auf dem Trittbrett zu dem Staatspolizisten um, der neugierig zu ihm hinüberblickte. «Überprüfen Sie das Kennzeichen», rief er. «Wir müssen feststellen, wer dieser Mann war und wohin er wollte.»

Mulder gefiel es ganz und gar nicht, in unmittelbarer Nähe des vermuteten Aufenthaltsortes von Patrice und Jody Kennessy noch eine dieser schrecklich entstellten Leichen gefunden zu haben – nur wenige Kilometer von dem Blockhaus entfernt, zu dem Scully gefahren war.

Der Polizist kam näher und spähte durch das Seitenfenster der Fahrerseite, als wäre der Tote eine Zirkusattraktion. «Grauenhaft», murmelte er. «Was ist mit dem Mann passiert?»

«Niemand sollte den Körper berühren, bis wir nicht Verstärkung erhalten haben», sagte Mulder scharf. «Der Gerichtsmediziner von Portland hat bereits einen ähnlichen Fall erlebt. Vielleicht sollten wir ihn benachrichtigen, weil er damit schon Erfahrung hat.»

Der Polizist zögerte, als ob er noch ein Dutzend weitere Fragen stellen wollte, wandte sich aber dann ab und kehrte zu seinem Funkgerät zurück.

Mulder ging um den Kühler des Trucks herum und stellte fest, daß sich die Kabine nach rechts geneigt hatte und das Fahrzeug fast umgekippt wäre. Allerdings hielten die Ketten die gesplitterten Baumstämme sicher auf der Ladefläche, so daß zunächst einmal keine Gefahr bestand.

Als die Schüttelkrämpfe des Fahrers eingesetzt hatten und er mit dem schweren Transporter von der Straße abgekommen war, mußte sein Fuß glücklicherweise vom Gaspedal gerutscht sein. Der Holztransporter war auf dieser Steigung zum Stehen gekommen, ohne gegen einen Baum zu prallen oder eine steile Böschung hinunterzustürzen.

Mulder musterte den Kühlergrill des Trucks, während der Regen wieder stärker wurde. Wasser tropfte in seinen Nacken. Er schüttelte sich und schlug den Mantelkragen hoch.

Er ging um den Laster herum und stieg in den Straßengraben. Wasser gurgelte um seine Schuhe, Unkraut strich über seine Hosenaufschläge. Wenn er erst einmal völlig durchweicht war, sagte er sich, würde ihm auch der Regen nichts mehr ausmachen.

Dann sah er, daß die Beifahrertür des Holztransporters einen Spalt weit offenstand.

Er erstarrte. Sofort schossen ihm andere Möglichkeiten durch den Kopf. War vielleicht noch jemand in dem Truck gewesen, ein Passagier – ein Beifahrer, vielleicht sogar ein Anhalter? Vielleicht der Träger dieses tödlichen biologischen Wirkstoffs?

Mulder trat vorsichtig an die offene Tür, drehte sich dann um und suchte die Bäume und das hohe Gestrüpp nach einer zweiten Leiche ab, der Leiche eines Passagiers, der dieselben Krämpfe bekommen, sich aber mit letzter Kraft aus dem Truck geschleppt hatte und draußen zusammengebrochen war.

Aber er sah nichts. Der Regen wurde stärker.

«Haben Sie was gefunden, Agent Mulder?» rief der Polizist.

«Noch nicht», sagte er. «Bleiben Sie, wo Sie sind.»

«Ich habe Verstärkung angefordert», informierte ihn der Polizist. «Der Gerichtsmediziner aus Portland ist ebenfalls unterwegs. Sie müßten bald hier sein.» Dann ließ er Mulder seine Untersuchung fortsetzen und wandte sich wieder dem Fahrer des Lieferwagens zu.

Vorsichtig zog Mulder an der schweren Beifahrertür, und sie schwang knarrend auf. Er trat zurück und spähte ins Innere.

Aus diesem Blickwinkel sah der tote Trucker noch verkrümmter und verdrehter aus. Die Windschutzscheibe auf seiner Seite und das Fenster der Fahrertür waren beschlagen. Die Luft roch feucht, aber nicht nach den Ausdünstungen des Todes. Trotz seines schrecklichen Zustands mußte der Mann erst vor kurzem gestorben sein.

Doch am meisten interessierte ihn der Beifahrersitz. Er entdeckte die Fetzen eines zerrissenen Hemdes und Tropfen einer seltsamen, durchscheinenden klebrigen Substanz auf der Polsterung. Eine Art geronnenen ... Schleims, wie ihn Mulder bereits bei dem toten Nachtwächter gesehen hatte.

Er schluckte hart und hielt sich in sicherer Entfernung, achtete sorgfältig darauf, nichts zu berühren. Offenbar handelte es sich hier tatsächlich um dasselbe Phänomen wie in den DyMar-Laboratorien. Mulder war überzeugt, daß dieses fremde Toxin, dieser tödliche Erreger bei Kennessys verbotenen Forschungen entstanden war.

Vielleicht hatte der bedauernswerte Trucker jemand mitgenommen und sich bei ihm angesteckt. Nachdem der Transporter im Straßengraben gelandet und der Fahrer gestorben war, hatte sich der mysteriöse Beifahrer davongemacht.

Aber wohin war er geflohen?

Mulder entdeckte einen Fetzen Papier auf der Fußmatte vor dem Beifahrersitz. Zuerst hielt er es für Bonbonpapier oder ein Etikett, aber dann erkannte er, daß es ein Foto war, zerknickt und halb im Schatten des Sitzes verborgen.

Mulder zog einen Kugelschreiber aus der Tasche und beugte sich nach vorn, wobei er darauf achtete, nicht mit dem Schleim in Berührung zu kommen. Es war riskant, aber er hatte das sichere Gefühl, daß es wichtig war. Er zog das zerknitterte Foto mit dem Kugelschreiber zu sich heran. An den Ecken hingen Fäden, als wäre es während eines heftigen Kampfes aus einer Hemdtasche gefallen.

Er drehte das Foto mit dem Kugelschreiber um. Mulder hatte das Bild noch nie zuvor gesehen, aber er erkannte sofort die Gesichter der Frau und des Jungen. Er hatte sie in den vergangenen Tagen oft genug gesehen, hatte Hunderten von Leuten andere Fotos von Patrice und Jody gezeigt.

Das bedeutete, daß derjenige, den der Trucker mitgenommen hatte, der Träger der Nanotech-Seuche wird ebenfalls auf dem Weg zu der Frau und ihrem Sohn war.

Genau wie Scully.

Mulder wagte nicht, den Kugelschreiber wieder einzustecken, sondern warf ihn in den Laster. Als er um den Truck bog und zur Straße zurückkehrte, rief der Polizist nach ihm und winkte ihn zu seinem Streifenwagen. «Agent Mulder!»

Durchnäßt und durchgefroren, von zunehmender Spannung erfüllt, löste sich Mulder von dem Laster und ging zu Officer Penwick.

«Ein paar Kilometer hinter uns auf der Straße befindet sich eine Truck-Wiegestation. Sie ist nur selten geöffnet, aber mit automatischen Überwachungskameras der Highway Patrol ausgerüstet. Ich habe die Aufnahmen der letzten Stunden von einem Kollegen überprüfen lassen, ob sich darunter ein Foto von diesem Laster befindet.» Penwick grinste, und Mulder nickte lobend; der Mann hatte Scharfsinn bewiesen. «So können wir zumindest den genauen Zeitpunkt des Unfalls feststellen.»

«Haben Sie etwas gefunden?» fragte Mulder.

Der Staatspolizist lächelte. «Zwei Fotos. Das eine zeigt den vorbeifahrenden Holztransporter – 10 Uhr 52. Und ein paar Minuten früher ist ein Mann vorbeigegangen. Auf der Straße war kaum Verkehr.»

«Können Sie mir das Video zeigen?» fragte Mulder begierig. Er ließ sich in den Beifahrersitz sinken und sah auf den kleinen Monitor unter dem Armaturenbrett, der mit dem Polizeicomputer verbunden war.

«Ich dachte mir schon, daß Sie das fragen», sagte Penwick und hantierte an der Tastatur. «Ich hatte es gerade ... ah, da ist es ja.»

Die erste Aufnahme zeigte den Holztransporter, wie er die Straße hinunterbrauste; offenbar handelte es sich um dasselbe Fahrzeug, das jetzt im Graben stand. Der digitale Zeitkode am unteren Rand des Bildes bestätigte die Angaben des Polizisten.

Aber Mulder war mehr an etwas anderem interessiert. «Zeigen Sie mir den Anhalter, den anderen Mann.» Nachdenklich runzelte er die Stirn. Wenn der Nanotechnologie-Erreger so tödlich war, wie er vermutete, dann konnte der Trucker in der engen Fahrzeugkabine nicht lange überlebt haben.

Das neue Bild war etwas verschwommen, zeigte aber einen Mann, der am schlammigen Straßenrand entlangging, ohne den Regen zu beachten. Er blickte direkt in die Kamera der Wiegestation, als wäre er versucht, im Schuppen Unterschlupf zu suchen, ging dann aber weiter.

Doch Mulder hatte genug gesehen. Er kannte die Bilder aus den Akten, die DyMar-Hintergrunddossiers, die Fotos der beiden

Forscher, die angeblich in dem verheerenden Feuer umgekommen waren.

Es war Jeremy Dorman – David Kennessys Assistent. Er war noch am Leben.

Und wenn sich Dorman in DyMar infiziert hatte, dann war er in diesem Moment der Träger einer Substanz, die bereits mindestens zwei Menschen getötet hatte.

Er schlüpfte aus dem Streifenwagen und sah den Staatspolizisten eindringlich an. «Officer Penwick, Sie bleiben hier und bewachen die Unfallstelle. Dies ist ein sehr gefährlicher Ort. Niemand darf sich ohne entsprechende Schutzvorkehrungen der Leiche nähern oder gar in die Kabine des Trucks steigen.»

«Verstanden, Agent Mulder», nickte der Officer. «Aber wo wollen Sie hin?»

Mulder wandte sich an Dominic. «Sir, ich bin Bundesagent. Ich benötige Ihr Fahrzeug.»

«Meinen Lieferwagen?» fragte Dominic.

«Ich brauche ihn, um zu meiner Partnerin zu kommen. Ich fürchte, sie befindet sich in großer Gefahr.» Bevor Dominic protestieren konnte, öffnete Mulder die Tür des Ford-Lieferwagens und streckte die Hand aus. «Die Schlüssel, bitte.»

Dominic sah fragend den Staatspolizisten an, aber Officer Penwick zuckte bloß die Schultern. «Ich habe seinen Ausweis gesehen. Er ist, was er sagt.» Dann zog der Polizist seinen Hut ins Gesicht, um sich vor dem Regen zu schützen. «Keine Sorge, Dominic. Ich bringe dich nach Hause.»

Der Lieferwagenfahrer runzelte die Stirn, als würde ihm dieser Punkt die geringsten Sorgen bereiten. Mulder schlug die Tür zu und startete den Motor des alten Kleintransporters. Er hantierte an der Gangschaltung, fand schließlich den ersten Gang, legte ihn ein und drückte vorsichtig aufs Gaspedal.

«Passen Sie bloß gut auf meinen Wagen auf!» schrie Dominic. «Ich habe keine Lust, mich mit der Versicherung herumzuärgern.»

Mulder kurbelte das Fahrerfenster hinunter und rief: «Ich arbeite für die Regierung – Sie können mir vertrauen.»

Dann gab er Gas und hoffte, daß er Scully noch rechtzeitig erreichte.

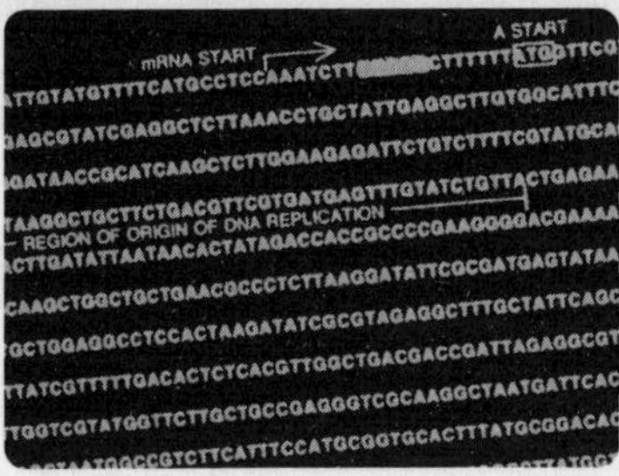

29

Blockhaus der Kennessys, Küstenregion, Oregon Freitag, 13:45 Uhr

Scully verfuhr sich zweimal auf den gewundenen, unbefestigten Straßen, die für die Holztransporter durch den Wald geschlagen worden waren, aber nachdem sie vorsichtig auf der schmalen Fahrspur gewendet hatte, fand sie schließlich die Zufahrt, die Max von der Gemischtwarenhandlung und Kunstgalerie beschrieben hatte. Sie sah keinen Briefkasten, nur einen metallenen Reflektorpfosten mit einer kryptischen Nummer.

Es war nur ein unbeschilderter Anliegerweg, der das dichte Unterholz teilte, eine Anhöhe hinaufführte und dann irgendwo dahinter in einer abgeschiedenen Niederung verschwand. Doch dies war er – der Ort, an dem Patrice und Jody Kennessy gefangengehalten wurden oder sich versteckten.

Scully bog in den Anliegerweg und fuhr so schnell es die Schlammpfützen und Schlaglöcher erlaubten. Zu beiden Seiten der Steigung rückte der Wald bedrohlich näher.

Sie holperte über eine Bodenwelle und erreichte den Kamm der Anhöhe. Der Unterboden des Autos schabte über den Schotter, als sie den Hang hinunterfuhr. Vor ihr, auf einer großen, lückenlos von Bäumen umgebenen Lichtung, stand ein einsames Blockhaus. Ein perfektes Versteck.

Diese bescheidene, fast armselige Behausung wirkte noch primitiver und unauffälliger als das Survivalisten-Lager, das sie und Mulder tags zuvor besucht hatten.

Vorsichtig fuhr sie weiter und entdeckte neben dem Blockhaus, unter einem Vordach aus Wellblech, geschützt vor dem Regen, ein schlammverdrecktes Auto. Der Wagen war ein Volvo, das typische Fahrzeug eines Yuppie-Medizinforschers – ein alteingesessener Bewohner dieser Bergregion hätte eher einen alten Kleintransporter oder einen geländegängigen Jeep benutzt.

Ihr Herz raste. Sie spürte, daß sie auf der richtigen Spur war, und sie hoffte, daß Mulder nichts passierte, wenn er die Leiche des Truckers untersuchte. Doch im Moment war sie ganz auf sich allein gestellt.

Sie hielt vor dem Blockhaus und wartete ein paar Sekunden. Dies war eine gefährliche Situation. Sie war ohne jede Unterstützung hier. Sie wußte nicht, ob sich Patrice und Jody freiwillig versteckten oder ob jemand sie gefangenhielt, jemand mit einer Waffe.

Als Scully ausstieg, hämmerte ihr Herz. Rote Flecken tanzten vor ihren Augen, und sie blieb stehen, aber dann atmete sie tief durch, riß sich zusammen und warf die Wagentür zu. «Hallo?»

Sie konnte sich nicht heimlich anschleichen. Jeder, der sich in diesem Blockhaus aufhielt, mußte ihren Wagen bereits auf der Anhöhe gehört haben. Sie hatte keine andere Möglichkeit, als offen aufzutreten.

Scully wartete noch ein paar Sekunden neben dem Auto. Sie zog mit ihrer linken Hand den Dienstausweis aus der Tasche und behielt die rechte an der Sig-Sauer-Pistole an ihrer Hüfte. Sie war auf alles vorbereitet.

Doch vor allem wollte sie den Jungen finden und dafür sorgen, daß er die medizinische Behandlung bekam, die er brauchte.

«Hallo? Ist jemand da?» fragte Scully. Sie rief nicht, sprach aber so laut, daß jeder, der sich im Haus befand, sie hören mußte. Sie machte zwei Schritte.

Das Blockhaus hatte etwas Gespenstisches an sich. Die Fenster waren dunkel, die Vorhänge zugezogen. Nichts rührte sich im Inneren ... aber die Tür stand einen Spalt weit offen.

Neben der Tür bemerkte sie plötzlich ein frisches Loch in der Holzverkleidung, umgeben von Splittern ... Einschußlöcher, typisch für eine kleinkalibrige Waffe.

Scully trat auf die schlüpfrige Holzveranda. «Jemand zu Hause?» fragte sie wieder. «Ich bin Bundesagentin.» Sie wollte nicht laut schreien, um nicht die ganze Umgebung zu alarmieren. Sie würde Schritt für Schritt vorgehen.

Aber als sie vor der angelehnten Tür stehenblieb, sah Scully nach links und entdeckte eine Gestalt im hohen Gras neben dem Blockhaus. Eine menschliche, regungslos daliegende Gestalt.

Scully erstarrte, alle Sinne hellwach, trat dann an den Rand der Veranda und spähte über das Geländer. Es war eine Frau, die da mit dem Gesicht nach unten im hohen Gras lag.

Scully machte kehrt, stürzte die Treppe hinunter und blieb abrupt stehen, als sie erkannte, daß es sich um Patrice Kennessy handeln mußte; das rotblonde Haar und das schmale Gesicht sprachen dafür – aber damit hörte die Ähnlichkeit auch schon auf.

Scully dachte an das Foto der lächelnden Frau, das sie sich so oft angesehen hatte: ihr Mann ein bekannter und begabter Forscher, ihr Sohn lachend und glücklich – bis er an Leukämie erkrankt war.

Aber Patrice Kennessy war nicht mehr die lebhafte, tatkräftige Frau, die ihren Sohn beschützt hatte. Sie lag jetzt zusammengekrümmt im Gras, den Kopf verdreht, das Gesicht im Tode zu einer grimmigen, verzweifelten Maske erstarrt. Ihre Haut war von zahllosen Blutergüssen gefleckt und von Geschwülsten aller Formen und Größen bedeckt. Ihre Augen waren geschlossen, und Scully entdeckte winzige Blutstropfen zwischen den Lidern. Ihre Hände waren wie Klauen ausgestreckt, als hätte sie sich mit aller Kraft gegen einen grausigen Gegner verteidigt.

Scully stand wie gelähmt da. Sie war zu spät gekommen.

Als Ärztin wußte sie, daß sie die wahrscheinlich hochinfektiöse Leiche nicht berühren, sich nicht einmal in ihre Nähe wagen durfte. Patrice war bereits tot. Jetzt blieb nur noch eins zu tun – sie mußte Jody finden und ihn in Sicherheit bringen. Vorausgesetzt, ihm war noch nichts zugestoßen.

Sie hörte den Wind in den hohen Kiefern rauschen, hörte das Flüstern und Wispern der aneinanderreibenden Nadeln. Die dichten Wolken am Himmel waren regenschwer. Das Zwitschern einiger Vögel mischte sich in die anderen Laute des Waldes, aber ansonsten war es bedrückend still an diesem einsamen Ort.

Dann hörte sie aus dem Wald das aufgeregte Gebell eines Hundes dringen – und einen Moment später den lauten Knall eines Schusses.

«Komm sofort her, verdammt!» rief eine ferne, barsche, drohende Stimme. «Jody, komm her.»

Scully zog jetzt ihre Pistole und näherte sich dem Wald, folgte dem Klang der Stimme. Jody war noch immer hier und rannte um sein Leben – und ein Mann, der die Seuche in sich tragen mußte, der Mann, der Patrice Kennessy angesteckt hatte, war jetzt hinter dem Jungen her.

Scully mußte ihn zuerst erreichen. Sie rannte in den Wald.

30

Blockhaus der Kennessys, Küstenregion, Oregon
Freitag, 13:59 Uhr

Der Junge rannte und rannte, aber Dorman blieb ihm auf den Fersen. Die einzige Zuflucht, die Jody einfiel, war das Blockhaus, endlos weit entfernt auf der anderen Seite des Waldes. Das kleine Haus versprach nicht viel Sicherheit, aber wohin sollte er sich sonst wenden? Wenigstens konnte er hoffen, dort eine Waffe zu finden, irgend etwas, mit dem er sich wehren konnte.

Seine Mutter war einfallsreich, und Jody konnte es auch sein. Er hatte in den vergangenen Wochen eine Menge von ihr gelernt.

Jody lief in einem langen, weiten Bogen durch den Wald und näherte sich der Lichtung von hinten. Vader kläffte weiter zwischen den Bäumen, rannte manchmal an Jodys Seite, um dann wieder davonzuspringen, als wollte er jagen oder spielen. Jody fragte sich, ob der schwarze Labrador das alles tatsächlich nur für ein Spiel hielt.

Er stolperte weiter, obwohl seine Beine jetzt schmerzten, als hätte man ihm spitze Nägel in die Knie geschlagen. Die Seitenstiche waren schier unerträglich geworden. Peitschende Zweige und spitze Kiefernnadeln hatten ihm das Gesicht zerkratzt, aber er schenkte den Kratzern keine Beachtung; sie würden schnell verheilen. Seine Kehle war wie ausgetrocknet, und er bekam kaum noch genug Luft …

So leise wie möglich stolperte er weiter durch die Wildnis, in der es keine Wege gab, keine Orientierungsmöglichkeit, aber er hatte in den letzten Wochen so oft im Wald gespielt, daß er sich auskannte und wußte, wo das Blockhaus lag. Vader würde ihm folgen. Gemeinsam würden sie es schaffen und mit heiler Haut davonkommen.

Von der Anhöhe aus konnte Jody das kleine Haus und die Wiese bereits erkennen. Er war weiter gelaufen, als er gedacht hatte. Als er genauer hinsah, entdeckte er auf der Zufahrt ein anderes Auto. Ein fremdes Auto.

Kalte Furcht ergriff ihn. Noch jemand hatte sie aufgespürt! Einer von diesen anderen Leuten, vor denen ihn seine Mutter gewarnt hatte. Selbst wenn es ihm gelang, Jeremy Dorman abzuhängen und sich im Blockhaus zu verstecken – würden dort die anderen nicht schon auf ihn warten?

Aber im Moment stellte Dorman die größere Gefahr dar.

Dorman folgte ihm noch immer, pflügte wie eine Ramme durch die Bäume und das Unterholz und kam immer näher. Jody konnte nicht fassen, wie schnell der breitschultrige Mann rennen konnte, denn selbst seinen ungeschulten Augen war aufgefallen, daß der Laborassistent nicht besonders gesund aussah.

«Jody, warte! Wenn du mich nur eine Sekunde mit dir reden läßt, dann werde ich dir nichts tun!»

Jody ersparte sich eine Antwort. Er rannte weiter auf das Blockhaus zu, um dann abrupt an einem steilen Abhang stehenzubleiben, wo ein Erdrutsch die sanft ansteigende Anhöhe abrasiert hatte. Zwei riesige Bäume waren dabei entwurzelt worden, waren umgestürzt und hatten im Erdreich ein Loch wie eine offene Wunde hinterlassen.

Jody hatte keine Zeit, das Hindernis zu umgehen. Dorman kam viel zu schnell näher; er stolperte den Hang hinunter, hielt sich dabei an den Bäumen fest und schleppte sich unbeirrt weiter.

Der Abhang sah viel zu steil aus. Er konnte unmöglich hinunterklettern.

Er hörte wieder das Hundegebell und sah links vom Erdrutsch, ein Stück unter sich, Vader breitbeinig stehen, die Pfoten in den Boden gegraben, das Fell voller Kletten und vertrockneter Kiefernnadeln. Er bellte den Jungen an.

Jody hatte keine andere Wahl, als ihm zu folgen. Er schwang sich vorsichtig über den Rand des Erdrutsches und kletterte langsam nach unten. Auf der Suche nach einem Halt bohrte er seine Finger in das kalte Erdreich und trat auf lockere Steine. Er hörte Zweige knacken und Äste brechen, als Dorman näher und näher kam.

Jody versuchte sich zu beeilen. Er sah nach oben und entdeckte, daß ihn die breitschultrige Gestalt fast erreicht hatte. Er keuchte – und seine Hand rutschte ab.

Jodys Fuß trat auf einen Felsbrocken, der wie ein verfaulter, gelockerter Zahn aus dem Erdreich ragte und unter seinem Gewicht abrupt nachgab. Er unterdrückte einen Schrei, als er in die Tiefe stürzte.

Seine Finger krallten sich verzweifelt in die Erde, aber er rutschte immer weiter ab, überschlug sich mehrmals, von Geröll begleitet.

Für einen kurzen Moment sah Jody Dorman am Rand des Erdrutsches stehen, die Hände wie Klauen ausgestreckt, bereit, sich zu bücken und ihn zu packen – aber der Junge war schon zu weit entfernt und rutschte immer schneller in die Tiefe.

Im Fallen drehte sich Jody, schlug zuerst mit der Seite, dann mit dem Kopf gegen etwas Hartes – aber er blieb bei Bewußtsein, von der Angst erfüllt, daß er sich ein Bein brechen oder eine andere Verletzung zuziehen könnte und Dorman ihn dann einholen würde.

Steine und Erdreich regneten auf ihn nieder, aber er schrie nicht, stöhnte nicht einmal – und endlich kam er am Fuß des Steilhangs, an einem der entwurzelten Bäume, zum Halten. Das verfilzte Wurzelwerk erinnerte an die Borsten einer schmutzverkrusteten Bürste. Er schlug hart gegen den Stamm und blieb einen Moment keuchend liegen, um sich dann mühsam aufzurichten. Sein Rücken schmerzte.

Dann sah er zu seinem Entsetzen, wie Jeremy Dorman den Steilhang hinunterschlidderte und es irgendwie schaffte, dabei nicht das Gleichgewicht zu verlieren. Seine Füße bohrten tiefe Furchen in die weiche Hügelflanke und wirbelten Erdreich und Kieselsteine hoch. Er fuchtelte drohend mit seinem Revolver, damit sich Jody nicht von der Stelle rührte – aber Jody hatte ohnehin nicht die Kraft, aufzuspringen und davonzulaufen.

Dicht über dem Jungen blieb Dorman stehen. Sein Gesicht war gerötet ... und seine Haut schien sich zu *kräuseln*, zu wellen, Blasen zu werfen wie ein Topf Kerzenwachs, der langsam zu kochen beginnt. Wut und Erschöpfung verzerrten das Gesicht des Mannes.

Er hob den Revolver, packte ihn mit beiden Händen und richtete die Mündung auf Jody. Sie sah wie das Auge eines Zyklopen aus, wie das aufgerissene Maul einer tödlichen Viper.

Dann sackten seine Schultern nach unten, und er starrte den Jungen ein paar Sekunden schweigend an. «Jody», sagte er schließlich, «warum machst du es mir nur so schwer? Habe ich nicht schon genug durchgemacht – hast *du* nicht schon genug durchgemacht?»

«Wo ist meine Mom?» fragte Jody keuchend. Sein Herz hämmerte laut, und sein Atem fühlte sich kalt und frostig an, stach wie mit Messern in seine Lunge. Schwankend kam er auf die Knie.

Dorman fuchtelte wieder mit dem Revolver. «Ich brauche nur ein wenig Blut von dir, Jody, mehr nicht. Nur ein wenig Blut. Frisches Blut.»

«Ich sagte, wo ist meine Mom?» schrie Jody.

Dormans Miene verdüsterte sich. Der Junge und der Mann waren so auf sich konzentriert, daß keiner von ihnen gehört hatte, wie sich eine dritte Person näherte.

«Keine Bewegung! FBI!»

Fünf Meter weiter stand Dana Scully breitbeinig zwischen den Bäumen, die Arme ausgestreckt, ihre Pistole mit beiden Händen haltend, Dorman im Visier.

«Rühren Sie sich nicht von der Stelle», warnte sie.

Scully war keuchend dem Gebell des Hundes und dem wütenden Geschrei gefolgt. Als sie den massigen Mann drohend über Jody Kennessy stehen sah, wußte sie, daß sie diesen Mann – diesen Träger des tödlichen virulenten Krebses – mit allen Mitteln daran hindern mußte, den Jungen zu berühren.

Der furchterregende Mann und der Junge drehten sich gleichzeitig um und starrten sie verblüfft an. Erleichterung huschte über Jodys Gesicht, verwandelte sich aber schnell in Argwohn.

«Sie sind eine von *ihnen*!» flüsterte der Junge.

Scully fragte sich, wieviel Patrice Kennessy ihm wohl erzählt hatte, wieviel Jody über den Tod seines Vaters und die mutmaßliche Verschwörung gegen die DyMar-Laboratorien wußte.

Aber was sie am meisten erstaunte, war das Aussehen des Jungen. Er wirkte gesund, nicht hager und ausgezehrt, nicht bleich und krank. Er hätte jetzt im letzten Stadium der tödlichen lymphoblastischen Leukämie sein müssen. Sicher, Jody wirkte erschöpft, zerschunden … von ständiger Furcht und

Schlafmangel gezeichnet. Aber er sah gewiß nicht wie ein sterbenskranker Krebspatient aus.

Vor fast einem Monat hatte Jody auf der Schwelle des Todes gestanden. Aber jetzt war der Junge kilometerweit durch den Wald gerannt und von diesem Mann nur eingeholt worden, weil er gestolpert und einen steilen Hang hinuntergestürzt war.

Der große Mann bedachte Scully mit einem drohenden Blick, ignorierte sie dann und beugte sich zu dem Jungen.

«Ich sagte, keine Bewegung», schrie Scully. Sie hatte den Revolver in seiner Hand bemerkt und fürchtete, daß er Jody als Geisel nehmen wollte. «Lassen Sie Ihre Waffe fallen», befahl sie, «und weisen Sie sich aus.»

Der Blick des Mannes verriet so viel Abscheu und Ungeduld, daß sie unwillkürlich fror. «Sie wissen nicht, was hier vor sich geht», sagte er. «Hören Sie auf, sich einzumischen.» Gierig sah er wieder auf Jody hinunter, dann kehrte sein Blick abrupt zu Scully zurück. «Sind Sie eine von *ihnen*? Hat der Junge recht? Sind Sie hier, um uns beide zu beseitigen?»

Ehe sie antworten oder weitere Fragen stellen konnte, schoß ein dunkler Schemen wie ein raketengetriebener Rammbock aus dem Unterholz und auf den Mann zu, der Jody bedrohte.

Es war der Hund, erkannte Scully, der schwarze Labrador, der von einem Auto angefahren worden war, seine schweren Verletzungen irgendwie überlebt hatte, dann aus der Tierarztpraxis geflohen und zu Patrice und Jody zurückgekehrt war.

«Vader!» schrie Jody.

Der Hund sprang. Labradors sind keine Kampfhunde, aber Vader mußte die Furcht und die Spannung in der Luft gespürt haben. Er wußte, wer der Feind war, und er griff an.

Der kräftige Mann fuhr herum, riß seine Waffe hoch und wollte auf den plötzlich aufgetauchten Angreifer schießen – aber da prallte der Hund schon knurrend und zähnefletschend gegen ihn. Der Mann stieß einen Schrei aus, schlug mit der freien Hand wild um sich – und drückte den Abzug.

Der Schuß hallte wie ein Donnerschlag durch den stillen Wald fernab der Straße.

Die Kaliber-38-Kugel traf den Jungen in die Brust, bevor er sich zur Seite werfen konnte. Blut spritzte aus der Wunde, und die Wucht des Einschlags schmetterte die schmale Gestalt des Jungen gegen den entwurzelten Baum, als hätte ihn jemand an unsichtbaren Fäden abrupt nach hinten gerissen. Jody schrie und rutschte an dem regennassen Stamm des umgestürzten Baumes nach unten.

Vader warf den Schützen zu Boden. Der Mann versuchte, den Hund abzuschütteln, aber der rasende schwarze Labrador verbiß sich in seinem Gesicht, seiner Kehle.

Scully rannte zu dem verwundeten Jungen, sank auf die Knie und barg Jodys Kopf in ihrem Schoß. «O mein Gott!»

Der Junge blinzelte. Seine Augen weiteten sich vor Erstaunen, und sein Blick schien in die Ferne gerichtet. Blut quoll aus seinem Mund, und er spuckte es aus. «So müde.» Sie strich ihm übers Haar, unfähig, an den großen Mann zu denken, der auf ihn geschossen hatte.

Der Hund knurrte weiter, schnappte mit den Zähnen, grub seine Schnauze in die Kehle des Mannes, zerfetzte Sehnen. Blut spritzte auf den Waldboden. Der Mann ließ seinen rauchenden Revolver fallen, trommelte mit den Fäusten gegen den Brustkorb des schwarzen Labradors und versuchte verzweifelt, ihn abzuschütteln, aber er wurde schwächer und schwächer.

Scully ignorierte ihn und starrte die Brust des Jungen an, das saubere runde Loch in seinem Hemd, aus dem schaumiges, scharlachrotes Blut quoll. Die Lage der Wunde verriet ihr, daß Jody mehr brauchte als Erste Hilfe.

«O nein», flüsterte sie, beugte sich über ihn, riß Jodys Hemd auf und musterte die Schußwunde. Die Kugel hatte den linken Lungenflügel durchdrungen und wahrscheinlich das Herz getroffen. Eine schwere Verletzung – eine tödliche Verletzung.

Er würde nicht überleben.

Jodys Haut wurde grau und fahl. Seine Augen waren jetzt geschlossen; er hatte das Bewußtsein verloren. Aus der Schußwunde quoll noch immer Blut.

Endlich handelte Scully, wie es von einer Ärztin erwartet wurde, legte ihre Handfläche auf die Wunde und drückte, so fest sie konnte, um die Blutung zu stoppen. Sie hörte, wie der Hund seinen Angriff auf den zu Boden gestürzten Mann fortsetzte – ein brutaler Angriff, voller Haß und Rachsucht, als hätte der Mann dem Hund einmal etwas sehr Böses angetan. Aber sie entschied sich dennoch dafür, dem Jungen zu helfen. Sie mußte die starke Blutung der Schußwunde stoppen.

31

Blockhaus der Kennessys,
Küstenregion, Oregon
Freitag, 14:20 Uhr

Das plötzliche Blutbad lähmte Scully, und die Zeit schien stillzustehen, der Wald näher zu rücken. Der Geruch von Blut und Schwarzpulver hing schwer in der Luft. Die Vögel verstummten, der Wind ließ nach.

Sie zögerte nur einen kurzen Moment und besann sich dann wieder auf ihre Rolle als Bundesagentin. Sie löste sich abrupt von dem tödlich verwundeten Jungen und stürzte zu dem Hund, der noch immer knurrte und nach dem zu Boden gestürzten Mann schnappte. Sie packte Vaders Nackenfell und versuchte, ihn trotz seiner heftigen Gegenwehr von seinem blutenden Opfer wegzuziehen, das zuckend auf dem schmutzigen, laub- und zweigbedeckten Boden lag.

«Weg da, Hund!» stieß sie hervor und zog kräftiger.

Der Hund knurrte weiter, und Scully dämmerte, wie gefährlich es für sie war, sich auf ein Tier zu stürzen, das gerade die Kehle eines Mannes zerfetzt hatte. Aber dann beruhigte sich der schwarze Labrador, wich zurück und setzte sich gehorsam in das feuchte Laub. Schaumiges Blut klebte an seiner Schnauze, und seine sepiafarbenen, glänzenden Augen blitzten vor Zorn und fixierten noch immer die liegende Gestalt. Scully sah seine roten Fänge und schauderte.

Sie musterte den Mann, der Jody bedroht, der den Jungen erschossen hatte. Seine Kehle war zerrissen. Sein Hemd hing in Fetzen, als hätte man es durch einen Fleischwolf gedreht.

Obwohl der Mann offensichtlich tot war, zuckte seine Hand wie ein Frosch auf einem Seziertisch. Seine Haut war in ständiger Bewegung, als würde unter ihr eine ganze Kolonie von Kakerlaken wimmeln. An einigen Stellen glänzte sie feucht und gelatinös ... wie der Schleim, den Scully bei der Autopsie von Vernon Ruckmans Leiche entdeckt hatte.

Außerdem wies seine Haut unregelmäßige dunkle Flecken auf ... aber sie verblaßten, um an anderer Stelle wiederaufzutauchen, wie mobile Blutergüsse, die sich zurückbildeten und über seinen ganzen Körper wanderten. Dieser Mann war der Träger der unmittelbar tödlichen Seuche, die Patrice Kennessy, Vernon Ruckman und wahrscheinlich auch den Trucker umgebracht hatte, um den sich Mulder jetzt kümmerte. Scully wußte nicht, wer er war, aber er mußte irgend etwas mit den DyMar-Laboratorien zu tun haben, mit David Kennessys Forschungen und der radikalen Krebstherapie, die er für seinen Sohn zu entwickeln versucht hatte.

Die Zeit schien stillzustehen, als Scully zu dem schwarzen Labrador hinüberblickte, um sich zu vergewissern, ob auch Vader Symptome der Seuche zeigte – aber offenbar konnte die Zellzerstörung die Artenschranke nicht ohne weiteres überwinden. Vader saß geduldig da, wedelte nicht mit dem Schwanz und schien auf ihre Reaktion zu warten. Er winselte, als wollte er rechtfertigen, was er zur Verteidigung des Jungen getan hatte.

Sie drehte sich zu Jody um, der noch immer keuchend dalag und aus seiner Brustwunde blutete. Sie riß einen Teil von Jodys Hemdsärmel ab und preßte den dicken Stoff fest auf die offene, blutende Wunde.

Es war eine penetrierende Wunde – die Kugel war nicht aus Jodys Rücken wieder ausgetreten, sondern steckte irgendwo in seiner Lunge, seinem Herzen ...

Scully konnte sich nicht vorstellen, wie der Junge diese Verletzung überleben sollte – aber sie versuchte gar nicht erst zu denken, sondern reagierte automatisch, versorgte ihn und tat alles, was nötig war. Sie hatte früher schon Kollegen verloren, hatte erlebt, wie andere Agenten niedergeschossen worden waren – aber sie fühlte sich Jody auf einzigartige Weise verbunden.

Der zwölfjährige Junge litt genau wie sie an unheilbarem Krebs, war genau wie Scully das Opfer einer Laune des Schicksals, der Mutation von Zellen. Jodys eigener Körper hatte ihn bereits zum Tode verurteilt, aber Scully wollte nicht zulassen, daß ein tragischer Unfall ihm auch noch die letzten ein oder zwei Monate seines Lebens raubte. Zumindest in diesem Punkt konnte sie helfen.

Sie fummelte in ihrer Tasche und zog das Handy heraus. Mit bebenden, blutverschmierten Fingern drückte sie die Kurzwahltaste für die programmierte Nummer von Mulders Handy – aber alles, was sie hörte, war statisches Rauschen. Die einsamen, bewaldeten Berge lagen außerhalb des Funkbereichs. Sie versuchte es dreimal und hoffte zumindest auf ein schwaches Signal, auf eine zufällige Öffnung im elektromagnetischen Fenster der Ionosphäre ... aber sie hatte kein Glück. Scully war von der Welt abgeschnitten, allein.

Sie dachte daran, zurück zu ihrem Wagen zu laufen und über die schlammige Wiese so dicht wie möglich an den Erdrutsch heranzufahren, dann zu Jody zurückzurennen und ihn zum Wagen zu tragen. So wäre es am einfachsten – vorausgesetzt, das Auto konnte über die morastige und unebene Wiese fahren.

Aber das bedeutete auch, daß sie Jody verlassen mußte. Sie sah das Blut an ihren Händen, das von seiner Schußwunde stammte, sah sein bleiches Gesicht und bemerkte, daß er nur noch flach und stoßweise atmete. Nein, sie würde ihn nicht allein lassen. Jody könnte sterben, bevor sie mit dem Auto zurück war, und sie schwor sich, den Jungen nicht allein sterben zu lassen.

«Sieht aus, als müßte ich dich tragen», sagte sie grimmig und bückte sich, um den jungen Mann aufzuheben.

Scully war keine besonders kräftige Frau, aber Jody war leicht und zerbrechlich. Obwohl er sich von den schlimmsten Folgen seiner auszehrenden Krankheit erholt zu haben schien, hatte er nicht viel zugenommen, und sie konnte ihn problemlos hochheben. Trotzdem war sie froh, nicht weit vom Blockhaus entfernt zu sein.

Vader winselte und wollte näher kommen.

Jody stöhnte, als sie ihn vom Boden hob. Sie achtete darauf, ihm keine zusätzlichen Schmerzen zu bereiten, aber sie hatte keine andere Wahl, als ihn zum Wagen zu tragen und dann mit halsbrecherischer Geschwindigkeit zum nächsten Krankenhaus zu fahren … wo immer das auch sein mochte.

Sie ließ die übel zugerichtete und blutige Gestalt des Angreifers auf dem aufgewühlten Waldboden liegen. Ein Teil von ihr wollte auf den Mann spucken, aber sie war ein Profi. Er war tot, vor ihren Augen gestorben.

Später würde die Spurensicherung kommen und die Leiche dieses Mannes und Patrices sterbliche Überreste untersuchen. Aber das würde noch eine Weile dauern. Bis dahin blieb noch genug Zeit, die Hintergründe dieses Falles aufzuklären.

Im Moment wollte Scully nur diesen Jungen zu einem Arzt bringen.

Sie fühlte sich hilflos. Sie war sicher, daß weder sie noch die Ärzte in der Notaufnahme des Krankenhauses viel für den Jungen tun konnten. Vermutlich kam jede Hilfe zu spät.

Aber sie wollte nicht aufgeben.

Jody fühlte sich warm und fiebrig in ihren Armen an. Unglaublich heiß, um genau zu sein. Aber Scully konnte keine Zeit mit der Suche nach einer Erklärung dafür verschwenden. Sie trottete, so schnell sie konnte, aus dem Wald. Der schwarze Labrador blieb ihr dicht auf den Fersen, stumm und besorgt.

Jody blutete weiter. Karmesinrote Tropfen perlten auf den Waldboden, das Gras und schließlich auf die Lichtung um das Blockhaus. Sie sah starr geradeaus und näherte sich Schritt für Schritt ihrem Mietwagen. Sie mußte von hier verschwinden, sich beeilen.

Als sie an Patrice Kennessys entstellter Leiche vorbeikamen, riskierte sie einen Seitenblick. Sie war froh, daß Jody seine Mutter nicht in diesem Zustand gesehen hatte. Vielleicht wußte er nicht einmal, was ihr zugestoßen war; vielleicht war er vorher in den Wald geflohen.

Scully erreichte das Auto, legte den Jungen sanft auf den Boden und lehnte ihn mit dem Rücken an den Kotflügel, während sie die hintere Tür öffnete. Vader bellte, sprang hinein und bellte wieder, als wollte er sie zur Eile antreiben.

Scully hob Jodys schlaffen Körper hoch und bugsierte ihn behutsam ins Auto. Ihr improvisierter, blutgetränkter Verband hatte sich unterwegs gelöst und war heruntergefallen. Aber die Blutung der großen Wunde hatte nachgelassen, die Gerinnung eingesetzt. Vielleicht, dachte Scully besorgt, war sein Herzschlag schwächer geworden, und er lag bereits im Sterben. Sie preßte noch mehr Stoff auf die Schußwunde, schwang sich dann auf den Fahrersitz und ließ den Motor an.

Sie brauste in halsbrecherischem Tempo über die holperige, unbefestigte Straße und die Anhöhe hinauf. Der Wagenboden schabte wieder über den Schotter, als sie Richtung Hauptstraße raste, aber ohne Rücksicht auf Verluste drückte sie das Gaspedal durch.

Das einsame Blockhaus mit seinen Leichen fiel hinter ihnen zurück – Scully fuhr weiter.

Auf dem Rücksitz drehte Vader den Kopf, blickte durch das Rückfenster und bellte unaufhörlich.

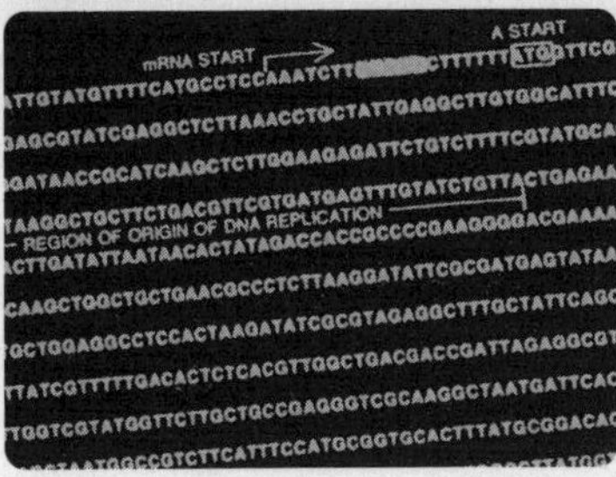

32

Bundesgebäude,
Crystal City, Virginia
Freitag, 12:08 Uhr

Das Telefon in Adam Lentz' schmucklosem Regie-rungsbüro klingelte, und er griff sofort nach dem Hörer. Nur wenige Leute kannten seine Durchwahl, also mußte der Anruf wichtig sein, obwohl er ihn aus seinem gedankenverlorenen Studium der detaillierten Land- und Vermessungskarten der Wildnis Oregons riß.

«Hallo», sagte er in neutralem Ton.

Lentz hörte die Stimme am anderen Ende der Leitung und fröstelte plötzlich. «Ja, Sir», erwiderte er. «Ich hätte Sie ohnehin in Kürze über unsere Fortschritte informiert.»

Er hatte in der Tat einen ausführlichen Bericht über die andauernde Fahndung vorbereitet, eine Aufstellung aller Versuche, die er unternommen hatte, und der professionellen Jäger und Suchteams, die derzeit den waldreichen, gebirgigen Westen Oregons durchkämmten.

«Um genau zu sein», fügte Lentz hinzu, «ich habe meine Aktentasche bereits gepackt und ein Ticket reservieren lassen. Mein Flugzeug nach Portland startet in einer Stunde. Ich werde dort das mobile taktische Kommandozentrum einrichten. Ich will vor Ort sein, damit ich mich persönlich um alles kümmern kann.»

Er hörte der Stimme zu, registrierte aber keine Unzufriedenheit, keinen Hohn, nur einen kaum merklichen Hauch von Sarkasmus.

Der Mann wollte keinen offiziellen Bericht. Nicht zu diesem Zeitpunkt. Er neigte ohnehin dazu, alles Schriftliche zu meiden, und so gab ihm Lentz eine mündliche Zusammenfassung seiner Bemühungen, die nanotechnologischen Überreste in Patrice und Jody Kennessy und ihrem Hund aufzuspüren.

Lentz warf einen Blick auf seine topographischen Karten. Mit flacher Stimme rasselte er die Orte herunter, auf die die sechs Teams ihre Fahndung konzentriert hatten. Er widerstand der Versuchung, seine Leistungen hervorzuheben und auf seine Umsicht hinzuweisen, und gab sich statt dessen sachlich und kompetent.

Doch schließlich verriet die Stimme am anderen Ende der Leitung doch einen Hauch von Kritik. «Wir dachten, daß alle unkontrollierten Exemplare von Kennessys Nanomaschinen vernichtet worden sind. Das haben Sie zumindest in Ihren früheren Berichten behauptet. Dies war eins unser wichtigsten Ziele, und ich bin sehr enttäuscht, erfahren zu müssen, daß dem nicht so ist. Und die Sache mit dem Hund – ein schwerwiegender Fehler.»

Lentz schluckte. Es erforderte all seine Kaltblütigkeit, die er im Lauf seiner Karriere entwickelt hatte, die Nervosität aus seiner Stimme zu verbannen. «Wir waren überzeugt, daß diese Bemühungen nach dem Brand in den DyMar-Laboratorien von Erfolg gekrönt waren. Unsere Sterilisierungsteams hatten den Auftrag, alle Aufzeichnungen zu bergen, die das Feuer überstanden haben. Wir fanden den Feuersafe und das Videoband, aber sonst nichts.»

«Ja», sagte der Mann am anderen Ende der Leitung, «aber aufgrund des Zustands des toten Nachtwächters – und einiger anderer Leichen – müssen wir davon ausgehen, daß einige der Nanomaschinen entkommen sind.»

«Wir werden sie finden, Sir», sagte Lentz. «Wir tun unser Bestes, um die Flüchtigen aufzuspüren. Ich versichere Ihnen, wenn wir unsere Mission abgeschlossen haben, wird es keine Exemplare mehr geben.»

«Ich dulde keine weitere Panne», warnte die Stimme. «Sie müssen Erfolg haben.»

«Ich verstehe, Sir», erwiderte Lentz. «Ich habe meine Suche bereits auf ein bestimmtes Gebiet im ländlichen Oregon konzentriert.»

Während er sprach, rollte er die Karten zusammen, sammelte andere Unterlagen ein und schob sie in seine Aktentasche. Er sah auf seine Uhr. Sein Flugzeug startete in Kürze. Er hatte nur ungekennzeichnetes Handgepäck dabei und war im Besitz von Dokumenten, die ihm die normale Abfertigung am Flughafen ersparten. Lentz konnte jederzeit einen der freien Plätze in Anspruch nehmen, die die Fluglinien auf allen Flügen für hochrangige Militär- oder Regierungsvertreter bereithalten mußten. Seine Pässe erlaubten ihm, nach Gutdünken kreuz und quer durch das Land zu fliegen, ohne daß sein Name in den Passagierlisten oder sonstigen Unterlagen auftauchte. Sein Beruf verlangte derartige Vorsichtsmaßnahmen.

«Ein Letztes noch», sagte der Mann am anderen Ende der Leitung. «Ich habe das früher schon vorgeschlagen, aber ich werde es noch einmal wiederholen. Sie wären gut beraten, Agent Mulder im Auge zu behalten. Sorgen Sie dafür, daß ein Teil Ihres Teams all seine Schritte rund um die Uhr überwacht und ihm überallhin folgt. Hören Sie all seine Gespräche ab.

Ich habe Ihnen mehr Leute zur Verfügung gestellt, als Sie wahrscheinlich brauchen werden, aber Agent Mulder hat das

Talent … für das Unerwartete. Wenn Sie in seiner Nähe bleiben, wird er Sie vielleicht direkt zu den Gesuchten führen. »

«Danke, Sir», sagte Lentz und sah wieder auf seine Uhr. «Ich muß zum National Airport. Ich werde Sie weiter auf dem laufenden halten, aber jetzt muß ich mein Flugzeug erreichen.»

«Und Ihre Mission durchführen», sagte der Mann absolut emotionslos.

33

Blockhaus der Kennessys, Küstenregion, Oregon

Freitag, 15:15 Uhr

Der rote Lieferwagen, den Mulder beschlagnahmt hatte, erwies sich als überraschend fahrtüchtig. Dank seiner großen Räder und seines hochliegenden Chassis brauste er wie eine Dampfwalze über die Schlaglöcher, Pfützen und morschen Äste auf der alten Holzfällerstraße und die halb überwucherte, holperige Zufahrt zum abgelegenen Blockhaus hinauf.

Seit er die Leiche des Truckers und das Bild des angeblich toten Jeremy Dorman auf dem Videoband der Überwachungskamera gesehen hatte, hatte er das dringende Gefühl, Scully finden und warnen zu müssen. Aber das Blockhaus war still, leer, verlassen.

Als er aus dem Lieferwagen stieg und umherging, bemerkte er die frischen Reifenspuren, die sich in den weichen Matsch und den Schotter gegraben hatten. Jemand war vor kurzem mit einem Auto hergekommen und wieder weggefahren. War Scully wirklich schon wieder fort? Wohin konnte sie gefahren sein?

Dann fand er die Frauenleiche im Gras, und er wußte, daß es Patrice Kennessy war.

Mulder runzelte die Stirn und wich zurück. Patrices Haut war von derselben Krankheit gezeichnet, die auch den Fahrer des Holztransporters getötet hatte. Er schluckte hart.

«Scully!» Er beschleunigte seine Schritte. Die scharlachroten Blutflecken waren nicht zu übersehen, hellrote Tupfer, die in unregelmäßigen Abständen den Boden bedeckten.

Mulder trat der Schweiß auf die Stirn. Er begann zu laufen, blickte nach vorn, dann wieder zu Boden und folgte der Blutspur in den Wald.

Dann entdeckte er die Fußspuren. Scullys Schuhe. Pfotenabdrücke eines Hundes. Sein Herz schlug schneller.

Die Blutspur führte Mulder zum Fuß eines Steilhangs, wo ein Erdrutsch die Hügelflanke abrasiert hatte. Neben einem entwurzelten Baum fand Mulder einen blutüberströmten Mann mit breiten Schultern, zerlumpter Kleidung und bis zum Brustbein aufgerissener Kehle.

Er erkannte den kräftigen Mann von den Fotos aus den DyMar-Personalakten und dem Überwachungsvideo der Truck-Wiegestation wieder. Jeremy Dorman – zweifellos tot.

Mulder bemerkte außer dem Blutgeruch noch etwas anderes in der Luft: Schwarzpulver. Die Hand des toten Mannes hielt einen Revolver umklammert. Der Geruch verriet Mulder, daß er vor kurzem abgefeuert worden war – aber der Mann sah nicht so aus, als würde er ihn in nächster Zeit noch einmal benutzen können.

Mulder beugte sich über den Toten und musterte die klaffende Halswunde. Hatte der schwarze Labrador ihn angegriffen?

Aber noch während er die Verletzung studierte, schienen Dormans zerrissener Kehlkopf und das Muskelgewebe und die Haut wie Kerzenwachs zu schmelzen, sich zu glätten. Die Wunde schloß sich nach und nach von selbst. Ein durchsichtiges Sekret, eine Art Schleim überzog die zerfetzte Haut.

Mulder sah sich um und entdeckte am Fuß des Hangs, wo Gestein und Erdreich heruntergerutscht waren, die Spuren eines Kampfes. Jemand schien den Hang hinuntergestürzt und dann verfolgt worden zu sein. Er fand weitere Pfotenspuren des Hundes und Abdrücke von Scullys Schuhen.

Und kleinere Abdrücke – die des Jungen?

«Scully!» rief er wieder, aber er bekam keine Antwort. Da war nur das Rauschen der Kiefern und das Gezwitscher einiger Vögel. Der Wald schwieg, als wäre er eingeschüchtert oder zornig. Mulder lauschte, aber noch immer antwortete niemand.

Dann fuhr der tote Mann auf dem Boden wie ein Springmesser hoch.

Seine klauengleiche linke Hand packte den Saum von Mulders Mantel. Mulder schrie auf und wich zurück, aber die grausige Gestalt hielt ihn am Mantel fest.

Ohne das kadaverhafte Gesicht zu verziehen, hob Jeremy Dorman die Hand mit dem Revolver und richtete ihn drohend auf Mulder. Mulder starrte die klauengleiche Hand an und sah, daß sich die Haut kräuselnd bewegte – von Nanomaschinen infiziert? – und von einem schlüpfrigen Schleimfilm bedeckt war. Ein ansteckender Schleim … der Träger der tödlichen Nanotech-Seuche.

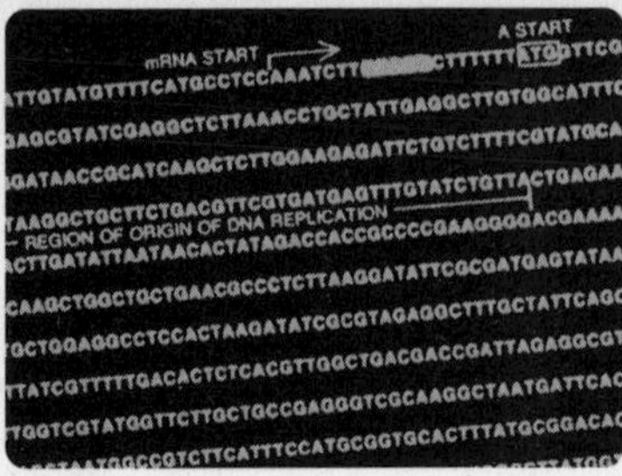

34

Wildnis, Oregon

Freitag, 16:19 Uhr

Bis zum nächsten Krankenhaus waren es minde-stens einhundert Kilometer über die kurvenreichen Straßen in den bewaldeten Bergen – und Scully wußte nicht genau, wohin sie fuhr. Sie raste weiter, im Rücken die tiefstehende Sonne, die durch die Bäume glitzerte, um dann wieder hinter den Wolken zu verschwinden.

Sie hielt das Gaspedal durchgedrückt und schleuderte durch die Kurven der nach Norden führenden Landstraße. Zu beiden Seiten huschten dunkle Kiefern vorbei wie die Wände eines Tunnels.

Auf dem Rücksitz gab Vader ein nervöses Winseln von sich. Blut und Schaum klebten an seiner Schnauze. Sie hatte noch keine Zeit gehabt, ihn zu säubern. Er schnüffelte an dem reglosen Jungen, der neben ihm auf dem Sitz lag.

Scully versuchte, nicht an den brutalen Angriff des Hundes auf den kräftigen Mann zu denken, der die Krankheit in sich trug, die Patrice Kennessy getötet hatte, den Mann, der Jody bedroht hatte. Trotz der getrockneten Blutspritzer an seinem Fell schien der Hund wild entschlossen, seinen Herrn auch weiter zu beschützen.

Vor ihrer Abfahrt vom Blockhaus hatte sie festgestellt, daß Jodys Puls schwach und seine Atmung unregelmäßig war – aber der Junge war zäh und lebte noch immer. Er schien in ein Koma gefallen zu sein. In den letzten zwanzig Minuten hatte

Jody keinen Laut von sich gegeben, nicht einmal ein Stöhnen. Sie blickte in den Rückspiegel, um sich zu vergewissern, daß sich sein Zustand nicht verändert hatte.

Zwischen den Bäumen am rechten Straßenrand sprang ein Hund hervor und direkt vor ihr auf die Straße. Scully sah ihn aus den Augenwinkeln, trat auf die Bremse und riß das Lenkrad herum.

Der Hund verschwand blitzartig im Unterholz. Der Wagen geriet auf der regennassen Straße ins Schleudern, und erst im letzten Moment bekam sie ihn wieder unter Kontrolle. Im Rückspiegel sah sie, wie der Hund erneut auf die Straße lief, als wäre nichts geschehen.

Auf dem Rücksitz keuchte Jody und bäumte sich wie unter Krämpfen auf. Scully hielt den Wagen mitten auf der Straße an und löste ihren Sicherheitsgurt, um sich nach hinten zu beugen. Sie fürchtete, daß der Junge am Ende seiner Kräfte angelangt war und sich dem Tod ergeben hatte.

Sie berührte ihn; Jodys Haut war heiß und fiebrig und schweißnaß. Seine Haut brannte. Schweiß perlte über seine Stirn. Seine Augen waren geschlossen. Trotz ihrer medizinischen Ausbildung wußte Scully nicht, was sie tun sollte.

Einen Moment später ließen die Krämpfe nach, und Jody atmete etwas ruhiger. Vader stupste die Schulter des Jungen an und leckte ihm dann leise winselnd die Wange.

Da sich sein Zustand offenbar wieder stabilisiert hatte, wollte Scully keine weitere Zeit verschwenden. Sie legte den Gang ein und gab Gas, daß die Räder auf der laubbedeckten Straße durchdrehten. Bäume verschluckten die Kurven vor ihr, und sie war gezwungen, sich auf die Straße statt auf ihren Patienten zu konzentrieren.

Das Handy an ihrer Seite war noch immer nicht betriebsbereit.

Sie fühlte sich schrecklich isoliert, wie die Survivalisten-Gruppe, bei der Jodys Onkel untergekrochen war. Diese Leute hatten sich freiwillig dafür entschieden, aber im Moment sehnte sich Scully nach einem großen, hell erleuchteten Krankenhaus mit vielen Ärzten und anderen Spezialisten, die ihr helfen konnten.

Sie wünschte, Mulder wäre bei ihr. Oder daß sie ihn zumindest anrufen könnte.

Als Jody hustete und sich auf dem Rücksitz aufsetzte, leicht benommen wirkend, aber ansonsten kerngesund, fuhr Scully fast in den Straßengraben.

Vader bellte und beschnupperte den Jungen, sabberte ihn voll und begrub ihn fast unter sich, überglücklich, daß sich Jody wieder erholt hatte.

Scully trat auf die Bremse. Der Wagen rutschte über den weichen Boden am Straßenrand und kam vor einem unbeschilderten Waldweg zum Stehen.

«Jody!» rief sie. «Du bist gesund.»

«Ich habe Hunger», sagte er und rieb sich die Augen. Er sah sich auf dem Rücksitz um. Sein Hemd war immer noch aufgeknöpft, und obwohl seine Haut von getrocknetem Blut bedeckt war, konnte sie erkennen, daß sich die Wunde geschlossen hatte.

Sie stieß die Tür auf und stürzte nach hinten, wobei sie die Fahrertür offenließ. Ein mahnender Glockenton erinnerte sie daran, daß sie die Schlüssel im Zündschloß steckengelassen hatte. Sie riß die hintere Tür auf, bückte sich und packte Jody an den Schultern.

«Lehn dich zurück. Bist du in Ordnung?» Sie berührte prüfend seine Haut. Das Fieber war gesunken, aber er fühlte sich immer noch warm an. «Wie geht es dir?»

Sie sah, daß sich die Haut über dem Einschußloch in der Brust geschlossen hatte und makellos und glatt wie Plastik war. «Ich glaube es einfach nicht», sagte Scully.

«Gibt es hier irgendwas zu essen?» fragte Jody.

Scully fiel die halbvolle Tüte mit den Käseröllchen ein, die Mulder auf dem Vordersitz liegengelassen hatte, und sie ging zur anderen Seite des Wagens, um sie zu holen. Der Junge griff nach der Tüte und stopfte gierig die Röllchen in sich hinein, verschmierte sich die Lippen und die Finger mit dem orangefarbenem Aromapulver.

Der schwarze Labrador wedelte mit dem Schwanz, warf sich auf dem Rücksitz hin und her und bettelte um die Aufmerksamkeit des Jungen, obwohl Jody mehr am Essen interessiert war. Abwesend tätschelte er Vaders Rücken.

Als Jody mit den Käseröllchen fertig war, beugte er sich nach vorn und sah sich hungrig um. Scully bemerkte ein Glitzern. Lautlos fiel ein Stück Metall von seinem Rücken.

Scully griff hinter Jody, der geistesabwesend beiseite rutschte. Sie hob eine Kugel auf, die Kugel, die in ihm gesteckt hatte. Sie zog sein Hemd hoch und sah ein rotes Mal an seinem Rücken, eine runzlige Narbe, die Sekunden später verschwunden war. Sie hielt die plattgedrückte Kugel zwischen den Fingerspitzen und konnte es nicht fassen.

«Jody, weißt du, was mit dir passiert ist?» fragte sie.

Der Junge hob den Kopf und sah sie an. Sein Gesicht war mit Käsepulver verschmiert. Vader saß neben ihm und legte sein Kinn auf Jodys Schulter, blinzelte mit seinen großen braunen Augen und wirkte völlig zufrieden, überglücklich, daß der Junge lebte und gesund war und sich wieder um ihn kümmern konnte.

Jody zuckte die Schultern. «Mein Dad hat was mit mir gemacht.» Er gähnte. «Nanotech ... nein, er nannte sie Nanomaschinchen. Biologische Polizisten, die meine Leukämie heilen, mich wieder gesund machen sollten. Ich durfte niemand etwas davon erzählen, nicht mal meiner Mutter.»

Bevor sie ihre nächste Frage stellen konnte, gähnte Jody erneut, und seine Augen fielen zu. Jetzt, wo er gegessen hatte, überkam ihn eine überwältigende Müdigkeit. «Ich muß schlafen», murmelte er, und obwohl Scully versuchte, ihm weitere Einzelheiten zu entlocken, war er zu erschöpft, um ihr zu antworten.

Er blinzelte mehrmals mit bleischweren Lidern, holte dann tief Luft und sank auf seinem Sitz in sich zusammen, wo er in einen tiefen und ruhigen Schlaf fiel, nicht in jenes schockinduzierte Koma, das sie zuvor bei ihm beobachtet hatte. Dieser Schlaf war heilsam und wichtig für seinen Körper.

Scully richtete sich auf und trat vom Wagen zurück. Noch immer konnte sie nicht fassen, was sie soeben erlebt hatte. Der leise Glockenton erinnerte sie mahnend daran, daß die Fahrertür offenstand und die Schlüssel noch immer im Zündschloß steckten.

Erst allmählich dämmerte ihr die ganze Tragweite des soeben Erlebten, und ratlos fragte sie sich, was sie jetzt tun sollte. Mulder würde einen Freudensprung machen, wenn er davon erfuhr. Sie hätte wahrscheinlich mit Skepsis reagiert und bezweifelt, daß die zellulare Technologie so weit fortgeschritten war – aber sie hatte mit eigenen Augen gesehen, wie stark Jody Kennessys Selbstheilungskräfte waren, ganz zu schweigen von der Tatsache, daß er sich vollständig von den schrecklichen Folgen der tödlichen Leukämie erholt und keine Ähnlichkeit mehr mit dem sterbenskranken, bis auf die Knochen abgemagerten Jungen auf den Fotos hatte.

Langsam, wie in Trance, setzte sich Scully wieder hinter das Lenkrad. Ihr Kopf dröhnte. Ihre Gelenke schmerzten, und sie versuchte sich einzureden, daß es nur an den streßreichen letzten Tagen lag, den Übernachtungen im Hotel, den langen Fahrten durch das Land, und es sich nicht um weitere Symptome ihres eigenen Krebses handelte, der wahrscheinlich eine Folge der unbekannten Versuche war, die man während ihrer Entführung mit ihr angestellt hatte … der Experimente.

Scully legte den Sicherheitsgurt an und schloß die Tür, um die idiotische Glocke zum Verstummen zu bringen. Auf dem Rücksitz stieß Vader einen tiefen Seufzer aus und legte seinen Kopf in Jodys Schoß. Sein Schwanz trommelte gegen die gepolsterte Armlehne der hinteren Tür.

Sie fuhr weiter, langsamer diesmal, ohne ein Ziel zu haben.

David Kennessy hatte eine wundervolle, eine bahnbrechende Entdeckung gemacht – ihr war klar, wie bedeutend die Kräfte waren, die er in den DyMar-Laboratorien entfesselt hatte. Es war ein mit Bundesmitteln finanziertes Krebsforschungsinstitut gewesen, und diese Arbeit hatte eine profunde Bedeutung für die Millionen von Krebspatienten, die es jedes Jahr gab – Menschen wie sie.

Es war abstoßend und unethisch, daß Dr. Kennessy seinen eigenen Sohn einer derart unerprobten und riskanten Therapie unterzogen hatte. Als Ärztin empörte sie allein der Gedanke, daß er alle Tests und Prüfungen, die Kontrollgruppen, die FDA-Analyse und andere unabhängige Studien übergangen hatte.

Aber andererseits verstand sie auch seinen Kummer, den verzweifelten Wunsch, *irgend etwas* zu tun, verzweifelte Maßnahmen zu ergreifen, nachdem alles andere versagt hatte. Schließlich griffen viele unheilbar kranke Patienten nach Strohhalmen wie der Frischzellentherapie, Geistheilung, Kristallmeditation und ähnlichen Wundermitteln. War der Unterschied wirklich so groß? Sie hatte festgestellt, daß mit schwindender Hoffnung die Leichtgläubigkeit zunahm. Warum sollte man nicht alles versuchen, wenn man nichts mehr zu verlieren hatte? Und Jody Kennessy hatte tatsächlich im Sterben gelegen. Er hatte nichts mehr zu verlieren gehabt.

Allerdings stellten Geistheilung oder Frischzellentherapie keine Gefahr für die Gesamtbevölkerung dar, und Scully dämmerte mit einem flauen Gefühl in der Magengegend, daß Kennessys Nanotechnologie-Experimente eine ungeheure Gefahr heraufbeschworen. Wenn er bei der Anpassung seiner «biologischen Polizisten» an die menschliche DNS auch nur den kleinsten Fehler gemacht hatte, konnten sie auf der zellularen Ebene unvorstellbare Zerstörungen anrichten. Die «Nanomaschinchen» konnten sich vermehren und von einem Wirt auf den anderen überspringen. Sie konnten in anderen Menschen, gesunden Menschen, das genetische Muster durcheinanderbringen und explosives Tumorwachstum auslösen.

Das war die Gefahr, wenn die Nanomaschinchen nicht richtig funktionierten ... und Kennessy hatte einfach darauf vertraut, daß er keine Fehler gemacht hatte.

Scully kniff die Lippen zusammen und fuhr weiter. Die flakkernden Schatten der Bäume, die in miteinander verwobenen Mustern über die Windschutzscheibe tanzten, störten ihre Sicht, und sie klappte die Sonnenblende herunter.

Angesichts der Seuchenopfer, auf die sie und Mulder gestoßen waren, drängte sich der Eindruck auf, daß irgend etwas schiefgegangen war – und zwar ziemlich gründlich.

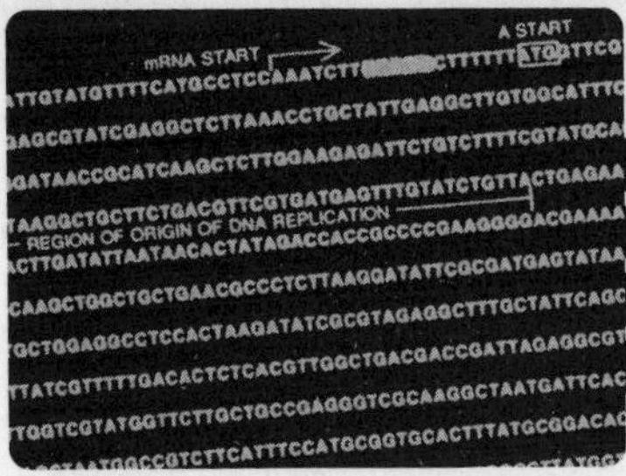

35

Blockhaus der Kennessys,
Küstenregion, Oregon
Freitag, 16:23 Uhr

Die Wunde in Jeremy Dormans Kehle hatte sich vollständig geschlossen, und von ihm ging eine spürbare Hitze aus, eine pulsierende Wärme, die von seiner Haut und seinem Körper abgestrahlt wurde.

Der vermeintlich tote Mann öffnete den Mund und formte Worte mit den Lippen, aber seine zerfetzten Stimmbänder brachten nur ein leises Gurgeln hervor. Er fuchtelte mit dem Revolver und zischte schließlich kaum verständlich: «Ihre Waffe – fallen lassen!»

Mulder griff langsam unter seinen Mantel nach dem Schulterholster mit der Pistole. Er ließ die Waffe auf den Waldboden fallen. Sie landete mit einem dumpfen Laut im Dreck, rutschte ein Stück weiter und blieb vor einem Haufen getrockneter Kiefernnadeln liegen.

«Nanotechnologie», sagte Mulder mit kaum verhohlenem Staunen in der Stimme. «Sie heilen sich selbst.»

«Sie sind einer von *ihnen*», sagte Dorman heiser. Seine Kehle war noch immer wund. «Einer von diesen Männern.»

Dann löste er seine Hand von Mulders Mantel und hinterließ einen Handabdruck aus Schleim, der in den Stoff einsickerte und sich wie eine Amöbe ausbreitete.

«Kann ich meinen Mantel ausziehen?» fragte Mulder, wobei es ihm kaum gelang, die Furcht aus seiner Stimme zu verbannen.

«Machen Sie schon.» Dorman kam mühsam auf die Beine und

hielt weiter den Revolver im Anschlag. Mulder schlüpfte eilig aus dem Mantel.

«Wie haben Sie mich gefunden?» fragte Dorman. «Wer sind Sie?»

«Ich bin vom FBI. Mein Name ist Mulder. Ich habe Patrice und Jody Kennessy gesucht. Ich bin hinter den beiden her, nicht hinter Ihnen … obwohl ich sehr gern erfahren würde, wie Sie das DyMar-Feuer überlebt haben, Mr. Dorman.»

Der Mann schnaubte. «FBI. Ich dachte mir schon, daß Sie in die Verschwörung verwickelt sind. Sie haben versucht, Informationen zu unterdrücken, unsere Forschungsergebnisse zu vernichten. Sie hielten mich für tot. Sie dachten, Sie hätten mich umgebracht.»

Unter anderen Umständen hätte Mulder gelacht. «Niemand hat mich je beschuldigt, Teil einer Verschwörung zu sein. Ich versichere Ihnen, ich habe vor der Zerstörung des Instituts noch nie etwas von Ihnen oder David Kennessy oder den DyMar-Laboratorien gehört.» Er schwieg einen Moment. «Sie sind durch Kennessys Forschungen infiziert worden, nicht wahr?»

«Ich *bin* die Forschung!» sagte Dorman mit erhobener Stimme, die noch immer rauh und raspelnd klang.

Irgend etwas bewegte sich in seiner Brust unter dem zerfetzten Hemd. Dorman zuckte zusammen und kippte fast vornüber. Mulder sah Wucherungen, die sich wie Schlangen wanden, Tumore von einer seltsam öligen Farbe, die unter seiner Haut pulsierten, dann wieder zur Ruhe kamen und sich in das Muskelgewebe zurückzogen.

«Wie es aussieht, ist die Forschung noch nicht ganz abgeschlossen», bemerkte Mulder.

Dorman fuchtelte mit dem Revolver und bedeutete Mulder, sich umzudrehen. «Haben Sie ein Auto?»

Mulder nickte und dachte an den klapperigen Lieferwagen. «Sozusagen.»

«Wir werden jetzt von hier verschwinden. Sie müssen mir helfen, Jody zu finden oder wenigstens den Hund. Sie sind bei der anderen … der Frau. Sie hielt mich für tot.»

«Angesichts des Zustands Ihrer Kehle war dies eine vernünftige Annahme», meinte Mulder. Er verbarg seine Erleichterung darüber, daß Scully hiergewesen und noch am Leben war.

«Sie werden mir helfen, Agent Mulder.» Dormans Stimme klang jetzt hart. «Sie werden mich zu ihnen führen.»

«Damit Sie beide umbringen können? So, wie Sie Patrice Kennessy und den Trucker und den Nachtwächter umgebracht haben?» fragte Mulder.

Dorman krümmte sich erneut zusammen, als weitere Krämpfe seinen Körper schüttelten. «Ich habe es nicht gewollt. Ich mußte es tun.» Dann richtete er seine Augen wieder auf Mulder. «Aber wenn Sie mir nicht helfen, werde ich dasselbe mit Ihnen tun. Versuchen Sie ja nicht, mich anzufassen.»

«Glauben Sie mir, Mr. Dorman» – er musterte die schleimverkrusteten Wunden des Mannes –, «Sie anzufassen ist so ziemlich das letzte, was ich tun würde.»

«Ich wollte niemand etwas zuleide tun», sagte Dorman mit zerquältem Gesicht. «Ich wollte es nicht. Ich wollte nicht, daß all das passiert … aber inzwischen ist es fast unmöglich für mich, anderen Menschen nichts anzutun. Wenn ich nur ein paar Tropfen frisches Blut bekomme – am besten von dem Jungen, aber vielleicht genügt auch das Blut des Hundes –, dann passiert niemand etwas, und ich werde wieder gesund. Es ist alles so einfach. Jeder profitiert.»

Zum erstenmal zeigte Mulder seine Skepsis. Er wußte, daß der Hund als Versuchstier mißbraucht worden war – aber was hatte der Junge damit zu tun? «Was hätten Sie davon? Ich verstehe das nicht.»

Dorman warf ihm einen verächtlichen Blick zu. «Natürlich verstehen Sie nicht, Agent Mulder.»

«Dann erklären Sie es mir», sagte Mulder. «Sie haben diese Nanotechnologie-Maschinen in Ihrem Körper, nicht wahr?»

«David nannte sie ‹Nanomaschinchen› – sehr putzig.»

«Sie befinden sich auch im Blut des Hundes», vermutete Mulder. «Von David und Darin Kennessy entwickelt, um Jodys Krebs zu heilen.»

«Und offenbar arbeiten Jodys Nanomaschinchen einwandfrei.» Dormans dunkle Augen blitzten. «Er ist bereits von der Leukämie geheilt.»

Mulder blieb abrupt unter dem verfilzten, schattenspendenden Geäst des Waldes stehen und mußte die Neuigkeit erst einmal verdauen. «Aber wenn ... wenn der Hund und der Junge infiziert sind, wenn sich der Hund von seinen Verletzungen erholt hat und Jody jetzt gesund ist – warum gehen Sie zugrunde? Warum bedeutet Ihre Berührung für jedermann den Tod?»

Dorman schrie fast. «Weil ihre Nanomaschinchen einwandfrei funktionieren! Im Gegensatz zu meinen.» Er bedeutete Mulder mit einem Wink, den Wald zu verlassen und zurück zum einsamen Blockhaus zu marschieren, wo er den Lieferwagen abgestellt hatte. «Ich hatte keine Zeit. Das Labor brannte, und ich sollte sterben, genau wie David. Sie haben mich verraten! Ich nahm ... was greifbar war.»

Mulders Augen weiteten sich, und er warf einen Blick über die Schulter. «Sie haben eine der früheren Nanomaschinchen-Generationen benutzt, die noch nicht gründlich getestet waren. Sie haben sie sich injiziert, damit Ihr Körper heilt, damit Sie entkommen konnten, während alle anderen Sie für tot hielten.»

Dorman schnitt ein finsteres Gesicht. «Dieser Hund war unser erster richtiger Erfolg. Mir ist jetzt klar, daß David einen neuen Stamm von jungfräulichen Nanomaschinchen genommen und sie heimlich seinem Sohn injiziert hat. Jody war schon so gut wie tot. Was hatte er also zu verlieren? Ich bezweifle, daß Patrice davon wußte. Aber ich habe Jody heute gesehen – er ist geheilt. Er ist gesund. Seine Nanomaschinchen arbeiten einwandfrei.» Dormans Haut wellte und kräuselte sich.

«Im Gegensatz zu Ihren», erinnerte Mulder.

«David war zu paranoid, um etwas Wertvolles frei herumliegen zu lassen. So viel hatte er wenigstens von seinem Bruder gelernt. Ich hatte nur Zugang zu den Exemplaren in unseren Kühlschränken. Einige unserer Prototypen hatten ... alarmierende Nebenwirkungen gezeigt. Ich hätte vorsichtiger sein müssen, aber das Institut um mich herum stand in Flammen. Als die Maschinen in meinen Blutkreislauf gelangten, vermehrten sie sich und paßten sich an meine Gen- und Zellstruktur an. Ich dachte, es würde funktionieren.»

Als Mulder die Wiese erreichte und durch das dichte Gras trottete, überschlugen sich seine Gedanken. «DyMar wurde also zerstört, weil diejenigen, die Ihre Forschungen finanzierten, nicht wollten, daß sich die Nanotechnologie verbreitet. Sie wollten nicht, daß David Kennessy sie an seinem Hund oder seinem Sohn testet.»

Dormans Stimme hatte einen seltsamen Unterton. «Ein Heilmittel für alle Krankheiten, die Möglichkeit der Unsterblichkeit – warum sollte jemand so etwas teilen wollen? Sie wollten die Proben in ein abgelegenes Labor bringen, um dort die Forschung im geheimen fortzusetzen.» Er keuchte. «Ich sollte die Forschung leiten, aber diese Leute entschlossen sich, mich genauso zu beseitigen wie David und alle anderen.»

Er fuchtelte wieder mit seinem Revolver, und Mulder ging gehorsam weiter und schluckte hart, als er langsam begriff.

Die Prototyp-Nanomaschinchen hatten sich an die DNS der Labortiere angepaßt, aber als Dorman sie sich tollkühn injiziert hatte, waren die zellularen Scouts gezwungen gewesen, sich an eine völlig andere Genstruktur zu adaptieren: biologische Polizisten mit widersprüchlichen Anweisungen. Die drastische Veränderung mußte die ohnehin instabilen Maschinen völlig aus der Bahn geworfen haben.

Mulder spekulierte weiter: «Ihre Prototyp-Nanomaschinchen sind also durch widersprüchliche Programme verwirrt. Wenn sie in eine dritte Person eindringen und auf eine neue genetische Struktur treffen, laufen sie praktisch Amok. Deshalb kommt es zu diesen explosiven Krebswucherungen, wenn Sie jemand berühren, ausgelöst durch einen Zusammenbruch des Nervensystems, der sich wie ein Buschfeuer im menschlichen Körper ausbreitet.»

«Wenn Sie meinen», brummte Dorman. «Ich hatte keine Zeit für umfangreiche Tests.»

Mulder runzelte die Stirn. «Ist dieser Schleim» – er deutete vorsichtig auf Dormans schleimbedeckte Kehle – «eine Trägersubstanz für die Nanomaschinchen?»

Dorman nickte. «Er ist mit ihnen verseucht. Bekommt jemand die Trägerflüssigkeit auf seine Haut, dringen die Nanomaschinen sofort in den Körper ein ...»

Sie hatten den Lieferwagen, der auf der Zufahrt parkte, fast erreicht. Dorman ging weiter und machte dabei einen großen Bogen um die Leiche von Patrice Kennessy.

«Und jetzt passiert mit Ihnen dasselbe wie mit Ihren Opfern», stellte Mulder fest, «nur viel langsamer. Ihr Körper zerfällt, und Sie glauben, daß Jodys Blut Sie retten kann.»

Dorman seufzte. Er war mit seiner Geduld am Ende. «Die Nanomaschinchen in seinem Körper sind völlig stabil. Genau das brauche ich. Sie arbeiten so, wie sie sollten, und weisen keine Fehlfunktionen auf wie meine. Die Nanomaschinchen des Hundes sind auch in Ordnung, aber Jodys sind bereits an die menschliche DNA angepaßt.»

Dorman holte tief Luft, und Mulder dämmerte, daß der Mann keine Beweise für seine Theorie hatte; er hoffte lediglich gegen alle Wahrscheinlichkeit, daß seine Vermutung stimmte. «Wenn ich mir eine Dosis stabiler Nanomaschinchen injizieren kann, werden sie sich als stärker erweisen als meine gestörten Exemplare. Sie werden die Kontrolle über sie übernehmen und sie mit einem neuen Programm versehen.» Er sah Mulder durchdringend an, als wollte er, daß der FBI-Agent seine Schultern packte und ihn durchschüttelte. «Ist das so falsch?»

Als die beiden Männer den vor dem Blockhaus geparkten Lieferwagen erreichten, fragte Dorman Mulder nach den Autoschlüsseln.

«Ich habe sie steckenlassen», erwiderte Mulder.

«Sehr vertrauensselig von Ihnen.»

«Es ist nicht mein Wagen», meinte Mulder entschuldigend. Er zögerte und suchte fieberhaft nach einem Ausweg.

Dorman riß die knarrende Tür auf. «Okay, fahren wir.» Er sank auf den Beifahrersitz und achtete darauf, sich so weit wie möglich von Mulder entfernt zu halten. «Wir müssen sie unbedingt finden.»

Mulder fuhr los, Seite an Seite mit dem Mann, dessen Berührung auf der Stelle tötete.

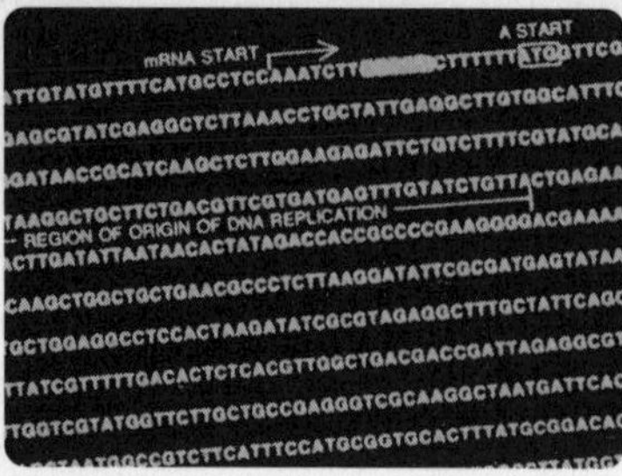

36

Provisorischer Kommandoposten des taktischen Teams, Distrikt Oregon Freitag, 18:10 Uhr

Für Adam Lentz und seine erfahrene Crew hinterlie- ßen die Flüchtigen eine Spur, die so deutlich war wie schmutzige Fußabdrücke auf einem schneeweißen Teppich.

Er kannte nicht die Namen der Mitglieder seines Teams, aber er kannte ihre Fähigkeiten und wußte, daß sie für diese und vergleichbare Aufgaben handverlesen worden waren. Diese Gruppe konnte mit allem allein fertig werden, aber Lentz wollte persönlich vor Ort sein, um sie zu überwachen, sie anzutreiben … und um die Lorbeeren zu ernten, wenn dies alles vorbei war.

In seinem Beruf gab es keine offiziellen Beförderungen, Belobigungen oder Preise. Um genau zu sein, seine Erfolge zahlten sich nicht einmal in Form von spürbaren Gehaltserhöhungen aus, aber das hatte für ihn nie eine Rolle gespielt. Er verfügte über viele Geldquellen.

Er war nach Portland geflogen, diskret und professionell. Am Flughafen war er abgeholt und zum Treffpunkt gebracht worden. Dort, an einem Unfallort, ihrer ersten Station, fanden sich auch die anderen Teammitglieder ein.

Sie kamen mit ihrem Hightech-Spezialmobil, das von einer schwarzen Limousine begleitet wurde. Männer in schwarzen Anzügen und Krawatten stiegen aus und sammelten sich an der Stelle, wo ein Holztransporter von der Straße abgekommen war. Die Unfallmeldung war per Funk weitergegeben und von Lentz' Einsatzgruppe abgefangen worden.

Ein Staatspolizist, Officer Jared Penwick, war an der Unfallstelle geblieben. Neben ihm, auf dem Beifahrersitz des Streifenwagens, saß ein alter Mann mit einer roten, breitkrempigen Kappe und einem Regencape – offenbar kein Gefangener. Der Mann sah bekümmert und besorgt aus.

Die Männer in den Anzügen ließen ihre Dienstausweise aufblitzen und stellten sich als Agenten der Bundesregierung vor, wobei sie darauf achteten, den Namen der Organisation, für die sie arbeiteten, mit den Fingern zu verdecken. Alle trugen Waffen. Sie verloren keine Zeit.

Die Türen des Entseuchungswagens sprangen auf, und Männer in raumanzugähnlicher Schutzkleidung stiegen aus, bewaffnet mit Plastiksäcken und Schaumkanonen. Der letzte Mann trug einen Flammenwerfer.

«Was geht hier vor?» fragte Officer Penwick und stellte sich ihnen in den Weg.

«Wir sind das Entseuchungsteam», erwiderte Lentz. Er machte sich nicht einmal die Mühe, seine Dienstmarke zu zeigen. «Wir erwarten, daß Sie rückhaltlos mit uns zusammenarbeiten.»

Er hielt sich abseits der verseuchten Zone und verfolgte, wie die Crew die Lastwagentür öffnete und das Opfer mit Plastikplanen abdeckte. Sie ergriffen die strengsten Dekontaminierungsmaßnahmen und versprühten dicken Schaum und Säure. Schnell hatten sie den toten Trucker zu einem Bündel verschnürt, so daß er wie eine Raupe in einem Kokon aussah.

Der Polizist beobachtete alles mit aufgerissenen Augen. «He, Sie können doch nicht …»

«Wir tun dies, um jedes Risiko einer Verseuchung auszuschalten. Haben Sie oder dieser Herr dort» – er nickte dem Mann mit dem Regencape zu – «das Fahrerhaus geöffnet oder es betreten?»

«Nein», sagte Officer Penwick, «aber es war ein FBI-Agent hier. Agent Mulder. Ich nehme an, er gehört zu Ihren Leuten?»

Lentz antwortete nicht.

Der Polizist fügte hinzu: «Er hat den Lieferwagen dieses Mannes beschlagnahmt und ist weggefahren. Er sagte, er müßte seine Partnerin treffen, die auch mit diesem Fall befaßt ist. Ich warte hier schon seit» – er warf einen Blick auf seine Uhr – «einer knappen Stunde.»

«Von jetzt an kümmern wir uns um alles, Sir. Sie brauchen sich nicht weiter zu bemühen.» Lentz trat zurück und schirmte seine Augen ab, als der vermummte Mann mit dem Flammenwerfer geliertes Benzin in die Kabine des Holztransporters spritzte und es dann mit einem dumpfen Knall anzündete. Die Flammen loderten brausend hoch.

«Verfluchter Mist!» keuchte der Mann mit dem Regenschutz. Er schlug die Tür des Streifenwagens zu, als eine Hitzewelle über die Straße fauchte und Wolken aus Dampf vom feuchten Buschwerk und Asphalt aufstiegen ließ.

«Gehen Sie lieber zurück», riet Lentz dem Polizisten. «Der Benzintank kann jeden Moment explodieren.»

Geduckt zogen sie sich zurück. Der Rest des Teams hatte den luftdicht verpackten Leichnam des Truckers in einer sterilen Isolierkammer des Entseuchungswagens verstaut. Sobald sie einstiegen, würden sie ihre Schutzanzüge abstreifen und verbrennen.

Der Holztransporter brannte, eine weißglühende Fackel im grauen, verregneten Nachmittag. Der Benzintank explodierte mit einem ohrenbetäubenden Donnerschlag, und alle Männer duckten sich für ein paar Momente, um den herumfliegenden Trümmern zu entgehen, bevor sie wieder ihre Arbeit aufnahmen.

«Sie haben Agent Mulder erwähnt», wandte sich Lentz an den Polizisten. «Können Sie uns sagen, wo er ist?»

«Sicher, ich weiß, wohin er gefahren ist», nickte Officer Penwick, noch immer tief beeindruckt von dem Feuerball und der Gründlichkeit, mit der die Männer alle Beweise vernichtet hatten. Das Feuer prasselte und brauste, während der schwarze Rauch nach Benzin, Chemikalien und feuchtem Holz stank.

Der Polizist beschrieb Lentz den Weg zum Blockhaus der Kennessys. Lentz machte sich keine Notizen, prägte sich aber jedes Wort ein. Er mußte sich beherrschen, um nicht den Kopf zu schütteln.

Eine Spur, so *deutlich wie schmutzige Fußabdrücke auf einem weißen Teppich ...*

Die Männer stiegen wieder in die schwarze Limousine, während der Rest der Crew die Türen des Entseuchungswagens verriegelte und der Fahrer den Motor anließ.

«He!» Der alte Mann mit dem Regencape öffnete die Beifahrertür des Streifenwagens und stieg aus. Er schrie Lentz zu: «Wann bekomme ich meinen Lieferwagen zurück?»

Die Vorstellung, daß der berühmte Agent Mulder mit einem klapperigen Hinterwäldler-Lieferwagen durch die Gegend fuhr, amüsierte Lentz, aber sein Gesicht blieb ausdruckslos.

«Wir werden alles tun, was wir können, Sir. Es besteht kein Grund zur Beunruhigung.»

Dann verschwand Lentz in der Limousine, und das Team brauste zu Kennessys abgelegenem Blockhaus.

37

Nebenstraßen, Oregon

Freitag, 18:17 Uhr

Bei Einbruch der Dunkelheit erwachte Jody mit einem leisen Seufzer auf dem Rücksitz, ausgeruht, kerngesund – und bereit zu reden.

«Wer sind Sie, Lady?» fragte Jody so plötzlich, daß sie unwillkürlich zusammenzuckte. Von einem Moment zum anderen war er hellwach. Vader saß neben ihm, hechelnd und glücklich, als wäre die Welt für ihn wieder völlig in Ordnung.

«Ich bin Special Agent Dana Scully», erwiderte sie, auf die dunkler werdende Straße konzentriert, aber dann entschied sie sich, nicht so formell zu sein. «Sag einfach Dana zu mir. Ich habe dich gesucht. Ich wollte dafür sorgen, daß du in ein Krankenhaus kommst, bevor dein Krebs schlimmer wird.»

«Ich muß nicht ins Krankenhaus», sagte der Junge in einem Tonfall, als läge diese Tatsache auf der Hand. «Jetzt nicht mehr.»

Scully fuhr ziellos durch die Dämmerung. Sie hatte Mulder noch nicht erreichen können.

«Und warum mußt du nicht mehr ins Krankenhaus?» fragte Scully. «Ich habe deine medizinischen Unterlagen gesehen, Jody. Du bist ein sehr kranker Junge.»

«Das war ich. Ich hatte Krebs.» Dann schloß er die Augen und kramte in seinem Gedächtnis. «Akute lymphoblastische Leukämie – oder ALL. Mein Dad sagte, es gibt eine Menge Namen dafür. Zum Beispiel Blutkrebs.»

«Es bedeutet, daß deine Blutzellen krank sind», erklärte Scully. «Sie arbeiten nicht mehr richtig und töten die Zellen, die noch gesund sind. Es fängt in deinem Knochenmark an und breitet sich von dort über deinen ganzen Körper aus.»

«Das war mal», sagte Jody zuversichtlich, «aber jetzt bin ich gesund – oder fast gesund.» Er tätschelte Vaders Kopf und drückte dann den Hund an sich. Der schwarze Labrador genoß es sichtlich.

Obwohl Scully diese Antworten erwartet hatte, fiel es ihr schwer, sie zu akzeptieren.

Plötzlich sah Jody sie mißtrauisch an. «Gehören Sie zu den Leuten, die hinter uns her sind? Vor denen meine Mom solche Angst hat?»

«Nein», sagte Scully, «ich habe versucht, dich vor diesen Leuten zu *retten*. Du warst schwer zu finden, Jody. Deine Mom hat dich gut versteckt.» Sie biß sich auf die Lippe und wußte, was er als nächstes fragen würde ... und er tat es, während er sich auf dem Rücksitz umsah und plötzlich begriff, wo er war.

«He, was ist mit meiner Mom? Wo ist sie? Jeremy war hinter ihr her, und sie sagte mir, ich soll weglaufen.»

«Jeremy?» wiederholte Scully und haßte sich gleichzeitig dafür, daß sie seiner Frage auswich. «Hieß so dieser Mann?»

«Jeremy Dorman», sagte Jody in einem Tonfall, als müßte sie diesen Namen längst kennen. «Der Assistent meines Dads. Wir dachten, er wäre auch in dem DyMar-Feuer umgekommen, doch er hat irgendwie überlebt. Aber ich glaube, mit ihm stimmt irgendwas nicht. Er sagte, er braucht mein Blut – aber er hat nicht gesagt, warum.» Jody ließ den Kopf hängen und streichelte geistesabwesend den Hund. Er schluckte hart. «Jeremy hat meiner Mom etwas angetan, nicht wahr?»

Scully holte tief Luft und fuhr langsamer. Sie wollte nicht von einer scharfen Kurve oder einem Hindernis auf der Straße abgelenkt werden, wenn sie Jody Kennessy erzählte, daß seine Mutter tot war.

«Sie hat versucht, dich zu beschützen, glaube ich», sagte Scully, «aber dieser Mann, Dorman, der hinter dir her war ...» Sie schwieg und suchte fieberhaft nach den richtigen Worten. «Nun, er war auch sehr krank. Er war mit einer Seuche infiziert. Du hast Glück gehabt, daß er dich nicht berührt hat.»

«Und hat sich meine Mom mit der Krankheit angesteckt?» fragte Jody.

Scully nickte, die Augen starr nach vorn gerichtet, in der Hoffnung, daß er die Antwort trotzdem sah. «Es ging alles sehr schnell.»

«Ich glaube nicht, daß es eine Krankheit war», sagte Jody. Er hielt sich tapfer und sprach mit kräftiger Stimme. «Ich glaube, Jeremy hat auch die Nanomaschinchen in sich. Er hat sie aus dem Labor gestohlen ... aber sie funktionieren in ihm nicht richtig. Seine Nanomaschinchen töten die Menschen. Ich habe gesehen, was sie ihm angetan haben.»

«War er deshalb hinter dir her?» fragte Scully. Die offenkundige Intelligenz des Jungen beeindruckte Scully ebenso wie seine Haltung nach einem solchen Geschehen – aber seine Geschichte klang zu phantastisch. Aber nach allem, was sie gesehen hatte – mußte er das wirklich erfunden haben?

Jody seufzte und ließ die Schultern hängen. «Ich glaube, diese Leute sind wahrscheinlich auch hinter ihm her. Wir tragen die letzten Exemplare, die es noch gibt, in uns, in unseren Körpern. Jemand will nicht, daß sie sich weiterverbreiten.»

Er hob den Kopf, und Scully blickte in den Rückspiegel und sah seine hellen Augen im verblassenden Licht. Er wirkte verängstigt und unschuldig zugleich. Sie dachte an den Krebs, der ihn zerfressen hatte, so wie der Krebs auch sie zerfraß, und an die viel größere Gefahr, in der er jetzt schwebte.

«Bin ich eine Gefahr, Dana? Muß ich Angst haben, daß ich diese Maschinchen verbreite, so daß noch mehr Menschen sterben?»

«Bis jetzt ist noch nichts passiert, oder?» fragte Scully zurück. «Schließlich habe ich dich berührt, und mir geht es gut. Du mußt keine Angst haben.»

«Nein, anscheinend nicht.»

«Verrate mir, wie diese Maschinchen funktionieren. Hat dein Dad es dir erklärt?»

«Ein wenig», sagte Jody. «Er sagte, sie sind biologische Polizisten, die durch meinen Körper wandern und nach den bösen Krebszellen suchen und sie reparieren. Die Nanomaschinen können auch Verletzungen heilen.»

«Wie eine Schußverletzung», nickte Scully.

Wenn die Nanomaschinen Leukämie im Endstadium heilen konnten, sagte sich Scully, dann war eine Schußwunde ein Kinderspiel für sie. Sie konnten mühelos die Blutung stoppen, das Einschußloch schließen und neue Haut über der Wunde wachsen lassen.

Doch die Behandlung einer akuten Leukämie war eine weitaus monumentalere Aufgabe. Die biologischen Polizisten mußten die Milliarden Zellen von Jodys Körper durchkämmen und eine umfassende Restrukturierung vornehmen. Es war wie der Unterschied zwischen einem Pflaster und einem Impfstoff.

«Sie bringen mich doch nicht in ein Krankenhaus, oder?» fragte Jody. «Ich darf mich nicht in der Öffentlichkeit zeigen. Ich darf nicht zulassen, daß mein Name irgendwo erwähnt wird.»

Scully dachte über seine Worte nach. Sie wünschte, sie könnte mit Mulder über alles sprechen. Wenn Kennessys Nanotechnologie wirklich funktionierte – und alles deutete darauf hin, wie sie mit eigenen Augen gesehen hatte –, dann waren Jody und sein Hund alles, was von den DyMar-Forschungen übriggeblieben war. Alles andere war systematisch vernichtet worden, und diese beiden auf ihrem Rücksitz waren lebende Träger der funktionsfähigen Nanomaschinchen … und jemand wollte sie beseitigen.

Es wäre ein tödlicher Fehler, den Jungen in ein Krankenhaus zu bringen und ihn der Obhut anderer, ahnungsloser Menschen anzuvertrauen. Scully hatte keine Zweifel, daß Jody und Vader dann früher oder später jenen Männern in die Hände fallen würden, die für die Zerstörung DyMars verantwortlich waren.

Scully fuhr weiter. Sie konnte nicht zulassen, daß dieser Junge gefangen und verschleppt, seine Identität ausgelöscht wurde. Jody Kennessy würde nicht unter den Teppich gekehrt werden. Sie fühlte sich ihm zu nahe.

«Nein, Jody», sagte Scully, «du brauchst keine Angst zu haben. Ich werde dich in Sicherheit bringen.»

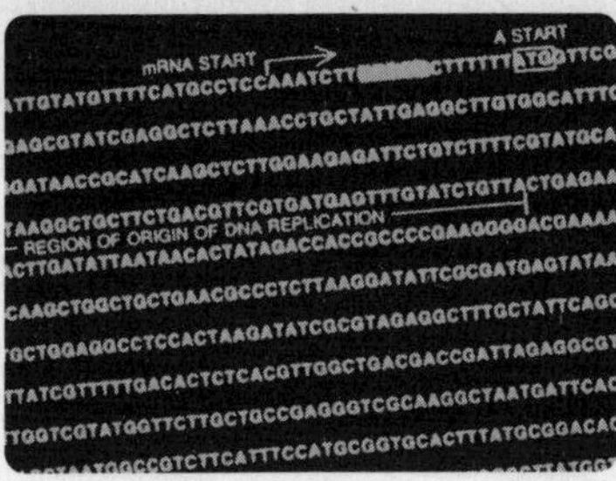

38

Nebenstraßen, Oregon

Freitag, 18:24 Uhr

Der Lieferwagen brummte weiter durch die zunehmende Dunkelheit, und Mulder mied jeden Blick auf Jeremy Dorman, auf die übelkeiterregenden und unerklärlichen schlangengleichen Bewegungen unter seiner Haut.

Nach einer langen Phase der Unruhe, der Rastlosigkeit und der mühsam unterdrückten Schmerzen schien Dorman allmählich das Bewußtsein zu verlieren. Mulder konnte erkennen, daß der ehemalige Forscher, der Mann, der die anderen Verschwörer kannte – und von ihnen umgebracht worden war, wie sie meinten –, im Todeskampf lag. Er hatte zweifellos nicht mehr lange zu leben. Sein verwüsteter Organismus brach allmählich zusammen.

Wenn Dorman nicht bald Hilfe bekam, war er verloren.

Aber Mulder wußte nicht, wieviel er von der Geschichte des Mannes glauben konnte. Welche Verantwortung trug er wirklich für die DyMar-Katastrophe?

Dorman hob die schwerlidrigen Augen, und als er die Antenne von Mulders Handy bemerkte, die aus seiner Jackettasche hervorsah, fuhr er abrupt hoch. «Ihr Handy, Agent Mulder. Sie haben ein Handy!»

Mulder blinzelte. «Was ist mit meinem Handy?»

«Benutzen Sie es. Nehmen Sie es, und rufen Sie Ihre Partnerin an. Auf diese Weise können wir sie finden.»

Bis jetzt hatte es Mulder vermieden, diesen monströs verunstalteten Mann auch nur in die Nähe seiner Partnerin oder des unschuldigen Jungen in ihrer Begleitung zu bringen – aber er wußte nicht, wie er jetzt den Kopf aus der Schlinge ziehen sollte.

«Nehmen Sie Ihr Handy, Agent Mulder», knurrte Dorman drohend und räusperte sich dann. «Sofort.»

Mulder steuerte mit der linken Hand weiter und hatte Mühe, den Wagen in der Mitte der holperigen Straße zu halten. Mit der anderen Hand nahm er das Handy aus der Tasche und zog mit den Zähnen die Antenne heraus. Erleichtert stellte er fest, daß es immer noch nicht betriebsbereit war.

«Ich kann nicht», sagte Mulder und drehte das Handy so, daß Dorman die Anzeige sehen konnte. «Sie wissen, wie weit draußen wir sind. Es gibt hier keine Relaisstationen oder Verstärker in der Nähe.» Er holte tief Luft. «Glauben Sie mir, Mr. Dorman, ich wollte sie schon die ganze Zeit anrufen.»

Der große Mann sank gegen die Beifahrertür, daß die Armlehne knarrte. Dorman rieb mit der Fingerspitze einen imaginären Fleck vom Seitenfenster des Lieferwagens; sein Finger hinterließ eine klebrige, durchsichtige Schleimspur auf dem Glas.

Mulder behielt weiter die Straße im Auge. Die Scheinwerfer stachen durch den Dunst.

Als Dorman Mulder ansah, schienen seine Augen in den Schatten zu leuchten. «Jody wird mir helfen. Ich weiß, er wird es tun.» In der Dämmerung huschten dunkle Bäume an ihnen vorbei. «Wir waren Freunde. Ich war sein Patenonkel. Wir haben zusammen gespielt, wir haben über alles mögliche geredet. Jodys Dad war immer beschäftigt, und sein Onkel – dieser Spinner – sagte, sie sollten alle zur Hölle fahren, als er diesen Streit mit David hatte und davonlief, um den Kopf in den Sand zu stecken. Aber Jody weiß, daß ich ihm nie wehtun würde. Er muß das wissen, ganz gleich, was alles passiert ist.»

Er wies auf das Telefon, das zwischen ihnen auf dem Sitz lag. «Versuchen Sie es noch mal, Agent Mulder. Rufen Sie Ihre Partnerin an. Bitte.»

Die Aufrichtigkeit und Verzweiflung in Dormans Stimme jagte Mulder einen Schauder über den Rücken. Widerwillig und überzeugt, daß es keinen Zweck hatte, griff er nach dem Telefon und drückte die Kurzwahltaste für Scullys Nummer.

Zu seiner Überraschung hörte er diesmal ein Freizeichen.

39

Provisorischer Kommandoposten des taktischen Teams, Distrikt Oregon

Freitag, 18:36 Uhr

Während sich die beiden Fahrzeuge die schlampige, zerfurchte Zufahrt hinunterkämpften, fragte sich Lentz kopfschüttelnd, wie sie nur die ganze Zeit die offensichtliche Verbindung hatten übersehen können.

Vor ein paar Tagen hatten sie unauffällig die Survivalisten-Enklave überprüft, in der David Kennessys Bruder Darin untergetaucht war, in dem Irrglauben, dort unauffindbar und sicher zu sein. Aber Patrice hatte sich nicht dorthin zurückgezogen. Es gab keine Spur von dem Hund oder dem zwölfjährigen Jungen.

Statt dessen waren sie hierhergekommen, zum Blockhaus von Kennessys Bruder, das dieser wohl schon lange vorher gekauft hatte und das niemand außer ihnen kannte. Durch die Konzentration aller Bemühungen auf das Camp der Survivalisten war dieses Versteck bei der computerisierten Rasterfahndung nach Patrice unberücksichtigt geblieben.

Eigentlich ein perfektes Versteck für Patrice, ihren Sohn und den Hund.

Die Mitglieder des Teams sprangen wieder aus den Fahrzeugen, diesmal schwerbewaffnet, die vollautomatischen Gewehre und Granatwerfer auf das kleine, stille Haus gerichtet.

Sie warteten. Im Haus rührte sich nichts. Auch das Team machte keine Bewegung. Die Männer wirkten wie Plastiksoldaten, mitten im Angriff zu einem Tableau erstarrt.

«Näher rücken», befahl Lentz, ohne die Stimme zu heben. In der Stille des dunstigen Spätnachmittags waren seine Worte deutlich zu hören. Die Mitglieder des Teams setzten sich in Marsch, wechselten die Positionen, rückten näher, zogen die Schlinge um das Blockhaus immer enger. Andere rannten zur Rückseite, um jeden Fluchtweg abzuschneiden.

Lentz sah sich um, überzeugt, daß jedes Mitglied der Gruppe die frischen Reifenspuren zweier Autos auf der Zufahrt bereits bemerkt hatte. Agent Mulder und seine Partnerin Scully waren bereits hiergewesen.

Einer der Männer schlug Alarm und wies auf eine Stelle im hohen Gras und Unkraut neben der Veranda. Lentz und die anderen liefen zu ihm. Auf dem Boden lag die Leiche einer Frau, von Flecken und Wucherungen verunstaltet, ein Opfer der tödlichen Nanotech-Erreger. Sie war infiziert worden. Die Seuche hatte auch diesen Ort erreicht.

Die hochinfektiöse Krankheit breitete sich aus, und mit jedem Opfer verschlechterte sich die Aussicht, die Seuche eindämmen zu können. Das Team hatte nur mit knapper Not einen Ausbruch im Mercy Hospital verhindern können, wo die Nanomaschinen ihr unheilvolles Werk fortgesetzt und die Leiche ihres ersten Opfers auf gespenstische Weise wiederbelebt hatten.

Lentz schwor sich, daß es nie wieder zu einer derartigen Beinahe-Katastrophe kommen würde.

«Sie sind weg», sagte Lentz, «aber wir müssen hier noch aufräumen.»

Er wies die Leute im Entseuchungswagen an, ihre Schutzanzüge wieder anzulegen und sich auf eine weitere Sterilisierungsaktion vorzubereiten.

Lentz trat zurück, holte tief Luft und genoß den harzigen Geruch des nahen Waldes, das feuchte Parfüm der unberührten, üppigen Wiese. Alles wirkte hier so friedlich, so urtümlich.

Er wandte sich an einen der Männer. «Brennen Sie das Blockhaus nieder», sagte er. «Es darf nicht ein einziger Splitter übrigbleiben.»

Er drehte sich um und sah, daß die Crew Patrice Kennessys Leiche bereits einschäumte und in Plastikfolie einwickelte. Ein anderer Mann holte die Pumpausrüstung aus dem Wagen und besprühte die Außenwände des Blockhauses und die Wiese, wo Patrice gelegen hatte, mit geliertem Benzin.

Lentz verzichtete darauf, sich das Feuer anzusehen, und kehrte zum Wagen zurück. Andere Mitglieder des vergrößerten taktischen Teams saßen an der eingebauten Abhöranlage und überwachten den Funkverkehr zwischen den Satelliten und Bodenstationen des Funktelefonnetzes. Sie hatten das Handy von Agent Mulder angezapft, und Lentz erkundigte sich bei ihnen, ob inzwischen neue Informationen vorlagen.

Mulder konnte sie direkt zu den Gesuchten führen.

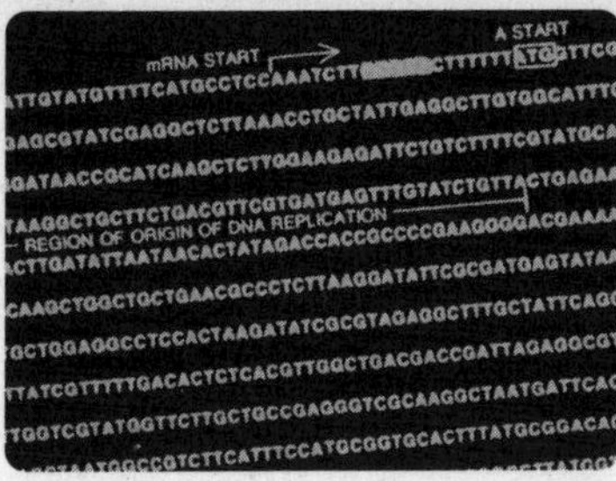

40

Nebenstraßen, Oregon

Freitag, 18:47 Uhr

In der stillen Dunkelheit des Wagens klang das Klingeln von Scullys Handy wie das Trillern eines elektronischen Backenhörnchens. Sie nahm das Telefon vom Beifahrersitz und wußte sofort, wer es war, zutiefst erleichtert, daß sich ihr Partner endlich wieder meldete.

Jody sagte nichts, beugte sich aber auf dem Rücksitz neugierig nach vorn. Der Hund winselte kurz und verstummte wieder. Sie hielt das Lenkrad mit einer Hand und zog mit der anderen die Antenne heraus.

«Scully, ich bin's.» Mulders Stimme war trotz des Rauschens deutlich zu hören.

«Mulder, ich versuche schon seit Stunden, Sie zu erreichen», sagte sie hastig. «Hören Sie zu, es ist wichtig. Ich habe Jody Kennessy bei mir. Er ist von seiner Leukämie geheilt, und er verfügt über verblüffende regenerative Fähigkeiten – aber er ist in Gefahr. Wir sind beide in Gefahr.» Sie schluckte hart. «Mulder, er hat nicht die Seuche – er hat das *Heilmittel.*»

«Ich weiß, Scully. Es ist Kennessys Nanotechnologie. Der eigentliche Seuchenträger ist Jeremy Dorman – er sitzt direkt neben mir ... ein wenig *zu* nahe für meinen Geschmack, aber im Moment habe ich keine große Wahl.»

Dorman war am Leben! Sie konnte es nicht glauben. Sie hatte den blutüberströmten Körper gesehen. Kein Mensch konnte eine derart schwere Verletzung überleben.

«Mulder, ich habe gesehen, wie der Hund ihn angefallen und ihm die Kehle zerfleischt hat ...»

«Er ist eben unverwüstlich», meinte Mulder.

Aber schließlich, dachte Scully, hätte sie auch niemals geglaubt, daß Jody die Schußverletzung überleben würde.

«Dorman trägt ebenfalls die Nanomaschinen in sich», fügte Mulder hinzu, «aber seine funktionieren nicht richtig. Mit ziemlich spektakulären Folgen, würde ich sagen.»

Jody beugte sich besorgt nach vorn. «Was ist los, Dana? Ist Jeremy hinter uns her?»

«Er hat meinen Partner in seiner Gewalt», flüsterte Scully dem Jungen zu.

Mulder fuhr gleichzeitig fort: «Diese Nanomaschinchen sind erstaunliche Gebilde mit bemerkenswerten regenerativen Fähigkeiten, wie wir beide gesehen haben. Kein Wunder, daß man sie geheimhalten will.»

«Mulder, wir haben gesehen, was mit den DyMar-Laboratorien passiert ist. Wir wissen, daß jemand den toten Nachtwächter aus der Leichenhalle des Krankenhauses geholt und alle Unterlagen vernichtet hat. Ich werde nicht zulassen, daß Jody Kennessy oder der Hund entführt wird und spurlos verschwindet.»

«Ich glaube, Mr. Dorman will das auch nicht», entgegnete Mulder. «Er möchte, daß wir uns treffen.» Sie hörte eine gemurmelte Diskussion. Dorman sagte etwas in einem drohenden Tonfall. Sie kannte seine rauhe Stimme von ihrer Begegnung im Wald her, kurz bevor er versehentlich auf Jody geschossen hatte. «Um genau zu sein, er besteht darauf.»

Sie fuhr an den Straßenrand. Die Bäume standen hier weniger dicht und wirkten struppiger, und vor ihr, am Ende eines sanft abfallenden Hangs, glitzerten die Lichter einer kleinen Stadt.

Sie wußte nicht, wie die Stadt hieß, aber sie mußte sich in der Nähe der Vororte Portlands befinden.

«Mulder, ist alles in Ordnung mit Ihnen?» fragte sie.

«Dorman braucht etwas von Jody. Etwas von seinem Blut.»

Scully sagte scharf: «Ich werde nicht zulassen, daß er Jody etwas antut.»

Mulder schwieg ein paar Sekunden, dann hörte sie ein Handgemenge. «Mulder!» rief sie. «Ist alles in Ordnung?» Sie fragte sich, was passiert und wie weit er von ihr entfernt war.

Er antwortete nicht.

XXX **Während** Mulder noch überlegte, was er sagen sollte, griff Dorman plötzlich frustriert nach dem Telefon und riß es aus Mulders Hand.

«He!» protestierte er und zuckte dann zurück, um nicht den schleimüberzogenen Mann zu berühren.

Dorman drückte das Handy an sein verzerrtes Gesicht. Die glitzernde Haut an seinen Wangen pulsierte. Der Schleim an seinen Händen hinterließ klebrige Flecken auf dem schwarzen Plastik.

«Agent Scully, geht es Jody gut? Hat er sich erholt? Es tut mir leid, daß ich auf ihn geschossen habe», sagte Dorman in das Telefon. «Ich wußte, die Wunde würde heilen, aber ich wollte ihm nicht wehtun. Ich wollte niemandem wehtun.»

Er streckte die Hand aus und knipste die Innenbeleuchtung des Wagens an, damit Mulder seinen entschlossenen Gesichtsausdruck und den Revolver in seiner Hand erkennen konnte. «Geben Sie mir bitte den Jungen. Ich will mit ihm reden.»

Mulder wußte, daß damit sein Gespräch mit Scully beendet war. Er konnte das Telefon nicht wieder anfassen, sonst würden die Nanomaschinchen auch in seinen Körper eindringen und ihn in ein tumorverseuchtes, von Krämpfen geschütteltes Wrack wie Dormans andere Opfer verwandeln.

Dorman schluckte, und seine gequälte Miene verriet Mulder, daß der verunstaltete Mann tatsächlich bedauerte, was passiert war. «Sagen Sie ihm, daß seine Mutter tot ist – und daß es meine Schuld ist. Aber es war ein Unfall. Sie wollte ihn beschützen. Sie wußte nicht, daß es tödlich ist, mich anzufassen.»

Er preßte die Lippen zusammen. «Mit den Nanomaschinchen in meinem Körper stimmt etwas nicht. Sie heilen nicht wie Jodys – sie haben den Körper seiner Mutter verwüstet, und sie starb. Ich konnte nichts dagegen tun.» Er sprach schneller und schneller. «Ich habe sie gewarnt, mich zu berühren, aber sie» – er holte tief Luft – «sie wollte nicht auf mich hören. Jody weiß, wie dickköpfig seine Mutter war.»

Dorman hob den Kopf und richtete seine fiebrig glänzenden Augen auf Mulder.

Mulder fuhr weiter. Der rote Lieferwagen ratterte über ein Schlagloch, und der Schraubenschlüssel rutschte klappernd auf der Ladefläche hin und her. Er hoffte, daß er bei einem der nächsten Schlaglöcher herunterfiel, damit der entnervende Krach aufhörte.

«Hören Sie, Agent Scully!» Dormans Stimme klang sanft; seine zerfetzten Stimmbänder mußten inzwischen völlig wiederhergestellt sein. «Die Nanomaschinen in meinem Blut funktionieren nicht richtig. Jodys arbeiten einwandfrei – und deshalb brauche ich sein Blut. Ich glaube, daß die Nanomaschinen, die ihm sein Dad injiziert hat, meine Exemplare reparieren können. Das ist meine letzte Chance.»

Dorman wimmerte, als neue Krämpfe seinen Körper schüttelten, und er hatte Mühe, nicht laut ins Telefon zu stöhnen. Die Hand mit dem Revolver zuckte und verkrampfte sich. Mulder hoffte, daß er nicht versehentlich den Abzug drückte und ein Loch in das Dach des Lieferwagens schoß.

«Sie haben doch gesehen, in welchem Zustand ich mich befinde», sagte er. «Jody weiß, wie ich früher ausgesehen habe, wie gut wir uns verstanden haben. Wie wir beide *Mario 64* oder *Cruisin' USA* gespielt haben. Erinnern Sie ihn an das eine Mal, als ich ihn gewinnen ließ.»

Dann lehnte er sich zurück und verzog den Mund zu einem angedeuteten Lächeln, das vielleicht nostalgisch war, vielleicht aber auch räuberisch. «David Kennessy hatte recht. Es sind Männer hinter uns her, im Auftrag der Regierung. Sie wollen alles zerstören, was wir erschaffen haben – aber ich bin ihnen entwischt, genau wie Jody und Vader. Ich werde in weniger als einem Tag sterben, wenn meine Nanomaschinen nicht repariert werden können. Jody ist meine letzte Chance.»

Mulder sah ihn an. Der breitschultrige, sterbenskranke Mann war sehr überzeugend. Über den Telefonlautsprecher konnte er Stimmen hören – wahrscheinlich sprach Scully mit Jody, und der Junge dachte über seine Argumente nach. Warum auch nicht? Dorman war seine einzige Verbindung zur Vergangenheit. Der Zwölfjährige war wohl hin- und hergerissen.

Mulder fühlte sich denkbar unwohl, unsicher darüber, ob er Dorman glauben sollte oder nicht.

Dann knurrte Dorman wieder ins Telefon. «Ja, Agent Scully, ich glaube, wir haben uns geeinigt. Wir fahren alle zurück nach DyMar. Das Labor ist niedergebrannt und verlassen, aber es ist neutraler Boden. Ich weiß, daß Sie mich dort nicht austricksen können.»

Er legte den Revolver in seinen Schoß, wirkte jetzt ruhiger und zuversichtlicher. «Sie müssen begreifen, wie verzweifelt ich bin – nur deshalb handle ich so. Aber ich werde nicht zögern. Wenn Sie Jody nicht zum Treffpunkt bringen, *werde* ich Ihren Partner töten.»

Er zog die Brauen hoch. «Ich brauche nicht einmal eine Waffe. Es genügt, wenn ich ihn berühre.» Wie um Mulder zu provozieren, warf er den Revolver auf den abgewetzten Sitz zwischen ihnen.

«Kommen Sie nach DyMar.» Er unterbrach die Verbindung.

Er musterte den klebrigen Schleim auf dem schwarzen Plastik des Telefons und machte ein enttäuschtes Gesicht. Er kurbelte das Seitenfenster herunter und warf das Telefon nach draußen. Es prallte auf den Schotter und zerbrach.

«Ich schätze, das brauchen wir nicht mehr.»

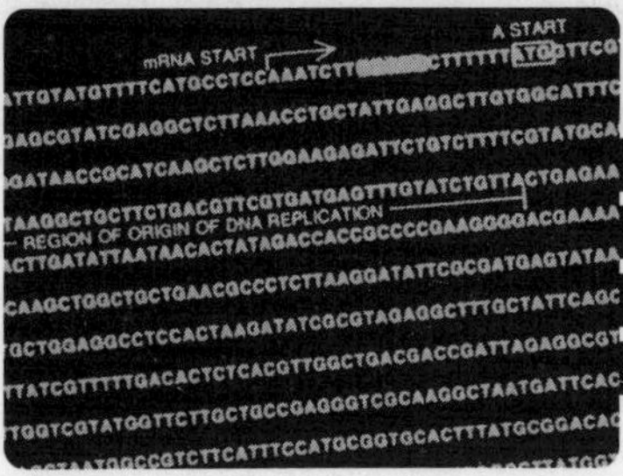

41

Mobiles taktisches Kommandozentrum, nordwestliches Oregon

Freitag, 19:01 Uhr

Die Satellitenschüsseln auf dem Dach des Kastenwagens waren in verschiedenen Neigungswinkeln ausgerichtet, um die Signale der diversen Relaissatelliten zu empfangen. Computer durchkämmten das komplexe Potpourri aus den Funktelefongesprächen Hunderttausender ahnungsloser Menschen.

Der Kastenwagen parkte am Ende einer kurzen, unbefestigten Straße, die zu einer niedrigen Müllgrube führte. Kompost, morsches Holz, verrottender Abfall und entwurzelte Baumstümpfe türmten sich zu einem großen Haufen, der wie eine Revolutionsbarrikade aussah. Irgendein Farmer oder Holzfäller lud hier schon seit Jahren seinen Müll ab, statt die Entsorgungsgebühren der städtischen Müllkippe zu zahlen. Schilder mit der Aufschrift *Privatbesitz* und *Betreten verboten* drohten allen Unbefugten mit Strafverfolgung, aber Adam Lentz ließ sich von ihnen nicht beeindrucken; ihm standen weitaus drastischere Einschüchterungsmethoden zur Verfügung.

Aber nach Einbruch der Dunkelheit wagte sich ohnehin kein Mensch auf das Gelände. Die Männer des professionellen Überwachungsteams konnten ungestört arbeiten – und mit der hochentwickelten Ausrüstung in ihrem Kastenwagen hatten sie den Großteil Nordamerikas unter ihrer Kontrolle.

Das nadelgespickte Astwerk der dicht an dicht stehenden Kiefern über dem Kastenwagen und die dicke Wolkendecke verhüllten die Sterne und machten die Nacht finster und trübe – aber weder die Bäume noch die Wolken störten die Satellitenübertragungen.

Die Computer im Armaturenbrett des mobilen taktischen Kommandozentrums hörten Tausende Frequenzen ab, analysierten die Sendungen mit Stimmerkennungsalgorithmen und suchten nach Schlüsselworten.

Die unsichtbare Überwachung lief schon seit Stunden ohne Erfolg, aber Adam Lentz war kein Mann, der schnell aufgab. Solange er das Thema nicht selbst anschnitt, würden die Mitglieder seines Teams es nicht wagen, ihn darauf anzusprechen.

Lentz war außerdem kein Mann, der schnell die Geduld verlor. Er hatte sie im Lauf der Jahre gepflegt, und seine Geduld und ein kühler Mangel an Emotionen sowie der Verzicht auf jeglichen Skrupel hatten ihm erlaubt, seine heimliche, aber dennoch bedeutende Machtposition zu erreichen. Obwohl nur wenige Menschen wußten, welche Funktion er ausübte, war Lentz mit seinem Platz in der Welt und der Bedeutung seiner Arbeit zufrieden.

Aber er würde viel zufriedener sein, wenn es ihm endlich gelang, Agent Fox Mulder aufzuspüren.

«Er kann nicht wissen, daß wir nach ihm suchen», murmelte Lentz. Der Mann an der Kommandokonsole blickte zu ihm hinüber; sein Gesicht war steinern und verriet nicht die geringste Überraschung. «Wir sind sehr diskret gewesen», sagte der Mann.

Lentz trommelte nachdenklich mit den Fingerspitzen auf das Armaturenbrett. Er wußte, daß sich Mulder und Scully getrennt hatten. Agent Mulder hatte den toten Trucker gesehen, dessen Leiche von Lentz' Team restlos vernichtet worden war. Sowohl Mulder als auch Scully hatten Darins einsames Blockhaus aufgesucht, das jetzt – genau wie Patrice Kennessys Leiche – nur noch ein schwelender Aschehaufen war.

Dann waren sie geflohen, und Lentz glaubte, daß entweder Agent Mulder oder Scully den Jungen Jody und seinen nanotechinfizierten Hund hatte.

Aber die Seuche wurde noch durch etwas *anderes* verbreitet. Patrice Kennessy und der Junge hatten vor irgend etwas Angst gehabt. Ging die Gefahr vielleicht von dem Hund aus? Spielten die Nanomaschinen in seinem Körper verrückt und töteten jetzt Menschen?

Die Vorstellung war beängstigend, und er wußte, daß seine Vorgesetzten absolut recht damit hatten, derart gefährliche Forschungen zu unterbinden.

Er mußte die Welt wieder in Ordnung bringen.

Draußen in den tiefen Wäldern Oregons erwachten die Nachtinsekten und erfüllten die Dunkelheit mit summenden, brummenden Lauten. Grashüpfer, Käfer … Lentz kannte ihre wissenschaftlichen Namen nicht. Er hatte sich noch nie sonderlich für die Tierwelt interessiert. Das Herdenverhalten der Menschheit insgesamt war für ihn von viel größerem Interesse.

Er lehnte sich zurück und wartete, entspannte sich, dachte an nichts.

Für einen Mann wie Lentz, der so vielen Zwängen ausgesetzt war, der so viele Lasten trug und so viele düstere Geheimnisse bewahrte, gab es nichts Entspannenderes, als an nichts zu denken. Im Moment mußte er keine Pläne schmieden, keine Intrigen einfädeln. Er führte seine Mission Schritt für Schritt durch.

Und in diesem Moment konnte er den nächsten Schritt erst machen, wenn sie etwas von Agent Mulder gehört hatten.

Der Mann am Kommandopult fuhr plötzlich hoch. «Kontakt», sagte er, rückte seinen Kopfhörer zurecht und fummelte an den Knöpfen seines Empfängers.

«Übertragungsnummer bestätigt, Frequenz bestätigt.» Er lächelte und drehte sich zu Lentz um; das Lächeln verschwand wieder hinter der steinernen Maske. «Stimmusterübereinstimmung bestätigt. Es ist Agent Mulder. Aufnahme läuft.»

Er reichte Lentz den Kopfhörer, und Lentz setzte ihn eilig auf. Der Techniker hantierte an den Kontrollen und dem Tonbandgerät.

Lentz verfolgte das von statischem Rauschen gestörte Gespräch zwischen Mulder und Scully. Trotz seiner Selbstbeherrschung weiteten sich seine Augen, schossen seine Brauen hoch.

Ja, Scully hatte den Jungen und den Hund in ihrem Gewahrsam – und der Junge hatte sich selbst von einer tödlichen Wunde geheilt ... aber die verblüffendste Neuigkeit war, daß der Sündenbock der Organisation, Jeremy Dorman, *nicht* im DyMar-Feuer umgekommen war. Er war noch immer am Leben, stellte noch immer eine Gefahr dar ... und jetzt war auch Dorman ein Träger der verbotenen Nanotechnologie.

Und der Junge auch! Die Bedrohung wuchs schneller als gedacht.

Dann, nach diversen Drohungen und Erklärungen, einigten sich Dorman und Agent Scully auf die Zeit und den Ort für ein Treffen. Mulder und Scully, Dorman, Jody und der Hund würden ihm geradewegs in den Schoß fallen – vorausgesetzt, Lentz' Team gelang es, die Falle rechtzeitig aufzubauen.

Sobald das Handytelefonat endete, trieb Lentz sein Team zur Eile an. «Zurück zu den DyMar-Laboratorien», befahl er. «Höchstgeschwindigkeit.»

Jedes Mitglied seines Teams kannte den Weg zu den ausgebrannten Ruinen des Labors. Schließlich hatten alle Söldner zu der angeblichen Demonstrantengruppe gehört, die das Krebsforschungsinstitut zerstört hatte. Sie hatten die Brandbomben selbst geworfen, überall Brandbeschleuniger ausgekippt und das Institut gesprengt, so daß nur noch sein einsturzgefährdetes Gerippe übriggeblieben war.

«Wir müssen zuerst dort eintreffen», sagte Lentz.

Der Kastenwagen schoß wie ein Killerhai aus der unbefestigten Sackgasse auf den regenglatten Highway und raste mit einer halsbrecherischen Geschwindigkeit die Küste hinauf, die allen Verkehrsregeln Hohn sprach.

Aber ein simpler Unfall konnte Adam Lentz im Moment nicht schrecken.

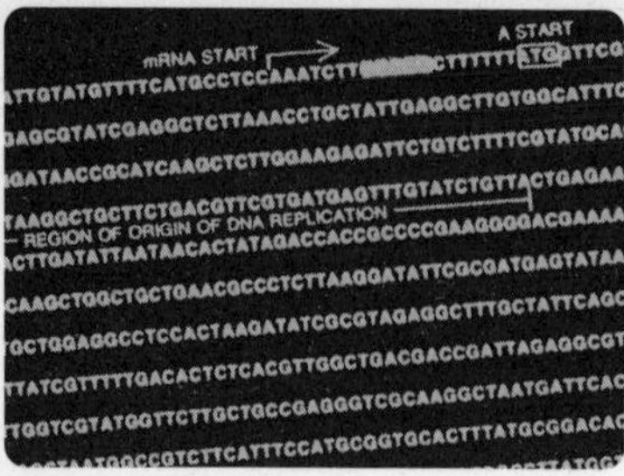

42

DyMar-Laboratorien, Portland, Oregon

Freitag, 20:45 Uhr

Die Rückkehr ins Spukhaus, ***dachte Scully, als sie*** die steile Straße zu den ausgebrannten geschwärzten Ruinen der DyMar-Laboratorien hinauffuhr.

Hinter den Wolken verbreitete der Mond ein perlmuttfarbenes Leuchten, schimmernde Helligkeit am bedeckten Himmel. Der Wald auf den Bergen um DyMar war einst eine friedliche, schützende Barrikade gewesen – aber jetzt empfand Scully die Bäume als bedrohlich, die ideale Deckung für heranschleichende Feinde, weitere gewalttätige Demonstranten … oder jene anderen Männer, von denen Jody befürchtete, daß sie hinter ihm und seiner Mutter her waren.

«Du bleibst im Auto, Jody.» Sie ging zu dem durchhängenden Maschendrahtzaun, der errichtet worden war, um den Zugang zur gefährlichen Ruine zu versperren, aber jetzt nicht mehr bewacht wurde.

Das Kliff über Portland war erstklassiges Gewerbegebiet, aber jetzt sah sie nur die geschwärzten Ruinen, die im fahlen Mondlicht an das Gerippe eines Drachen erinnerten. Das Anwesen war menschenleer, gefährlich und dennoch einladend.

Als Scully das offene und viel zu einladende Maschendrahttor passierte, hörte sie eine Autotür ins Schloß fallen. Sie fuhr herum und erwartete, Mulder und seinen Kidnapper zu sehen, den großen Mann, der auf Jody geschossen hatte – aber statt dessen war es nur Jody. Er war ausgestiegen und sah sich neugierig um. Der schwarze Labrador sprang ausgelassen um ihn herum, froh, endlich wieder im Freien zu sein, und überglücklich, daß sein Junge gesund war.

«Sei vorsichtig, Jody», rief sie.

«Ich folge Ihnen», sagte er. Bevor sie ihn zurechtweisen konnte, fügte er hinzu: «Ich möchte nicht allein bleiben.»

Scully wollte nicht, daß er ihr in die Brandruine folgte, aber sie konnte ihm auch keine Vorwürfe machen. «Also gut, dann komm mit.»

Jody eilte zu ihr, während Vader davonschoß und herumtollte. «Halte den Hund an deiner Seite», mahnte Scully. «Es ist gefährlich hier. Das Gebäude kann jederzeit einstürzen.»

Aus der Ruine drang das leise Ächzen und Knarren des geschwärzten Gebälks, an dem die Zeit und die Schwerkraft zerrten. Einige tragende Wände waren noch intakt, obwohl sie aussahen, als könnten sie jeden Moment zusammenbrechen. Ein Teil des Bodens war in die Kellergeschosse gestürzt, doch an einer Seite waren die aus Betonblöcken errichteten Mauern stehen geblieben und fast unversehrt, sah man von der Rußschicht und dem Anstrich ab, der in der Hitze Blasen geworfen hatte.

Vor dem Gebäude standen Bulldozer wie Leviathane aus Metall neben Bauwagen und Metallspinden. Ein Löffelbagger wartete darauf, die Überreste von DyMar dem Erdboden gleichzumachen.

Scully glaubte ein Geräusch zu hören und näherte sich vorsichtig den Bulldozern. Neben dem schweren Gerät waren Treibstofftanks aufgestellt. Alles war für den Abriß vorbereitet – und sie fragte sich, ob die Verschwörer, die laut Dorman hinter dem Anschlag steckten, für die ungewöhnliche Eile verantwortlich waren.

Dann entdeckte Scully einen aufgebrochenen Metallspind. Das Metall um das Schloß war vom Brecheisen zerkratzt und glänzte silbern, und dicht darüber warnte ein Schild: *Vorsicht: Sprengstoff.*

Plötzlich wirkte die Dunkelheit noch bedrohlicher, die Stille noch unnatürlicher. Die Luft war kalt und ein wenig feucht und von einem beißenden Brandgeruch gesättigt.

«Jody, bleib dicht bei mir», sagte sie.

Ihr Herz hämmerte, all ihre Sinne waren plötzlich hellwach. Scharfer Schmerz flackerte hinter ihrer Stirn, und sie hoffte, daß sie jetzt kein Nasenbluten bekam. Scully mußte Jody beschützen; sie konnte sich keine Schwäche erlauben. Dieses Treffen zwischen dem Jungen und Jeremy Dorman war gefährlich. Aber sie würde es durchstehen.

Sie hörte einen lauter werdenden Motor, das Knirschen von Rädern auf dem Kiesbelag der Zufahrt, das Klappern eines altersschwachen Fahrzeugs, das sich den Hügel hinaufkämpfte. Scheinwerferstrahlen tanzten durch die Nacht.

«Bleib bei mir.» Sie legte ihre Hand schützend auf Jodys Schulter, und die beiden blieben vor dem ausgebrannten Gebäude stehen.

Es war ein alter roter Lieferwagen mit abblätternder Lackierung und Rostflecken an beiden Seiten. Das Chassis ächzte und knarrte, als die Fahrertür aufgestoßen wurde und Mulder ausstieg.

Sie hatte schon viele ungewöhnliche Dinge mit Fox Mulder erlebt, aber ihren stets korrekt gekleideten, Anzug und Krawatte tragenden Partner aus einem schrottreifen alten Lieferwagen steigen zu sehen gehörte zu den ungewöhnlichsten Erfahrungen.

«Schön, Sie wiederzusehen, Scully», sagte Mulder.

Eine größere Gestalt zwängte sich aus der Beifahrertür. Ihre Augen hatten sich an das fahle Mondlicht gewöhnt, und trotz der Dunkelheit konnte sie erkennen, daß mit der Art, wie der Mann sich bewegte, etwas nicht stimmte. Seine Glieder schienen zusätzliche Gelenke zu haben, Erschöpfung und Schmerz lasteten schwer auf ihm.

Jeremy Dorman hatte vorher schon übel ausgesehen, aber jetzt schien sich sein Zustand noch verschlechtert zu haben.

Scully stellte sich schützend vor Jody. «Sind Sie in Ordnung, Mulder?»

«Im Moment geht's mir gut», sagte er.

Dorman trat einen Schritt auf Mulder zu, und er wich zurück, um ihm nicht zu nahe zu kommen. Der breitschultrige Mann hielt einen Revolver in der Hand ... aber die Waffe schien der am wenigsten bedrohliche Aspekt an ihm zu sein.

Scully zog ihre eigene Waffe. Sie war eine gut Schützin. Entschlossen richtete sie die 9-mm-Sig-Sauer direkt auf Jeremy Dorman. «Lassen Sie Agent Mulder sofort frei», befahl sie. «Mulder, gehen Sie weg von ihm.»

Er machte zwei, drei Schritte, bewegte sich aber langsam, vorsichtig, um Dorman nicht zu provozieren.

«Ich fürchte, ich kann ihm seine Waffe nicht zurückgeben», sagte Dorman. «Ich habe sie angefaßt, wissen Sie, und jetzt ist sie nicht mehr zu gebrauchen.»

«Und ich habe außerdem mein Jackett und mein Handy verloren», fügte Mulder hinzu. «Ich wage gar nicht an den Papierkram zu denken, der mich erwartet, wenn ich die Antragsformulare für den Ersatz von persönlichen Gegenständen, die in Ausübung des Dienstes abhanden gekommen sind, ausfüllen muß.»

Jody trat zögernd vor und stellte sich dicht neben Scully. «Jeremy, warum machst du das?» fragte er. «Du bist so böse ... so böse wie *sie.*»

Dorman ließ die Schultern hängen, und plötzlich erinnerte er Scully an den mitleiderregenden Trottel Lenny aus *Von Mäusen und Menschen*, der allen wehtat, die er liebte, ohne zu wissen, warum.

«Es tut mir leid, Jody», sagte er und machte eine fahrige Bewegung mit der linken Hand. In der rechten hielt er noch immer den Revolver. «Ich war verzweifelt. Ich *bin* verzweifelt. Du siehst doch, was mit mir passiert. Ich mußte herkommen. Du kannst mir helfen. Das ist für mich die einzige Möglichkeit zu überleben.»

«Wie kann ich dir helfen?» fragte Jody. «Meine Mutter ist tot, mein Vater ist tot – alles, was ich habe, ist mein Hund.»

«Diese Leute sind hinter uns her, Jody», sagte Dorman. Er trat einen Schritt näher. Scully wich nicht zurück und versperrte ihm weiter den Weg zu Jody.

«Wir werden von Regierungsagenten gejagt, von Leuten, die versuchen, die Forschungsergebnisse deines Vaters zu unterdrücken und allen anderen Krebspatienten das Heilmittel vorzuenthalten, das dir geholfen hat. Diese Männer wollen das Heilmittel allein für sich haben.»

Dorman war innerlich so aufgewühlt, daß sein Gesicht zuckte und die Haut Wellen warf. «Die Demonstranten, die deinen Dad getötet, die dieses ganze Institut niedergebrannt haben, waren ebenfalls Agenten der Regierung. Es war alles geplant. Es war eine Verschwörung. Sie haben deinen Vater ermordet.»

In diesem Moment, wie aufs Stichwort hin, tauchten andere Gestalten zischen den Bäumen und auf der Zufahrt auf, schattenhafte Gestalten, Männer in schwarzen Anzügen. Eine weitere Gruppe mit Taschenlampen in den Händen kam den Hang herunter.

«Wir können beweisen, daß alles ganz anders war, Mr. Dorman», sagte einer der Männer an der Spitze. «Wir sind Ihre Verstärkung, Agent Mulder. Wir übernehmen jetzt den Fall. Sie und Agent Scully können gehen. Wir kümmern uns schon um den Papierkram.»

Dorman schaute Mulder an, als ob er ihn betrogen habe.

«Woher kennen Sie unsere Namen?» fragte Mulder.

Scully wich zurück und ergriff Jodys Hand. «So einfach geht das nicht», sagte sie. «Wir werden Ihnen diesen Jungen nicht ausliefern.»

«Ich fürchte, das müssen Sie doch», sagte der Mann an der Spitze. «Ich versichere Ihnen, daß wir juristisch befugt sind, alle erforderlichen Maßnahmen zu ergreifen, und zwar eher als Sie.»

Die Männer kamen näher; ihre schwarzen Anzüge verschmolzen mit den Schatten des niedergebrannten Gebäudes.

«Weisen Sie sich bitte aus», sagte Scully.

«Solche Leute haben keine Visitenkarten, Scully», sagte Mulder ungläubig.

Der Mann an der Spitze musterte Jody wie ein Insektensammler, der einen besonders seltenen Käfer gefunden hatte. «Du meinst, Mr. Dorman hier hat dir nicht erklärt, was wirklich mit deinem Vater passiert ist?» Seine Stimme klang spöttisch. «Haben Sie schon wieder Märchen erzählt, Jeremy? Die Wahrheit zurechtgebogen, Tatsachen unterschlagen?»

«Wagen Sie es ja nicht, Lentz», sagte Dorman außer sich vor Wut. Er hatte seinen Revolver nicht gehoben, und die Drohung schien Lentz völlig unbeeindruckt zu lassen.

«Jeremy hat deinen Vater getötet, Jody. Nicht wir.»

«Sie Bastard!» heulte Dorman verzweifelt.

Scully war zu verblüfft, um zu reagieren, aber Dorman schien zu erkennen, daß es ihm jetzt nicht mehr gelingen würde, den Jungen zu überzeugen, ihm zu helfen.

Mit einem Aufschrei und einer schnellen Bewegung seines unnatürlich biegsamen Armes riß Jeremy Dorman den Revolver hoch und richtete ihn auf Lentz.

Aber die anderen Männer in Schwarz waren viel schneller. Sie zogen ihre Waffen und feuerten.

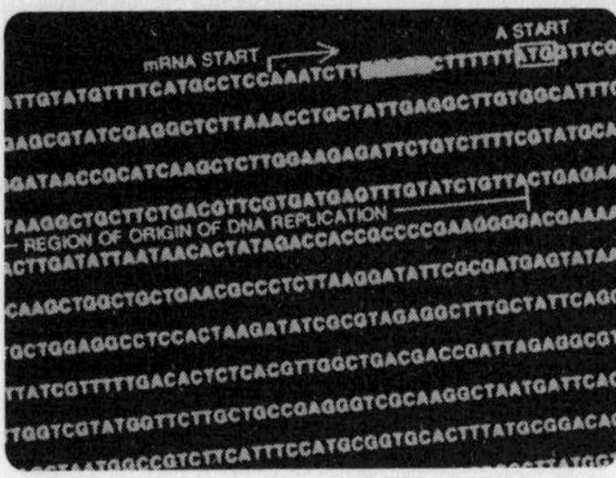

43

Ruinen der DyMar-Laboratorien

Freitag, 21:03 Uhr

Der Hagel aus kleinkalibrigen Kugeln traf Jeremy Dorman, und er warf mit einem Schmerzensschrei die Arme hoch – als sein Körper plötzlich verrückt spielte.

Mulder und Scully reagierten, wie sie es gelernt hatten, und warfen sich geduckt zur Seite. Jody schrie auf, als Scully ihn mit sich zog und hinter den schweren Baufahrzeugen Deckung suchte.

Mulder rief den Männern zu, das Feuer einzustellen, aber niemand schenkte ihm auch nur die geringste Aufmerksamkeit.

Sie schossen weiter auf Dorman. Er hatte gewußt, daß ihn diese Männer erledigen wollten, obwohl er bezweifelte, daß sie gewußt hatten, daß er noch am Leben war – bis jetzt. Sie wußten nicht, was mit ihm passiert war – wie sehr sich sein Körper *verändert* hatte.

Adam Lentz hatte ihn schon einmal verraten: Die Männer von seiner Organisation, die ihm sein eigenes Labor versprochen hatten, die Möglichkeit, die Nanotechnologie-Forschung fortzusetzen, hatten bereits versucht, ihn zu vernichten. Jetzt wollten sie ihr Werk vollenden.

Als ihn zwei heiße Kugeln trafen, eine in die Schulter und die andere in seinen linken Brustkorb, schwemmten der Schmerz und das Adrenalin und die rasende Wut die letzten Reste der Kontrolle über seinen Körper fort. Er ließ den Nanomaschinen freien Lauf, die seine genetische Struktur, seine Muskeln und

Nerven in ein Schlachtfeld verwandelt hatten. Er stieß ein wortloses, haßerfülltes Heulen aus.

Und sein Körper *veränderte* sich.

Seine Haut spannte sich wie ein vibrierendes Trommelfell. Seine Muskeln verkrampften sich. Die wild wuchernden Tumore, die sich an seiner Brust und seinem Hals, überall auf seiner Haut gebildet hatten, explodierten förmlich nach außen und zerrissen sein ohnehin schon halbzerfetztes Hemd.

Die tentakelähnlichen Wucherungen hatten sich schon einmal, in Wayne Hykaways Holztransporter, gegen seinen Willen ihren Weg nach draußen gebahnt. Aber dieser Kontrollverlust war nichts im Vergleich zu dem entfesselten biologischen Chaos, das sich jetzt abspielte, eine totale Umstrukturierung seines Körpers nach einem Muster, das die Nanomaschinen in seinem primitivsten DNS-Code gefunden hatten.

Seine Schultern knirschten, seine Bizepse traten beulenartig hervor, und seine Arme krümmten und bogen sich. Ein weiterer Tumor wuchs im Zeitraffertempo in seinem Hals, quoll als Tentakel aus seinem Mund und peitschte hin und her. Die Haut an seinem Gesicht und seinem Nacken wogte wie geschmolzenes Plastik.

Die Männer in den schwarzen Anzügen schossen weiter auf ihn, jetzt verängstigt und um sich zu schützen, aber Dormans Körper war in Auflösung begriffen und mutierte. Er absorbierte die Kugeln wie weicher Lehm.

Adam Lentz reagierte schnell, gab den Platz an der Spitze seines Teams auf und ging in Deckung.

Dorman stürzte sich auf den nächsten schwarzgekleideten Mann und schlug mit einem verdrehten Arm nach ihm, während die Tentakel, die als grausige, urzeitliche Masse aus seinem Körper wucherten, durch die Luft peitschten. Er war wie benebelt, spürte nur noch den brüllenden Schmerz, während widersprüchliche Bilder durch seinen Kopf flackerten. Die Nervensignale, die sein Gehirn an seine Muskeln schickten, zeigten kaum noch Wirkung. Dann machte sich sein verunstalteter, rebellischer Körper endgültig selbständig und lief Amok.

Die kühle, professionelle Selbstsicherheit des Regierungsagenten verwandelte sich in Sekundenschnelle zu einem kreischenden Schrei, als sich eine Explosion aus fleischigen Wucherungen und klauenbewehrten Tentakeln, ein Alptraum aus bizarren biologischen Scheußlichkeiten, um seine Arme, seine Brust, seinen Hals wickelte. Dorman drückte und würgte, bis der Mann wie ein Streichholz unter seinem Griff zerbrach.

Eine weitere Kugel zerschmetterte seinen Oberschenkelknochen, aber bevor er zusammenbrechen konnte, fügten die Nanomaschinen den Knochen wieder zusammen, so daß er das nächste Opfer packen konnte.

Der heiße, durchsichtige Schleim, der Dormans Körper überzog, diente den entfesselten Nanomaschinen als Vehikel. Er brauchte die Männer nur zu berühren, und die zellulare Seuche begann sofort mit der Zerstörung ihrer genetischen Struktur – aber sein außer Kontrolle geratener Körper genoß es, ihnen das Genick zu brechen, Luftröhren zu zerquetschen, Brustkörbe wie Akkordeons zusammenzudrücken.

Das einzelne Tentakel, das aus dem Halstumor entstanden war, schoß wie die lange, gespaltene Zunge einer Schlange aus seinem Mund und peitschte durch die Luft. Er konnte seine Sinneswahrnehmungen nicht mehr interpretieren. Er wußte nicht mehr, wieviel – oder wie wenig – von seinem Menschsein noch übrig war.

Er sah jetzt nur noch den Feind, die Verschwörer, die Verräter –

und sein zerfallendes, verwirrtes Gehirn dachte nur noch daran, sie zu töten.

Aber während Dorman weiterkämpfte, fühlte er sich plötzlich desorientiert. Sein Blickfeld verzerrte sich, verschwamm. Die Agenten, die ihn umringten, setzten weitere Waffen gegen ihn ein. Die Einschläge der Kugeln ließen Dorman zurückstolpern.

Ein trüber Funke in seinem Bewußtsein erinnerte ihn an das DyMar-Institut, das Laboratorium, die Räume, wo er und David Kennessy ihre phantastische Erfindung gemacht hatten – eine Erfindung mit katastrophalen Folgen für sie beide.

Wie ein verwundetes Tier, das in seine Höhle flieht, verschwand Dorman in der ausgebrannten Ruine.

Und die Männer mit den Waffen setzten ihm nach.

44

Ruine der DyMar-Laboratorien

Freitag, 21:19 Uhr

Als Lentz und seine Leute im entscheidenden Moment aufgetaucht waren, hatte Mulder sofort gewußt, daß diese Männer keine «Verstärkung» waren, sondern ein Säuberungsteam, Teil jener Verschwörung, die er und Scully seit langem bekämpften. Genau diese Leute hatten Patrice und Jody aufgespürt, hatten die gewalttätige Demonstration organisiert und das Labor niedergebrannt, hatten das Haus der Kennessys durchsucht und geplündert, und sie hatten die Beweise in der Leichenhalle des Krankenhauses beschlagnahmt.

Mulder konnte sehr gut ohne eine derartige «Verstärkung» auskommen.

Als es zu der Schießerei kam, befürchtete er, daß Scully und der kleine Jody dem Kugelhagel zum Opfer fallen würden. Er wich zur Seite aus und rannte in Deckung. Dank Dorman hatte er keine Pistole mehr, aber Scully war noch immer bewaffnet.

«Scully, bringen Sie den Jungen in Sicherheit!» schrie er. Dann hörte er die dumpfen, feuchten Einschläge von Kugeln in einen Körper, und Dorman brüllte vor Schmerz.

Mulder floh in die Dunkelheit, duckte sich hinter heruntergefallene Balken und eingestürzte Wände. Er blickte auf, als sich das Geheul des unheimlichen Flüchtlings zu einem bestialischen Kreischen steigerte.

Jeremy Dorman verwandelte sich vor seinen Augen in ein Ungeheuer.

All das Grauen des unkontrollierten Zellwachstums, der Schrecken eines bösartigen, sich ungehemmt verbreitenden, wie von einem eigenen Willen beseelten Krebses, der wie eine mißgestaltete Kreatur in Dormans Zellen geschlafen hatte, brach sich jetzt Bahn, planlos wuchernd. *Wie der Stadtentwicklungsplan eines bestochenen Stadtrats*, dachte er.

Und dieser zellulare Angriff wurde von einem räuberischen, von Wut und Zerstörungslust beherrschten Bewußtsein geführt.

Von ihrem Platz aus konnte Scully keine Einzelheiten erkennen. Sie schützte Jody mit ihrem Körper und floh mit ihm hinter einen Bulldozer. Kugeln pfiffen durch die Luft und prallten von der stählernen Seite der Baumaschine ab. Scully duckte sich, ging in Deckung und zog Jody zu Boden.

Mulder rannte währenddessen gebückt durch das Gewirr aus geborstenem Mauerwerk und heruntergefallenen Balken, suchte Deckung im zweifelhaften Schutz der ausgebrannten DyMar-Laboratorien.

Dorman – oder das, was von ihm übriggeblieben war – packte zwei weitere angreifende Agenten und tötete sie mit seinen Händen, den Tentakeln und der unvorstellbar virulenten Seuche, die in dem Schleim auf seiner Haut lauerte.

Weitere Schüsse knatterten, gelbe Lichtpunkte flogen auf wie die Glühwürmchen durch die Dunkelheit. Mulder sah, daß sich die schwarzgekleideten Männer verteilt und einen Ring gebildet hatten. Sie zogen den Ring enger und trieben Dorman in die Ruinen.

Als ob sie einen Plan verfolgten.

Mulder duckte sich unter einen überhängenden Torbogen mit Zähnen aus Glassplittern, der es irgendwie geschafft hatte, das Feuer und die Explosion zu überstehen.

Hinter dem Bulldozer schrie Jody verzweifelt auf, als sein Hund wie besessen bellte und knurrte. Mulder hob den Kopf und sah einen Schatten, den schwarzen Labrador, in die Ruinen rennen. Bellend und schnappend hetzte Vader hinter Jeremy Dorman her.

Lentz' andere Agenten näherten sich ebenfalls dem labyrinthischen Trümmergewirr, aber sie gingen jetzt vorsichtiger vor. Dorman hatte ihrem Kugelhagel widerstanden und bereits mehrere von ihren Kameraden getötet. Zwei der Männer hatten ihre Taschenlampen angestellt, grellweiße Augen, die weiße Lanzen durch die Finsternis stachen. Ascheflocken, von Dorman hochgewirbelt, rieselten langsam zu Boden. Der beißende Gestank von Ruß und verbranntem Plastik stieg Mulder in die Nase.

Der Strahl aus der Taschenlampe eines Agenten erfaßte Dorman und leuchtete ihm in die Augen, um ihn wie ein Reh zu lähmen, das in die Scheinwerfer eines heranrasenden Autos blickte. Grunzend wich der monströse Mann zur Seite aus und prallte gegen einen Stützpfeiler; durch die Erschütterung lösten sich ein verkohlter Holzträger und große Brocken Mauerwerk von der Decke und polterten zu Boden.

Der Agent mit der Taschenlampe wollte sich eilig zurückziehen, aber der Balken landete auf seinem Oberschenkel. Ein Teil der Wand stürzte ein. Mulder hörte das Brechen eines Knochens; es klang, als würde ein Bambusstock splittern. Dann heulte der schwarzgekleidete Mann, der so kaltblütig sein Opfer gejagt hatte, vor Schmerz auf; er hatte eine schrille, durchdringende Stimme.

Irgendwo in dem ausgebrannten Gebäude bellte der Hund.

Mulder rannte weiter und stolperte in der Dunkelheit über herumliegende Ziegelsteine. Unter seinen Füßen knirschten Glasscherben. Er duckte sich hinter einen umgekippten, rußgeschwärzten Schreibtisch, als weitere Schüsse hämmerten.

Eine Kugel traf das Büromöbel, und Mulder stieß ein überraschtes Zischen aus. Er konnte Scully draußen im grobkörnigen grauen Licht des wolkenverhangenen Mondes erkennen. Sie hielt den Jungen an seinem zerfetzten Hemd fest. Jody rief weiter nach seinem Hund, während die Stille der Nacht von weiteren Schüssen zerrissen wurde. Scully drückte Jody zu Boden, als der Bulldozer erneut von einem Kugelhagel getroffen wurde.

Eine zweite Kugel schlug in den Schreibtisch ein, hinter dem sich Mulder versteckte.

Er erkannte, daß man gezielt auf ihn schoß, auch wenn man es später abstreiten würde. Für die Männer, die die Ruine von DyMar umstellt hatten und nun versuchten, Dorman und Jody zu töten, konnte es nur von Vorteil sein, wenn die Agenten Mulder und Scully bei der Schießerei durch eine «verirrte Kugel» ums Leben kamen.

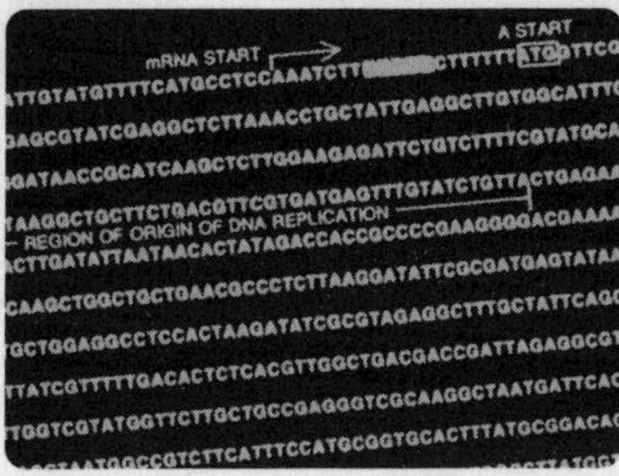

45

Ruine der DyMar-Laboratorien

Freitag, 21 : 38 Uhr

Die Falle war zugeschnappt. Vielleicht war nicht alles so glattgegangen, wie Adam Lentz gehofft hatte, aber das Endergebnis würde dasselbe sein … trotz des ganzen Schlamassels.

Aber das ließ sich später bereinigen.

Die Schüsse hämmerten weiter durch die Nacht, doch keine der Kugeln fügte Jeremy Dorman, ihrem primären Ziel, genug Schaden zu, um ihn niederzustrecken. Obwohl die Mitglieder seines Teams den ausdrücklichen Befehl hatten, auch den Jungen und den Hund zu töten, hatte Scully den kleinen Jody Kennessy bis jetzt beschützen können. Sie hatte dabei all die Fähigkeiten und Tricks eingesetzt, die man ihr auf der FBI-Trainingsakademie in Quantico beigebracht hatte.

Doch Lentz und seine Männer waren einer weit härteren Ausbildung unterzogen worden.

Er hatte gesehen, wie Agent Mulder nach den ersten Schüssen ebenfalls in dem ausgebrannten Gebäude Deckung gesucht hatte. Es spielte keine Rolle. Seine Leute würden sich zu gegebener Zeit um ihn kümmern.

Die schwarzgekleideten Agenten waren ganz auf den grausig verwandelten Jeremy Dorman konzentriert. Nachdem mehrere ihrer Kameraden der mörderischen Raserei des Ungeheuers zum Opfer gefallen waren, hetzten sie ihn mit grimmigen Gesichtern und Mordlust in den Augen durch die Ruine.

Obwohl sich Lentz selbst vor Dorman und seinem verseuchten Schleim in Sicherheit gebracht hatte, war er noch immer enttäuscht, daß die kühle Zielstrebigkeit seines Teams binnen Sekunden blinder Mordlust gewichen war. Man hatte ihm gesagt, daß diese Männer die besten und professionellsten Spezialisten der Welt waren. Wenn das stimmte, dann hatte die Welt ein Problem.

Er hörte den schrillen Schrei eines weiteren Mannes aus der ausgebrannten Ruine, gefolgt von weiteren Schüssen. Das Team hatte Dorman in dem einsturzgefährdeten Gemäuer festgenagelt. Zumindest in dieser Hinsicht lief alles nach Plan.

Lentz erreichte das nächste taktische Fahrzeug und nahm die kleine Kontrollbox vom Vordersitz. Jetzt mußte er nur noch auf den richtigen Moment warten.

Sein Team war ganze fünfundzwanzig Minuten vor Agent Scully und dem Jungen eingetroffen, aber Lentz hatte sich in Geduld geübt, um erst zuzuschlagen, wenn alle vor Ort waren.

Lentz' handverlesene Abbruchspezialisten hatten die Ruine mit den Sprengkapseln, die auf der Baustelle lagerten, sowie anderen Brandsätzen und Sprengstoffen aus ihrem Säuberungsmobil präpariert. Zudem hatten sie versiegelte Tonnen voll geliertem Benzin in den halbverschütteten Kellergeschossen deponiert. Wenn die Tonnen explodierten, würden die Flammen bis hinauf zum Dachgebälk schießen und die Überreste des DyMar-Gebäudes einäschern. Lentz schwor sich, diesmal ganze Arbeit zu leisten. Nichts würde übrigbleiben.

Lentz opferte die Mitglieder seines Teams nicht gerne, die so leichtsinnig gewesen waren, Dorman in die Ruine zu folgen und Katz und Maus mit ihm zu spielen – ein unprofessionelles Verhalten. Aber sie waren entbehrlich. Und jeder einzelne hatte gewußt, worauf er sich einließ, als er sich verpflichtet hatte.

Agent Mulder war ebenfalls im Inneren verschwunden, und Lentz vermutete, daß die Schüsse zum Teil ihm galten. Dies bedeutete aber auch, daß sich seine Leute aus eigenem Antrieb entschlossen hatten, alle Zeugen zu beseitigen.

Lentz hatte die klare Anweisung bekommen, Mulder nicht zu töten. Er und seine Partnerin Scully waren bereits Teil eines größeren Plans, aber die letzte Entscheidung mußte doch immer vor Ort getroffen werden. Lentz mußte Prioritäten setzen – und der Anblick dieses rasenden *Dings*, das aus Dormans Körper entstanden war, hatte ihn überzeugt, daß extreme Maßnahmen ergriffen werden mußten. Er wußte, daß die anderen Nanomaschinen in dem Jungen und dem Hund potentiell genauso zerstörerisch waren wie Dormans, und ihm war klar, daß sich diese Nanotech-Bedrohung zu der größten Gefahr entwickeln konnte, der sich die Menschheit je gegenübergesehen hatte. Im Notfall würde sich Lentz eben bei seinen Vorgesetzten für seine eigenmächtige Handlungsweise entschuldigen. Irgendwann später.

Mulder und Scully wußten zuviel, und diese Waffe, dieser Durchbruch, dieser Fluch der entfesselten Nanotechnologie mußte unter Kontrolle gebracht werden, ganz gleich, wie hoch der Preis war. Nur bestimmten Leuten konnte man eine derartige Macht anvertrauen.

Und die Zeit war jetzt gekommen.

Einer der anderen Männer eilte zurück zum gepanzerten Säuberungsmobil. Seine Augen waren glasig; Schweiß glitzerte auf seiner Stirn. Er keuchte und sah sich panisch um.

Lentz funkelte ihn an und fauchte: «Reißen Sie sich zusammen.»

Das Teammitglied verkrampfte sich wie unter einem elektrischen Schlag. Der Mann blieb abrupt stehen, schwankte für eine Sekunde und schluckte dann hart. Er straffte sich, atmete von einem Moment zum anderen wieder normal und räusperte sich dann, wartete auf neue Befehle.

Lentz zeigte ihm fragend die Kontrollbox. Ein kleiner Sender. «Ist alles vorbereitet?»

Der Mann warf einen Blick auf die Kontrollen im Inneren des Kastenwagens. Er blinzelte, bevor er hastig antwortete. Seine Worte klangen so hämmernd und scharf wie die Schüsse, die die Dunkelheit zerrissen.

«Das ist alles, was Sie brauchen, Sir. Der Sender wird die Sprengkapseln und die anderen Sprengladungen auslösen und die Tonnen mit dem gelierten Benzin zur Explosion bringen. Drücken Sie einfach den roten Knopf. Das genügt.»

Lentz nickte ihm knapp zu. «Danke.» Er warf einen letzten Blick auf die geschwärzten Überreste des Gebäudes und drückte den roten Knopf.

Die DyMar-Laboratorien gingen zum zweitenmal in Flammen auf.

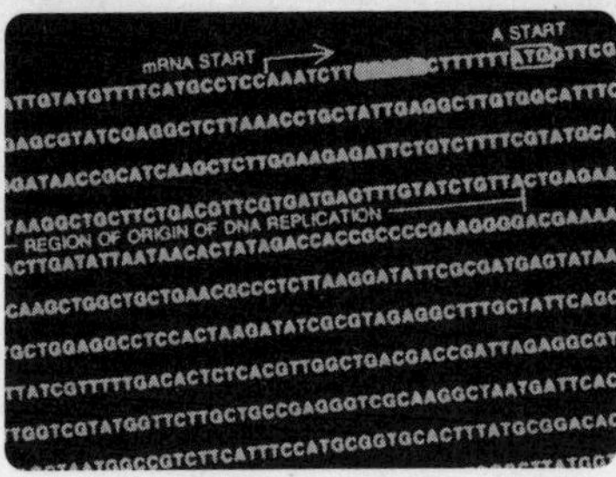

46

Ruine der DyMar-Laboratorien

Freitag, 21:47 Uhr

Die Druckwelle knickte einige der verbliebenen Träger und brachte die massive Betonwand zum Einsturz. Der Metallschreibtisch schützte Mulder vor den verheerendsten Auswirkungen der Explosion, aber der Hitzesturm drückte das schwere rußgeschwärzte Möbelstück gegen die Wand, so daß er fast zerquetscht wurde.

Flammen loderten in die Höhe, hellgelb und orange, so rasend schnell, daß es wie Zauberei wirkte. Er hatte angenommen, daß alles brennbare Material bereits dem ersten Feuer vor zwei Wochen zum Opfer gefallen war. Mulder schirmte seine Augen vor der Glut und dem heißen Wind ab, und die Stärke des Feuers verriet ihm, daß jemand die Ruinen präpariert hatte, um sie in ein künstliches Inferno zu verwandeln.

Die schwarzgekleideten Männer waren dafür verantwortlich.

Mulder hörte einen angsterfüllten Schmerzensschrei. Er hob vorsichtig den Kopf und starrte mit zusammengekniffenen, tränenden Augen in das Flammenmeer des Infernos. Er entdeckte einen der Männer, die ihn durch die Ruinen gejagt hatten; sein Anzug brannte lichterloh. Weitere Schüsse hämmerten, von panischen Rufen und Schreien – und dem Gebell eines Hundes – unterbrochen.

Das Feuer raste die hölzernen Stützpfeiler hinauf. Die Hitze war so intensiv, das sogar die Glassplitter und das geborstene Mauerwerk zu brennen schienen. Der schwarze Labrador war in das Gebäude gerannt, von der Explosion erfaßt und gegen eine Wand geschmettert worden. Vaders Fell rauchte, aber er lief noch immer suchend herum.

Einer der Dachbalken fiel herunter und landete krachend im Schutt. Flammen leckten über das gesplitterte Holz.

Mulder kam hinter dem Schreibtisch hoch und schützte seine Augen mit der Hand. «Vader!» schrie er. «He, Hund! Komm zu mir.» Der schwarze Hund war ein Beweisstück. Das Blut dieses Hundes enthielt funktionierende Nanotechnologie, die man analysieren konnte, um das Leben zahlloser Menschen zu retten, ohne daß es zu den grausigen Mutationen kam, die Jeremy Dorman in ein Ungeheuer verwandelt hatten.

Mulder winkte, um die Aufmerksamkeit des Hundes auf sich zu lenken, aber plötzlich tauchte einer der Männer auf, die in der Ruine gefangen waren, und schoß auf ihn. Die Kugel prallte als Querschläger vom Schreibtisch ab und bohrte sich in eine der eingestürzten Betonwände.

Bevor der Mann erneut schießen konnte, pflügte die unmenschliche Gestalt Jeremy Dormans durch die Trümmer. Der Mann mit der Waffe wandte sich von Mulder – dem leichten Ziel – ab und entdeckte die monströse Kreatur. Er hatte nicht einmal die Zeit für einen Schrei. Dorman packte ihn mit seinen neuen Tentakeln, brach ihm mit einem kräftigen Ruck das Genick und ließ ihn achtlos fallen.

Aber Mulder hatte im Moment nicht die Absicht, den verunstalteten Mann mit Dank zu überschütten. Er schirmte seine Augen vor dem dichten Rauch und den Flammen ab und stolperte davon, um sich nach draußen in Sicherheit zu bringen.

Der Hund war verloren. Mulder konnte nicht verstehen, warum sich Vader überhaupt in die gefährlichen Ruinen gewagt hatte.

Der instabile Boden stand in Flammen. Die Wände, die Trümmer ... selbst die Luft brannte bei jedem keuchenden, rasselnden Atemzug in seiner Lunge.

Mulder wußte nicht, wie er hier lebend herauskommen sollte.

XXX Scully hielt Jody an seinem zerfetzten Hemd fest, während er zappelte und laut nach seinem Hund schrie, aber dann riß der Stoff, und der Junge war frei.

«Jody, nicht! Es ist zu ...»

Doch Jody rannte wie der Blitz hinter seinem Hund her. Die Männer schossen weiter, aber Dorman tötete sie einen nach dem anderen. Der schwarze Hund lief direkt in das Kreuzfeuer. Der zwölfjährige Junge – der wie viele Zwölfjährige wohl etwas zu viel Vertrauen in seine Unsterblichkeit hatte – setzte ihm Sekunden später nach.

Scully ließ den nutzlosen Stoffetzen in ihrer Hand fallen. Verzweifelt erhob sie sich hinter der Deckung des Bulldozers. Scully verfolgte, wie der Junge auf die geschwärzten Mauern der DyMar-Laboratorien zulief und dabei wie durch ein Wunder von den Kugeln verschont blieb. Ein weiterer Querschläger prallte von dem schweren Baufahrzeug ab, doch sie machte sich nicht einmal die Mühe, sich zu ducken.

Mauerbrocken regneten auf Jody nieder, aber er senkte nur den Kopf und rannte weiter. Vor der brennenden Ruine blieb er einen Moment stehen und rief nach seinem Hund, duckte sich dann und suchte nach einem Weg ins Innere. Sie hörte Mulder den Namen des Hundes rufen, dann wieder Schüsse. Das DyMar-Institut und alles, wofür es stand, brannte weiter.

Bis jetzt war noch keine Polizei, keine Feuerwehr, kein Rettungsteam aufgetaucht, um etwas gegen die Schießerei, die Explosionen, das Feuer zu unternehmen.

«Mulder!» schrie Scully. Sie wußte nicht, wo er war oder ob er sich noch rechtzeitig in Sicherheit bringen konnte. Jody verschwand geduckt in dem brennenden Gebäude. «Jody, du wirst sterben!» schrie sie ihm zu. «Komm zurück.»

Sie lief ihm hinterher und spähte mit zusammengekniffenen Augen durch den Rauch. Ein Balken kam in einem Funkenschauer herunter, als die Decke nachgab. Wo die Flammen und Explosionen im Keller den Boden geschwächt hatten, wies er Risse und klaffende Löcher auf; große Teile waren herausgebrochen und in die Tiefe gestürzt.

Jody blieb schwankend und wild mit den Armen rudernd stehen. «Vader, wo bist du? Vader!»

Scully schlug alle Vorsicht in den Wind und stürmte unerschrocken hinein, als müßte sie mit der Rettung des Jungen beweisen, daß sie ihr eigenes Überleben verdient hatte. Sie kämpfte sich weiter, atmete flach und stoßweise. Die meiste Zeit hielt sie die Augen geschlossen und öffnete sie jedesmal nur für einen kurzen Moment, um sich umzuschauen, und stolperte dann weiter.

«Vader!» rief Jody wieder und verschwand außer Sichtweite.

Endlich holte Scully den Jungen ein und packte seinen Arm. «Wir müssen hier raus, Jody. Sofort! Das ganze Gebäude kann jeden Moment einstürzen.»

«Scully!» schrie Mulder mit heiserer, halberstickter Stimme. Sie fuhr herum und sah, wie er sich durch die Flammen in ihre Richtung kämpfte. Seine Hose brannte an einer Stelle, und er erstickte das Feuer mit der Hand.

Sie bedeutete ihm, sich zu beeilen – aber dann stürzte hinter ihr eine Wand ein. Betonbrocken fielen herab und landeten in einem Aschehaufen, als ein Holzträger zersplitterte.

«Hallo, Jody ...» sagte Jeremy Dorman mit verzerrter Stimme, als er sich seinen Weg durch das Feuer und die Überreste der Wand bahnte, die er soeben zertrümmert hatte. Der mißgestaltete Mann richtete sich auf und ignorierte die sengende Hitze. Funken landeten auf seiner Haut und brannten schwarze, rauchende Krater hinein, die sich sofort wieder schlossen und verheilten. Seine Haut tropfte wie schmelzendes Kerzenwachs zu Boden. Seine Kleidung brannte lichterloh, und seine grausigen Tentakel und Wucherungen peitschten wild durch die glühende Luft.

Dorman versperrte ihnen den Weg nach draußen.

«Jody, du wolltest mir nicht helfen, als ich dich darum bat – und jetzt sieh dir an, was aus mir geworden ist.»

Jody unterdrückte einen Schrei und starrte die grausig mutierte Kreatur nur anklagend an. «Du hast meinen Dad getötet.»

«Jetzt werden wir alle in diesem Feuer sterben», sagte Dorman.

Scully bezweifelte, daß selbst die emsigen Nanomaschinen den Jungen vor den brausenden Flammen schützen konnten. Außerdem waren sie und Mulder normale Menschen, ohne einen derartigen Schutz, der Hitze des Feuers und dem Rauch hilflos ausgeliefert. Sie waren beide verloren, wenn es ihnen nicht gelang, an diesem Mann vorbeizukommen.

Mulder stolperte und fiel mit einem Knie in die heißen Glasscherben, aber er schrie nicht einmal und war sofort wieder auf den Beinen. Scully hatte immer noch ihre Waffe, doch sie wußte, daß sie damit gegen Dorman nichts ausrichten konnte. Er würde über ihre Kugeln nur lachen, genau wie er das Kreuzfeuer der schwarzgekleideten Männer ignoriert hatte … wie er jetzt das Feuer zu ignorieren schien, das um sie herum tobte.

«Jody, komm zu mir», sagte Dorman und trat einen stampfenden Schritt näher. Seine Haut wogte und wellte sich unter dem glitzernden Schleimfilm, der aus jeder Pore quoll.

Jody wich zu Scully zurück. Seine Haut war von Brandblasen, Kratzern und Schnittwunden übersät, die er sich bei dem Trümmerregen nach der Explosion zugezogen hatte, und sie fragte sich flüchtig, warum diese leichten Verletzungen nicht so magisch heilten wie die Schußwunde. War mit seinen Nanomaschinchen etwas nicht in Ordnung? Hatten sie aufgegeben oder sich aus irgendeinem Grund deaktiviert?

Scully wußte, daß sie den Jungen nicht beschützen konnte. Dorman kam näher und griff mit einer flammenumzüngelten Hand nach ihm.

Und dann sprang hinter einem Haufen aus brennenden, rauchenden Trümmern der schwarze Labrador hervor. Knurrend warf er sich auf den Feind.

Dorman wirbelte so schnell herum, daß sich sein Kopf grotesk verdrehte. Seine gebrochenen, verkrümmten Hände fuhren abwehrend hoch. Seine Tentakel und Tumore wanden sich wie ein Korb voller Schlangen. Der Hund traf Dorman wie ein schwarzfelliger Bulldozer und schleuderte ihn nach hinten.

«Vader!» schrie Jody. «Paß auf!»

Dorman kam schwankend wieder auf die Beine, und der Hund trieb ihn zurück in die Flammen, wo durch die immer größer werdenden Löcher im Boden grellweiße Glut und lodernde Flammen schlugen, als läge darunter der Höllenpfuhl selbst.

Dorman wimmerte, und seine Tentakel wickelten sich um den Hund. Das schwarze Fell fing an einigen Stellen Feuer, aber Vader schien es nicht zu bemerken. Immun gegen die Seuche, schnappte der Hund zu und grub seine Fänge tief in das weiche, schmelzende Fleisch des nanotechinfizierten Mannes.

Dorman kämpfte mit dem schweren Tier, und beide stürzten auf die knarrenden, splitternden Dielen. Dorman trat mit dem linken Fuß in eines der flammengefüllten Löcher.

Er kreischte. Seine Tentakel zuckten. Der Hund verbiß sich wie rasend in seinem Gesicht.

Und dann stürzte der Boden in einer Lawine aus feurigen Trümmern in die Tiefe. Funken und Rauch flogen wie nach einer Landminenexplosion hoch. Jaulend und schreiend verschwanden Dorman und Vader im glühenden Keller.

Jody schrie auf und wollte seinem Hund schon nachsetzen, aber Scully packte seine Arme und hielt ihn fest. Sie zerrte den Jungen zu der Öffnung in der Mauer und in Sicherheit. Hustend stolperte Mulder hinterher.

Die brüllenden Flammen schlugen höher, und weitere Balken stürzten herab. Eine Betonwand barst in tausend Stücke, dann gab ein weiterer großer Teil des Bodens nach und riß sie fast alle mit in die Tiefe.

Sie stürmten aus dem einstürzenden Gebäude ins Freie, und Scully atmete gierig die frische Luft ein, überglücklich, daß sie es aus dem Feuer geschafft hatten und in Sicherheit waren.

Die kühle Nacht wirkte unglaublich dunkel und kalt, als sie sich aus den Flammen und den glühenden Trümmern kämpften. Scullys Augen brannten und waren so mit Tränen gefüllt, daß sie kaum etwas sehen konnte. Sie legte ihre Arme um den verzweifelten Jungen und drückte ihn an sich. Mulder berührte ihre Schulter, um ihre Aufmerksamkeit auf etwas anderes zu lenken, während sie sich stolpernd von den Flammen entfernten.

Sie blickte auf und sah, daß sie von einer Gruppe von Männern erwartet wurden, die sie kalt anstarrten. Die Überlebenden von Lentz' Team hoben ihre automatischen Waffen und richteten sie auf sie.

«Gebt mir den Jungen», sagte Lentz.

47

DyMar-Inferno

Freitag, 21:58 Uhr

Mulder hätte wissen müssen, daß die Männer in den Anzügen am Rand des Infernos auf sie warten würden. Einige von Lentz' Leuten mußten erkannt haben, daß es keinen Grund gab, sich selbst in Gefahr zu bringen – es genügte, wenn sie draußen darauf warteten, daß die Überlebenden zu ihnen kamen.

«Bleiben Sie stehen, Agent Mulder, Agent Scully», sagte der Mann an der Spitze. «Es besteht immer noch die Chance, daß wir zu einer für alle Seiten befriedigenden Lösung gelangen.»

«Ich bin an Ihrer befriedigenden Lösung nicht interessiert», antwortete Mulder hustend.

Scullys Augen blitzten, als sie ihren Arm schützend um den Jungen legte. «Sie werden ihn nicht mitnehmen. Er hat schon zuviel durchgemacht, und ich weiß, was Sie mit ihm vorhaben.»

«Dann kennen Sie die Gefahr», sagte Lentz. «Unser Freund Mr. Dorman hat uns gerade demonstriert, was alles schiefgehen kann. Wir können nicht erlauben, daß sich die Nanotechnologie unkontrolliert ausbreitet. Wir haben keine andere Wahl.» Er lächelte, aber seine Augen blieben kalt. «Machen Sie es nicht noch schwieriger, als es schon ist.»

«Sie werden ihn *nicht* mitnehmen», sagte Scully heftiger.

Um zu zeigen, daß es ihr ernst war, richtete sie sich zu ihrer vollen Größe auf. Ihr Gesicht war rußverschmiert; ihre Kleidung stank nach Rauch und verkohltem Holz. Sie stellte sich schützend vor Jody, eine Barrikade zwischen ihm und ihren automatischen Waffen. Mulder war nicht überzeugt, daß ihr schmaler Körper einem Hagel von Hochgeschwindigkeitsgeschossen standhalten würde, aber vielleicht genügte ihre schiere Entschlossenheit, die Männer an ihrem Vorhaben zu hindern.

«Ich weiß nicht, wer Sie sind, Mr. Lentz», sagte Mulder und trat neben Scully, um sie zu unterstützen, «aber dieser junge Mann steht unter unserem Schutz.»

«Ich will ihm nur helfen», sagte Lentz sanft. «Wir werden ihn in ein Krankenhaus bringen. In eine Spezialklinik, wo sich Leute um ihn kümmern werden, die ... seinen Zustand verstehen. Ein normales Krankenhaus könnte ihm nicht helfen.»

Scully wich nicht von der Stelle. «Ich glaube nicht, daß er Ihre Behandlung überleben würde.»

In der Ferne, endlich, hörte Mulder Sirenengeheul und die Motoren sich nähernder Fahrzeuge. Rettungswagen rasten mit flackernden roten und blauen Lichtern durch die Vorstadtstraßen zum Fuß des Hügels. Das zweite DyMar-Feuer loderte weiter auf der Spitze des Kliffs.

Mulder trat einen Schritt zurück und stellte sich direkt neben seine Partnerin. Er hielt die Augen unverwandt auf Lentz gerichtet, ignorierte die anderen Männer in den schwarzen Anzügen.

«Jetzt klingen Sie genau wie ich, Scully», sagte Mulder.

«Geben Sie uns den Jungen – sofort», befahl Lentz. Die Sirenen unter ihnen wurden lauter, kamen näher.

«Niemals», erwiderte Scully.

Löschfahrzeuge und Streifenwagen rasten mit heulenden Sirenen den Hügel herauf. Sie würden in wenigen Sekunden eintreffen. Wenn Lentz etwas unternehmen wollte, dann mußte es jetzt geschehen. Aber Mulder wußte, wenn er sie erschoß, würde er keine Zeit haben, die Leichen zu beseitigen, bevor es auf dem DyMar-Gelände von Zeugen nur so wimmelte.

«Mr. Lentz ...» sagte einer der überlebenden Angreifer.

Scully machte einen Schritt, blieb einen schrecklich langen Moment stehen und ging dann langsam, Schritt für Schritt, weiter. Ihre Entschlossenheit geriet nicht ins Wanken.

Lentz starrte sie an. Die anderen Männer hielten weiter ihre Waffen auf sie gerichtet.

Sanitäter und Feuerwehrleute rissen das Maschendrahttor auf und öffneten es weit, so daß die Feuerwehrwagen auf das Gelände fahren konnten.

«Sie wissen nicht, was Sie tun», sagte Lentz kalt. Er musterte die heranbrausenden Fahrzeuge, als würde er abschätzen, ob sie vor den Augen der eintreffenden Rettungsmannschaften die beiden Agenten erschießen und die Leichen beseitigen konnten. Zornig und besiegt wichen Adam Lentz und seine Männer zurück, vom Widerschein des flammenden Infernos angestrahlt, das die Überreste der DyMar-Laboratorien bis auf die Grundmauern niederbrannte.

Aber Scully wußte, daß sie dem Jungen das Leben gerettet hatte. Sie hielt Jody am Arm fest und ging weiter. Verloren sah er zu der Flammenwand hinüber.

Als die uniformierten Männer aus den Löschzügen sprangen, die Schläuche ausrollten und sich an die Bekämpfung des Brandes machten, zogen sich Lentz' Leute zurück und verschwanden in den Schatten des Waldes.

Irgendwie gelang es ihnen, den Mietwagen zu erreichen.

«Ich fahre, Scully», sagte Mulder, als er die Fahrertür öffnete. «Sie sind zu beschäftigt.»

«Ich behalte Jody im Auge», nickte sie.

Mulder ließ den Motor an und fürchtete schon, daß zwischen den Bäumen Schüsse hämmern und Kugeln die Windschutzscheibe durchlöchern und mit spinnennetzartigen Rissen überziehen würden. Aber statt dessen brauste er los, daß die Reifen den Schotter auf der steilen Straße hochwirbelten, die von den DyMar-Laboratorien wegführte. Er mußte mehrmals seinen Dienstausweis zeigen, um die eintreffenden Ordnungskräfte passieren zu können. Er fragte sich, wie Lentz die Anwesenheit seines Teams erklären würde ... sofern man die Männer in dem umliegenden Wald überhaupt entdeckte.

48

Mercy Hospital, Portland, Oregon
Samstag, 12:16 Uhr

Im Krankenhaus überprüfte Scully immer wieder Jody Kennessys Testergebnisse, aber nach einer Stunde intensiven Nachdenkens war sie noch genauso verblüfft wie bei der ersten Durchsicht der Daten.

Sie saß zur Mittagszeit in der überfüllten Cafeteria und schlürfte einen bitteren Kaffee. Ärzte und Krankenschwestern schoben sich an ihr vorbei und schwatzten über Krankheitsfälle, so wie andere Menschen über Footballspiele redeten; an vielen Tischen saßen Patienten mit ihren Familienangehörigen, froh, ihren engen Krankenzimmern für ein paar Stunden zu entkommen.

Schließlich, als Scully erkannte, daß die Befunde sie nicht weiterbringen würden, holte sie sich eine neue Tasse Kaffee und machte sich danach auf den Weg zu Mulder, der vor dem Krankenzimmer des Jungen Wache hielt.

Als sie aus dem Fahrstuhl stieg und den Flur hinunterging, wedelte sie mit dem Pappordner in ihrer Hand. Mulder blickte auf, begierig, seine Theorien bestätigt zu bekommen. Er schob das Magazin, das er gelesen hatte, zurück in einen braunen Umschlag. Die Tür zu Jodys Zimmer stand einen Spalt offen, und das Plärren des Fernsehers drang heraus. Bis jetzt hatten noch keine mysteriösen Fremden versucht, den Jungen zu entführen.

«Ich weiß nicht, was mich mehr erstaunt – der Beweis, das die

Nanotechnologie funktioniert, oder die Tatsache, daß es keine Spur mehr davon gibt.» Scully schüttelte den Kopf und reichte Mulder die Ausdrucke der Laboruntersuchungen.

Er schlug sie auf und betrachtete die Zahlen, Grafiken und Tabellen, aber er schien nichts damit anfangen zu können. «Ich nehme an, das ist nicht das, was Sie erwartet haben?»

«Es gibt in Jodys Blut nicht die geringste Spur von den Nanomaschinen.» Sie verschränkte die Arme vor der Brust. «Sehen Sie sich die Laborergebnisse an.»

Er fuhr sich durch das dunkle Haar. «Wie ist das möglich? Sie haben gesehen, wie seine Schußwunde heilte – eine tödliche Wunde.»

«Vielleicht habe ich mich geirrt. Ich hielt es damals für eine tödliche Wunde», sagte sie, «aber vielleicht hat die Kugel die lebenswichtigen Organe verfehlt …»

«Aber, Scully, schauen Sie sich an, wie gesund er ist! Sie haben das Foto von ihm mit den Leukämiesymptomen gesehen. Er hatte nur noch ein oder zwei Monate zu leben. Wir *wissen*, daß David Kennessy sein Heilmittel an ihm getestet hat.»

Scully zuckte die Schultern. «Er ist sauber, Mulder. Erinnern Sie sich an die Probe des Hundebluts in der Tierarztpraxis in Lincoln City? Die Überreste der Nanotechnologie waren deutlich zu erkennen. Dr. Quinton fand sie auch in der Probe der schleimigen Flüssigkeit, die ich bei der Autopsie von Vernon Ruckman entnommen habe. Die Nanomaschinen müßten leicht aufzuspüren sein, wenn sie im Blut so allgegenwärtig sind, wie wir annehmen – es müßte Millionen und Abermillionen von ihnen geben, um die dramatischen Zellreparaturen durchzuführen, die wir beobachtet haben.»

Doch den ersten Hinweis darauf, daß etwas nicht stimmte, hatten ihr Jodys Brandblasen, Kratzer und Schnitte nach dem

Feuer geliefert. Obwohl es sich um keine ernsten Verletzungen handelte, heilten sie nicht schneller als jeder gewöhnliche Kratzer. Jody Kennessy schien jetzt ein normaler Junge zu sein.

«Aber was ist mit den Nanomaschinchen passiert?» fragte Mulder. «Hat Jody sie irgendwie *verloren*?»

Scully hatte keine Erklärung dafür.

Zusammen betraten sie das Zimmer. Jody saß in seinem Bett und achtete kaum auf den Fernseher, der lärmend im Hintergrund lief. Wenn man bedachte, was er alles durchgemacht hatte, hielt sich der zwölfjährige Junge ausgesprochen tapfer. Er lächelte Scully an, als er sie sah.

Ein paar Momente später kam der Onkologe ins Zimmer, ein Klemmbrett in der Hand und ratlos mit dem Kopf schüttelnd. Er sah Scully an, dann Jody und ignorierte Mulder völlig.

«Ich sehe kein Anzeichen von Leukämie, Agent Scully», sagte er kopfschüttelnd. «Sind Sie sicher, daß es derselbe Junge ist?»

«Ja, wir sind sicher.»

Der Onkologe seufzte. «Ich habe mir das Krankenblatt und die Laborergebnisse des Jungen angesehen. Keine Leukoblasten im Blut. Ich habe außerdem eine Lumbalpunktion vorgenommen, um die cerebrospinale Flüssigkeit auf das Vorhandensein von Leukoblasten zu untersuchen – noch immer nichts. Normalerweise liefern diese Untersuchungen klare Ergebnisse. Bei einem fortgeschrittenen Fall wie seinem sollten die Symptome mit bloßem Auge zu erkennen sein – und Gott weiß, daß ich schon genug derartige Fälle gesehen habe.»

Der Onkologe richtete seinen Blick auf Jody. «Aber die Leukämie dieses Jungen ist vollständig verschwunden. Sie hat sich nicht nur zurückgebildet – sie ist *verschwunden*.»

Scully hatte im Grunde nichts anderes erwartet.

Der Onkologe blinzelte und ließ das Klemmbrett sinken. «Ich habe schon medizinische Wunder erlebt – nicht oft, aber angesichts der vielen Patienten, die wir haben, ist es nicht überraschend, daß hin und wieder medizinisch nicht erklärbare Phänomene auftreten. Aber dieser Junge, der noch vor ein oder zwei Monaten an unheilbarem Krebs im Endstadium litt, zeigt nicht die geringsten Symptome.»

Der Onkologe musterte Jody mit hochgezogenen Augenbrauen, doch der Junge wirkte völlig desinteressiert, als wüßte er die Antworten schon seit langem. «Jody, du bist geheilt. Ist dir klar, was diese Diagnose bedeutet? Du bist, abgesehen von ein paar Kratzern und Abschürfungen und leichten Verbrennungen, völlig gesund. Es ist alles in Ordnung mit dir.»

«Wir lassen Sie es wissen, wenn wir noch weitere Fragen haben», sagte Scully, und der Arzt wirkte enttäuscht, daß sie nicht genauso verblüfft war wie er. Vielleicht etwas zu brüsk bugsierte sie ihn aus dem Krankenzimmer.

Als der Onkologe fort war, setzten sie und Mulder sich auf das Fußende von Jodys Bett. «Weißt du, daß es in deinem Blut kein einziges Nanomaschinchen mehr gibt, Jody? Wir verstehen das einfach nicht. Die Nanomaschinen haben deine Schußwunde und deinen Krebs geheilt – aber jetzt sind sie verschwunden.»

«Weil ich geheilt bin.» Jody sah kurz zum Fernseher hinüber, doch die lärmende Hausfrauen-Talkshow interessierte ihn nicht. «Mein Dad sagte, sie würden sich abschalten und auflösen, wenn sie mit der Arbeit fertig sind. Er hat sie so gebaut, daß sie meine Leukämie Zelle für Zelle heilen. Er sagte, es würde lange dauern, aber mir würde es von Tag zu Tag bessergehen. Dann, wenn sie fertig wären … würden sich die Nanomaschinchen von selbst abschalten.»

Mulder zog die Brauen hoch und sah Scully an. «Also hat Dr. Kennessy die Gefahren einer unkontrollierten Verbreitung von Nanomaschinen erkannt und eine Sicherung eingebaut. Ob sein Bruder Darin etwas davon wußte?»

«Mulder, das verlangt unglaubliche technische Fähigkeiten ...» begann sie, doch dann wurde ihr klar, daß das ganze Konzept autonomer biologischer Polizisten, die im menschlichen Körper arbeiteten und den DNS-Kode als Blaupause für die Zellreparatur benutzten, allein schon so phantastisch war, daß sie es anfangs für unmöglich gehalten hatte.

«Jody», sagte sie und beugte sich näher zu dem Jungen, «wir beabsichtigen, diese Ergebnisse allgemein bekanntzumachen. Wir müssen dafür sorgen, daß jeder erfährt, daß du keine Spuren der Nanotechnologie mehr in dir trägst. Wenn du sauber bist, haben diese Männer auch keinen Grund mehr, dich weiter zu verfolgen.»

«Von mir aus», sagte er bedrückt.

Scully verzichtete auf den sinnlosen Versuch, ihn aufzumuntern. Der Junge mußte allein mit seiner Situation fertig werden.

Jody Kennessy hatte ein Wundermittel in sich getragen, nicht nur ein Mittel gegen Krebs, sondern wahrscheinlich auch gegen alle anderen Krankheiten, unter denen die Menschheit litt. Die Nanomaschinen in seinem Blut waren vielleicht sogar in der Lage, einen Menschen unsterblich zu machen.

Aber jetzt, wo die DyMar-Laboratorien zerstört, Jeremy Dorman und der schwarze Labrador in dem Inferno umgekommen und David Kennessy mit allen anderen an dem Projekt Beteiligten tot waren, mußte die Nanotechnologie-Forschung praktisch wieder ganz von vorn beginnen. Es würde lange dauern, bis es zu einem vergleichbaren Durchbruch kam.

Scully hatte bereits eine Idee, wie das FBI Jody auf lange Sicht beschützen, wo man ihn unterbringen konnte. Der Gedanke gefiel ihr nicht, aber es gab keine bessere Lösung.

Mulder würde seinen Abschlußbericht schreiben, alle Unterlagen und kühnen Spekulationen abheften und zu den anderen Akten stellen, die zwar jede Menge Anekdoten und Vermutungen enthielten, aber keine handfesten Beweise, mit denen man irgend jemand von irgend etwas überzeugen konnte.

Nur eine weitere X-Akte.

Nicht mehr lange, dachte Scully, und Mulder mußte sich ein paar neue Aktenschränke in sein vollgestopftes Büro stellen, um mit dem Material Schritt zu halten.

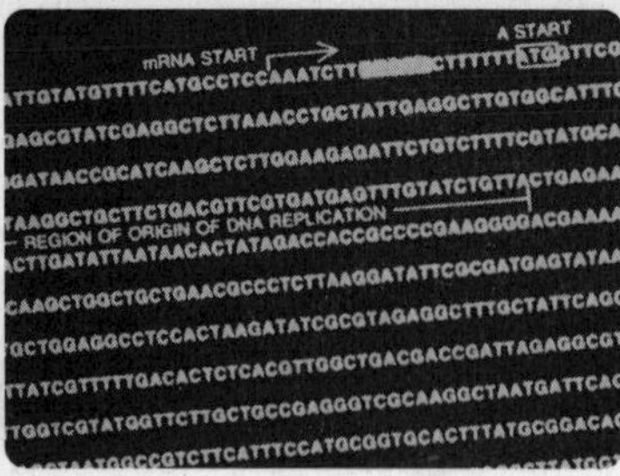

49

Bundesverwaltungsgebäude, Crystal City, Virginia
Sonntag, 14:04 Uhr

Adam Lentz lieferte seinen Abschlußbericht mündlich ab, bei einem Gespräch unter vier Augen. Es gab keinen Papierkram, hinter dem er sich verstecken konnte, keine schriftlichen Unterlagen zu diesem Fall, nichts, was aufgedeckt und in die falschen Hände geraten konnte. Statt dessen mußte Lentz dem Mann gegenübertreten und ihm alles direkt, mit seinen eigenen Worten, schildern.

Es war eine der unangenehmsten Erfahrungen seines ganzen Lebens.

Beißender Zigarettenrauch stieg aus dem Aschenbecher auf und legte sich wie ein Leichentuch um den Mann. Er war hager, mit tief in den Höhlen liegenden Augen, einem Durchschnittsgesicht und dunkelbraunen, zurückgekämmten Haaren.

Er sah den Mann nicht an, der das Leben anderer Menschen nach Gutdünken beenden konnte. Er sah den Mann nicht an, der Präsidenten hatte sterben sehen, der geholfen hatte, die eine Regierung zu stürzen und die andere ins Amt zu hieven, der mit ahnungslosen menschlichen Versuchskaninchen spielte und sie als «Ware» bezeichnete.

Aber schließlich war für ihn die Weltpolitik das, was für andere Menschen ein Spiel wie *Risiko* war.

Er nahm einen tiefen Zug von seiner Zigarette und stieß den Rauch langsam wieder aus. Bis jetzt war noch kein Wort über seine pergamenttrockenen Lippen gedrungen.

Lentz stand in dem schmucklosen Büro des Mannes und wagte erst nach einer Weile, ihn offen anzusehen. Der Aschenbecher auf dem Schreibtisch war voller Zigarettenkippen.

«Wie können Sie so sicher sein?» fragte der Mann schließlich. Seine Stimme klang täuschend sanft und melodisch.

Obwohl Lentz nie beim Militär gedient hatte, zumindest nicht in einer offiziellen Einheit, nahm er jetzt Haltung an. «Scully und Mulder haben das Blut des Jungen gründlich untersucht. Uns liegen sämtliche Krankenhausunterlagen vor. Es gibt nicht den geringsten Hinweis auf eine nanotechnologische Verseuchung, keine mikroskopischen Maschinen, keine Überreste – nichts. Er ist sauber.»

«Aber wie erklären Sie sich dann seine bemerkenswerten Selbstheilungskräfte? Die Schußwunde?»

«Dafür gibt es keine schlüssigen Beweise, Sir», erwiderte Lentz. «Zumindest liegen uns keine vor.»

Der Mann sah ihn nur an, eingehüllt in Zigarettenrauch. Lentz wußte, daß seine Antwort nicht akzeptabel war. Noch nicht. «Und die Leukämie? Wenn ich es richtig verstehe, weist der Junge keine Krankheitssymptome mehr auf.»

«Dr. Kennessy kannte die potentiellen Gefahren einer unkontrollierten Verbreitung der Nanotechnologie – er war kein Narr –, und vielleicht ist es ihm gelungen, seine Nanomaschinchen so zu programmieren, daß sie sich automatisch abschalteten, sobald ihre Mission erfüllt und sein Sohn vom Krebs geheilt war. Und nach den Tests, die man vor kurzem in dem Krankenhaus durchgeführt hat, ist Jody Kennessy kerngesund und leidet nicht mehr an akuter lymphoblastischer Leukämie.»

Brauen zuckten hoch. «Er ist also geheilt, trägt aber nicht mehr das Heilmittel in sich.» Der Mann stieß eine große Wolke Zigarettenrauch aus. «Zumindest in dieser Hinsicht können wir zufrieden sein. Schließlich wollen wir nicht, daß dieses medizinische Wunder in unbefugte Hände gerät.»

Lentz antwortete nicht, stand nur da, aufmerksam, wachsam. In einem geheimen Lager, einem Gebäude, dessen Adresse unbekannt war, in Räumen ohne Nummern, in Schubladen ohne Beschriftung, bewahrte der zigarettenrauchende Mann eine ganze Reihe von Beweisstücken auf, gut versteckt, so daß keiner außer ihm sie finden konnte. Diese handfesten Beweise wären für alle, die die Wahrheit in ihren mannigfaltigen Formen suchten, von ungeheurem Wert.

Aber dieser Mann würde sie nie aus den Händen geben.

«Was ist mit den Agenten Mulder und Scully?» fragte der rauchende Mann. «Was ist ihnen geblieben?»

«Noch mehr Theorien, noch mehr Hypothesen, aber keine Beweise», erklärte Lentz. «Das Übliche – eine X-Akte mehr.»

Der rauchende Mann inhalierte wieder, hustete dann mehrmals, ein bedrohliches, raspelndes Geräusch, das von verborgenen Krankheiten kündete. Vielleicht hatte er nur Schuldgefühle … oder mit ihm stimmte tatsächlich etwas nicht, körperlich.

Lentz trat unbehaglich von einem Bein auf das andere und wartete darauf, daß er entlassen oder belobigt oder gar gemaßregelt wurde. Das Schweigen war am schlimmsten.

«Um noch einmal zusammenzufassen», sagte Lentz nervös, während ihn der Mann unverwandt anstarrte. Rauchfäden stiegen von ihm auf und bildeten verschlungene, arabeske Muster in der Luft. «Wir haben die Leichen aller bekannten Seuchenopfer vernichtet und jeden Ort sterilisiert, der mit der Nanotechnologie in Kontakt gekommen ist. Wir glauben, daß keines dieser selbstreproduzierenden Objekte überlebt hat.»

«Dorman?» fragte der rauchende Mann. «Und der Hund?»

«Wir haben die DyMar-Ruine gründlich durchsucht und eine Reihe von Knochen, Zähnen und Schädelfragmenten gefunden. Wir glauben, daß es sich dabei um die Überreste von Dorman und dem Hund handelt.»

«Ist diese Vermutung durch zahnärztliche Unterlagen bestätigt worden?»

«Unmöglich, Sir», erwiderte Lentz. «Die nanotechnologischen Zellwucherungen haben die Knochen- und Zahnstrukturen verändert, sogar alle Füllungen aus Dormans Mund entfernt. Wir können keine positive Identifizierung vornehmen, nicht einmal, was die Spezies betrifft. Allerdings gibt es Augenzeugenberichte. Wir haben gesehen, wie die beiden ins Feuer gestürzt sind. Wir haben die Knochen gefunden. Das steht außer Frage.»

«Es gibt immer Fragen», sagte der Mann mit hochgezogenen Brauen. Aber dann zündete er gelassen eine neue Zigarette an und rauchte sie halb auf, ohne ein Wort zu sagen. Lentz wartete.

Schließlich drückte der Mann die Kippe in dem bereits überquellenden Aschenbecher aus. Er hustete erneut und erlaubte sich schließlich ein schmallippiges Lächeln. «Sehr gut, Mr. Lentz. Ich glaube nicht, daß die Welt für Wundermittel bereit ist ... zumindest nicht in absehbarer Zeit.»

«Ganz meine Meinung, Sir», nickte Lentz.

Als ihn der Mann mit einem knappen Nicken entließ, wandte sich Lentz ab und konnte sich nur mit Mühe beherrschen, nicht aus dem Büro zu rennen. Hinter ihm hustete der Mann erneut. Lauter diesmal.

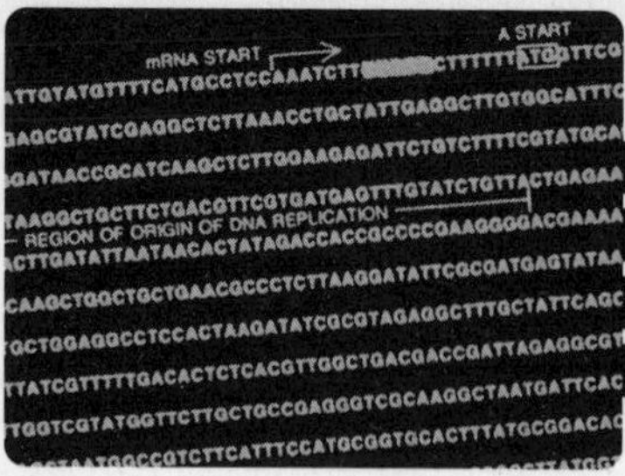

50

Survivalisten-Lager, Wildnis, Oregon Einen Monat später

Die Leute hier waren komisch, fand Jody . . . aber wenigstens fühlte er sich hier sicher. Nach dem Martyrium, das er durchgemacht hatte, der schleichenden Zerstörung seiner vertrauten Welt – zuerst die Leukämie, dann das Feuer, das seinen Vater getötet hatte, dann die lange Flucht, der Tod seiner Mutter –, hatte er das Gefühl, sich leicht eingewöhnen zu können.

Hier im Survivalisten-Lager kümmerte sich sein Onkel Darin um ihn; er war manchmal etwas übertrieben besorgt, half ihm aber nach Kräften. Zwar sprach er nicht über seine Arbeit oder seine Vergangenheit ... aber genau das war Jody recht. Alle Mitglieder dieser isolierten, aber verschworenen Gemeinschaft paßten wie die Teile eines Puzzles zusammen.

Genau wie das Puzzle mit der über dem Mond aufgehenden Erde, das er und seine Mutter an einem dieser letzten Nachmittage im Blockhaus zusammengesetzt hatten ... Jody schluckte hart. Er vermißte sie schrecklich.

Nachdem er von Agent Scully hierhergebracht worden war, hatten ihn die anderen Bewohner des schwerbewachten Survivalisten-Lagers unter ihre Fittiche genommen. Jody Kennessy war für sie jetzt eine Ikone, eine Art Maskottchen der Gruppe – dieser zwölfjährige Junge hatte sich mit dem finsteren und repressiven System angelegt und überlebt.

Jodys Geschichte hatte die Mitglieder der Gemeinschaft nur in ihrer Entschlossenheit bestärkt, weiter isoliert zu leben und jeden Kontakt mit der sich überall einmischenden, destruktiven Regierung zu vermeiden, die sie so sehr haßten.

Jody, sein Onkel Darin und die anderen Survivalisten verbrachten ihre Tage gemeinsam. Sie arbeiteten hart und bildeten eine verschworene Gemeinschaft. Jeder Bewohner des Lagers unterrichtete Jody in seinem jeweiligen Spezialgebiet.

Die Wunden in seinem Herzen und seiner Seele schmerzten noch immer. Jody verbrachte die meiste Zeit damit, die Umgebung des schwerbewachten Lagers zu erkunden, wenn er nicht gerade in den Gärten oder auf den Feldern arbeitete, um mitzuhelfen, die Unabhängigkeit der Kolonie zu sichern. Die Survivalisten ergänzten mit der Jagd und der Landwirtschaft ihre riesigen Vorräte an Konserven und Dörrfleisch.

Es war, als wäre diese ganze Gemeinschaft aus einer anderen Zeit entführt und hier abgesetzt worden, einer Zeit der Autarkie. Jody war das egal. Er war jetzt allein. Er fühlte sich nicht einmal zu seinem Onkel Darin gehörig ... aber er würde überleben. Er hatte schließlich auch den tödlichen Krebs besiegt, oder nicht?

Die anderen Mitglieder der Gruppe waren klug genug, Jody in Ruhe zu lassen, wenn ihn die Niedergeschlagenheit überfiel, ihm den Raum und die Zeit zu geben, die er brauchte. Jody wanderte am Stacheldrahtzaun entlang, beobachtete die Bäume und tat so, als würde er Wache halten ... aber hauptsächlich ging es ihm darum, allein zu sein und frei herumlaufen zu können.

Der Wald war in Nebel gehüllt, der aus den Niederungen hervorkroch und sich im Lauf des Tages wieder auflösen würde. Am Himmel, durch die Baumwipfel kaum zu erkennen, hingen graue, schwere Wolken. Er achtete sorgfältig darauf, wohin er seinen Fuß setzte, obwohl Jacob ihm versichert hatte, daß es in

Wirklichkeit gar kein Minenfeld gab, keine Sprengfallen oder geheime Verteidigungsanlagen. Die Survivalisten verbreiteten diese Gerüchte absichtlich, um ihr Camp mit einer Aura der Furcht zu umgeben und neugierige Besucher abzuschrecken. Ihr Hauptziel war es, ungestört von der Außenwelt zu leben, und sie würden alles Notwendige tun, um dieses Ziel zu erreichen.

Jody hörte in der Ferne einen Hund bellen, laut und scharf. Die kühle, feuchte Luft schien die Schallwellen zu verstärken.

Die Survivalisten hatten viele Hunde in ihrem Lager, Schäferhunde, Bluthunde, Rottweiler, Dobermänner – sogar einen großen Pudel, der Allison gehörte. Aber dieser Hund klang vertraut. Jody blickte auf.

Der Hund bellte wieder, und jetzt war er sich sicher. «Komm her, Junge», rief er.

Er hörte es im Unterholz krachen und Zweige brechen, und dann sprang ein großer schwarzer Hund aus dem nebelverhangenen Gebüsch. Der Hund bellte glücklich, als er ihn sah.

«Vader!» rief Jody. Ihm ging das Herz auf, aber dann senkte er besorgt die Stimme.

Der Hund schien unversehrt zu sein, völlig gesund. Aber er hatte gesehen, wie Vader in den Flammen verschwunden war. Er hatte gesehen, wie die DyMar-Ruine in sich zusammengestürzt und bis auf die Grundmauern niedergebrannt war.

Aber Jody wußte auch, daß sein Hund etwas Besonderes war, genau wie er es gewesen war, bevor all die Nanomaschinchen in seinem Körper gestorben waren. Vaders Nanomaschinen waren nicht mit einem derartigen Sicherheitssystem ausgestattet.

Der Hund sprang Jody an und warf ihn dabei fast von den Beinen, leckte ihm das Gesicht ab und wedelte so wild mit dem

Schwanz, daß sein ganzer Körper hin und her schaukelte. Vader trug keine Hundemarke, kein Halsband, nichts, was ihn identifizieren konnte. Aber Jody wußte, daß es sein Hund war.

Er vermutete, daß sein Onkel die Wahrheit erraten würde, aber den anderen würde er einfach erzählen, daß er einen neuen Hund gefunden hatte, einen anderen schwarzen Labrador wie Vader, dem er denselben Namen gegeben hatte. Die anderen Survivalisten und niemand in der Außenwelt würden je die Wahrheit erfahren.

Er drückte den Hund an sich, fuhr ihm durch das Fell und kraulte ihm den Nacken. Er hätte nicht zweifeln dürfen. Er hätte weiter Ausschau halten sollen, hoffend, wartend. Seine Mutter hatte es schließlich gesagt. Der Hund würde früher oder später zu ihm zurückkommen.

Vader kam immer zurück.